薔薇のしるべ

最賀茂真
Mogamo Makoto

幻冬舎 MC

薔薇のしるべ

目次

プロローグ 003
第一章 009
第二章 103
第三章 143
第四章 177
第五章 239
第六章 261
第七章 271
エピローグ 339

プロローグ

ジュノーが吠えるのが聞こえた。ガラス戸をせわしく搔いているのがわかる。それは電話かインターホンが鳴った時の反応だった。

庭仕事の時には、電話の子機もテラスに持ち出すようにしている。

――誰か来たのかもしれない？――

花壇に屈めていた体を起こすと典子は下の門口の方に注意を向けた。道路は庭を回り階段を降りた先に通っていて、そこからは見えない。誰も上がってくる気配はなかった。大概の人たちは心得ていて、儀礼的にベルを押すだけで上の玄関まで上がってくる。

何かが路面に当たるような硬い音がし、微かに人声が立った。

典子は耳をそばだてたが、ぼそぼそとしたやり取りが伝わるだけで、誰彼とわかりようはなかった。

――何かの業者なのかもしれない――

訝《いぶか》りながらしばらく様子を見ていたが、何もなく、やりかけの仕事に戻ろうとした。とその時、はっきりと男の声が聞き取れた。

改まった感じの丁寧な話し方、一方の相手はよく聞こえないものの、女性であるのが知られた。無意識にそろりと足が動いていた。

ボンと車のドアが閉められる音に続いて、エンジンのかかる音が響いた。

――車は誰かを降ろしていった？……――

咄嗟に弾かれるかのように典子は駆け出していた。

草掻きに手袋、すっぽりと襟首までを覆っているヤシ編みの園芸帽を、手早くテラスのテーブルに脱ぎ置き、しきりにガラスを掻き騒いでいるジュノーに〝静かに、待て〟のサインを送る。

ジュノーのそれは、はっきりと門口に誰かが残っている事を教えている。これまでその感知力に誤りがあった事は一度もない。

それから次に何をすべきか、典子は一瞬迷った。まだガーデンエプロンをしたままなのに気付いた。せわしくそれを外し椅子の上に丸める。テラスの周囲を見回しながら、帽子で潰れた髪を両手ですくい上げる。

庭の途中で黒い車がずうっと下手のカーブを曲がっていくのが一瞬目に入った。それが先ほどの車なのか不明だったが、別荘地のエリアで車の往来はごく僅かだった。それに岬の町に入る道が見えるのもその一角だけだった。

階段の降り口で下方に目を凝らしたが、道路の周辺に人の姿はなかった。午後の光にタブノキが薄い影をひいていた。その位置から家の門口は、フェイジョアの繁みに隠れて全く見えない。どこからかイソヒヨドリの声がしている。

くの字に折れる階段の中途で典子はふっと足を止めた。そこからは植栽が切れて下まで見通せる。門壁の陰に人のいるのがわかった。それが女性である事も。向こうを向いた肩口から上が覗き、襟首を見せて髪を後ろにまとめている。髪は黒ではなかった。光のせいか薄い栗色がかっている。

深く息を吸うと典子は、一歩一歩足を下ろしていった。全身が目に入っていった。明るいグレーのパンツスーツ、隙のない、と言うのだろうか、肩先から足元まできりっとした立ち姿は、容易に近づくのを拒むかのようにも映った。

女は全く気付かないのか、背を向けた姿のまま微動も見せなかった。その姿はとても若々しく見えた。それは、年に一、二度やってくる保険や銀行の外交員のようだった。膨《ふく》らんでいたものが一気に萎んでいくのを感じた。

落胆にとらわれながらも、典子はそろりと足を下ろしていった。数段降りた。切れていた視野が横側にも広がっていった。

ふと、女の右前に置かれている物が目を捉えた。臙脂《えんじ》がかった黒のスーツケース、その上には焦げ茶色のボストンバッグが。

息を呑んだ。それは明らかにセールスなどではなく、旅行者の装いに違いなかった。

——マリ……なの？——

深く詰めた息が言葉になって喉元から出ようとした時、スーツの背がゆっくりと回った。

顔と顔、目と目が合った。

第一章

再会

「マリ！」

典子から溢れ出ようとした喜びはしかし、一瞬もなく消えていった。

どれほどの時間が経過したのか時が凍り付いたように感じた。相手の顔には、その瞬時に典子の中に沸き上がったような歓喜も、それどころか微かな表情の変化すら表れなかった。下方から捻り向けた眼は、まるで見も知らぬ者を精査するような、冷ややかな光を沈めていた。

踏み出そうとした足が泳いだ。視界が揺れ、階段が本当にそこに続いているのか、一瞬不確かになり典子は思わず手摺をつかんだ。下までの残りは僅か数段だったが、途方もない段差に感じた。

苔色の走るレンガの階段を見つめ、典子は大きく息を吸った。

――そうだわ、無理もないわ。マリがあんな表情を見せるのも、大学二年になって間もない……あの時、不意の別れになってしまってから二十年ぶりになるのだもの。それにこんな所で、こんな格好をしているのだもの。マリが怪しんでも不思議ではないのだ。――

典子はそう思い直し、更に一歩、注意深く足を下ろしていった。

——それに、もう昔の、あの頃のマリではないのだ。あの頃のマリを期待してもいけないのだ——

典子は、自分に言い聞かせてきた事を心に念じた。聖書の『コリント書』にも言っている、歳月の中で変わらないものがこの地上に在るだろうか、と。マリが全く別人のように見えたとしても、それが摂理なのだ。下に降り切った所で典子はゆっくりと顔を起こした。相手とはまだ数歩離れていた。

「茉莉……さん？」

何秒も詰めた息が音になって洩れたようだった。自分が意識した事ではないのに、さん付けで呼んでいた。二人の間の時が、断層のようにズレ落ちるのを見る思いだった。でもそれでいいのだ、とも思った。昔のマリではないのだから。

「本当に来てくれたのね！」と典子はしみじみと相手を見、声を潤ませた。

「嬉しいわ、本当に夢のようだわ」

相手に反応はなかったが、言葉が堰を切った。

「本当にあなたに会える日が来るなんて」、茉莉に向けた顔を典子は懸命に頬笑ませ言った。

「まだ信じられないわ」

茉莉は全く表情を変えなかった。数メートル置いてまっすぐに据えられた眼は、敵意とも思える冷たい光を潜めているようにも思えた。

「夢のようだけど……夢ではないわね」

一瞬頭をよぎった忌まわしいものを振り払おうとしたはずの声も、途中から消え入りそうになった。

青いシャドーを引いた目は瞬きも見せなかった。真紅のルージュをひいた唇は強く結ばれたまま、一言も発しなかった。

重苦しい沈黙が流れた。

それは透明な壁になって本当に二人を隔ててしまうのではと思えた。どれほど長い間、この日を願っていただろうか。それがこんな惨いものになるとは。

——一体どうしたと言うのだろうか、別離の間にマリは心まで変わってしまったのだろうか？——

——そんな事があるはずがないわ、マリが別人になってしまうなんて——

典子は自問した事を即座に打ち消そうとした。しかしあれからのマリの事は何も知らないのだ。不通だった時間の方が遥かに長いのだ。きっとマリも同じなのだ、マリもあまりに唐突の事に、私の変わりように当惑しているのだ、という思いが救いのように浮かんだが、それも波に呑まれるように消えていった。

茉莉の視線は冷たく、迷いの色も見せなかった。

何かを、こんな状態を、変える何かをしなければと思った。

しかし頭の中は混乱するばかりで何も考えつかなかった。胸が激しく打つのが耳朶《じだ》の奥に響いた。体が揺れる感じがして何かに摑まりたいと思った。まっすぐに立っているのが不安になり、地面に目を凝らした。グレーのハイヒールが映った。爪先が尖るように細い。

ふと目を澄ますと、その足元に幾つもの花びらが散っている。薄いピンクの地に濃い赤の絞りが入っている。（キャメロット）という平咲きのつる薔薇。その赤をひいた文様は珍しく一枚の花びらになってもそれとわかる。それはずっと上側の柵に這わせていた。薄い花びらは風に舞ってここまで来たのだった。典子はしばらくそれを見つめ、ゆるゆると顔を起こした。

「もう盛りの過ぎたものもあるけれど……」

典子はどうにか微笑みを向けた。

「見頃の薔薇もまだ沢山残っているわ。ここからは見えないけれど、上に庭があるの」

と典子は言い、茉莉の表情を覗うように続けた。

「見に来てくれたのね、こんな遠くまで」、声が上ずっていた。

典子の懸命な呼びかけにも茉莉は凝然と、眉ひとつ動かさなかった。

――二人を隔てていた歳月の間に、何かが起きて、私の知らない茉莉に変わってしまったのだろうか？　過去を喪失した酷薄な人間に――

ふと兆した不安に典子は心の中で頭《かぶり》を振った。そんな事があるはずがなかった。自分を奮い立たせ、あの頃のマリを見つけようとした。必死に向けた目の中にゆっくりと茉莉の姿が動いた。

それは一歩、更に一歩典子の方に歩み寄ってきた。

典子は息を詰めた。知らずに胸元に両手を合わせていた。

手を伸ばせば触れるほどの所まで来ると、茉莉は足を止めた。典子に向けられた視線は瞬きもせず冷たいままだったが、唇が動いた。

「来てしまったわ。……謎めかしたものに乗せられて」

「……」

一瞬息を呑んだ。投げやりの他人事のような物言い、胸の踊る言葉を期待していたのではなかったが。――それでも典子には十分なのだと思えた。昔と少しも変わらぬ声、それを聞いたのだ。二人を隔てていた見えない扉がようやく開かれようとしている。

「ええ、本当に来てくれたのね！」

懸命に微笑み、そう声に出したものの、それが幼稚っぽいだけでなく、茉莉の言った事への受け答えになっていないのに気付いた。

それでも何か言葉を発しなければ再び見えない扉に閉ざされそうな気がした。

「こんな嬉しい事」まっすぐに茉莉を見た。

「こんな奇跡のような事って、とてもひと言では表せないわ！」典子は必死に声を出した。

ふと茉莉の表情が緩んだように思った。瞬きもなく据えられていた眼が、何かを探るように動いた。その視線をゆっくりと戻して言った。

「人を担いだ話ではなさそうね」低いがはっきりした言い方だった。

嬉しさと同じほどの驚きとでまっすぐに見られなかった。茉莉の言う事がわからなかった。

「あの手紙が届いた時、一体何の事かと思ったわ」茉莉は言い、口元に薄い笑いをにじませた。

「二十年もの後に、内容もさる事ながら、本当に本人からなのか、驚くよりも、怪しんだわ」

「……」

典子はやっと茉莉の言おうとしている事がわかった。

それは無理もない事ではあったが、索漠とした想いが胸を突いていった。――私がマリを思わない日はなかったほどだが、茉莉にとってその歳月は、断ち切れたまま、私とは無縁の時間だったのだ――典子は次の審判を受ける思いでわずかに顔を上げた。

目は変わらず冷ややかな光を沈めていた。

「それも＝薔薇が咲き始めます。＝というだけの、たった数行」

低く抑えた声はかえって強い非難を含んで響いた。

「何か作為的なものか、それとも誰かのトリックではと疑ったわ。まあ、何年もの後に死者からの手紙が届くという話はたまに聞くけど」

「ごめんなさい」

しばらく後に典子はどうにか声を出した。「そう誤解されても仕方ないわ。こんなにも長い……」

そう言った後に、続ける言葉に迷った。別離やご無沙汰がふさわしい言葉とは思えなかった。

「ええ、きっとそう思われたに違いないわ」震え声が擦れた。

茉莉に宛てた手紙……意を決してペンを取ったものの、迷い迷い、何度も書き直した。しかしそれも封を閉じる時になって心が揺らいだ。結局数行だけの書信になってしまった。

――どんなふうにとられても仕方がないのだ――あの日の別れから、考えもつかない年月が経ってしまったのだから。

俯いた典子の目に改めて茉莉の出《い》で立ちが映った。きりっとした折り目のパンツ、それに色のあったシャープな形のハイヒール。

――そうだわ、無理のない事なのだわ――典子は同じ事を自分に言い聞かせる。

――茉莉の一見冷酷そうな表情にしても、それは装いやメークのせいなのだ。――マリのこんなふうな姿など想像して見る事もなかった。

――でもそれは自然の事なのだ。外見や容貌が変わったのは私も同じ事なのだから……。

でもその声、紛れもないマリの声。誰かが言っていた。容貌は変わっても声は変わらないと。

その通りだわ、少しも変わらない茉莉の声。茉莉はマリなのだわ。シニカルな言い方にしても、昔からそうだった。突然の事に私が狼狽しているだけなのだ。冷静になって、この日にふさわしい顔を見せなければ。何か気の利いた事を言わなければ……しかしどんな言葉が……――

「いつまで、そうしているつもり?」と言う声に突かれて典子はハッと顔を起こした。まっすぐに見つめる目には、揶揄するような色が浮かんでいる。

「ごめんなさい、すっかり取り乱して」

「もういいわよ、ご本人だとわかったから」茉莉は不快の色を見せて言った。「何がどうであれ、話はゆっくり伺うわよ」

「ええ、そうよ、そうだわ!」典子は茉莉に向けた顔に懸命に笑みを作った。

「本当にこんな遠くまで来てくださったというのに、いつまでもこんな所でおかしいわ」、不意の進展に狼狽《うろた》えながら言った。

「お話はゆっくりとできるわ」

典子がそう言うのを冷ややかに見やった後に、茉莉は「ちょっと寄ってみようかという気持ちになったのよ、成田に向かうついでに」と物でも片付けるように言った。

「成田に?……」思わぬ事に典子は動揺を隠して訊いた。

「それは……いつ?」

茉莉は典子が尋ねた事も全く耳に入らなかったのか辺りに目を回した。

家のある一帯は海に突き出る岬の付け根にあたっていた。僅かな平地と切り込んだ沢が連なり、タブや椎など常緑樹の緑に覆われている。その所々にコテージ風の建物の上部が覗いている。前の道路を下っていくとほどなく漁港に出るけれど、海は岩山の陰になって見えない。

「住所を見たら成田と同じ千葉県だし、こんなに外れた所だと思わなかったのよ」

茉莉は再び、こってりとした緑だけの四方に目を流した。「それが、まあ、何て所なの！」

「ごめんなさい。こんな所まで来てもらって」典子は咄嗟に詫びた。

「ここは本当に交通の便の悪い所なの」

横浜からここまで、アクアラインを通れば車で二時間ほどなのだが、高速道路を降りてから、難渋する事になる。房総丘陵の山道を一時間も走らなければならない。似たような景色の続く中に幾つものゴルフ場がある。この別荘にしても元々は、典子の父がゴルフ目的で建てたものであった。

更にこの時期は至る所、放縦《ほうしょう》に伸びた竹が一様に枯色になる。『竹の秋』というのだそうだが、新緑の景色をひどく雑然としたものにしてしまう。

「それにしても……」

茉莉は顔を典子に戻すと、しげしげと見つめた。

「随分と意外な所で、また随分と変わった生き方を選んだものね」

目にありありと怪しむ色が動いている。

「驚いているでしょう？」

典子は唇の端を凹《くぼ》め微笑みかけたが茉莉は何も言わなかった。

「いいえ、驚く以上に」問いかける眼差しを向けて続けた。「きっと呆れ返っているでしょう。きっとそうだわ。それでさっきは……私を……」

典子は思わず口を衝いて出ようとする言葉を呑み込んだ。その逡巡が何に因るのかわからなかったが——私が茉莉の姿に戸惑っている以上に茉莉の方も、私の変わりように言葉を失っているのだ——と思った。

当然の事なのだ、小さな苗木が森になってしまうほどの時が経ってしまったのだから。

茉莉の表情が動いた。はっきりと苦笑を見せて細まった目元。吐息をつく口調で言った。

「その通りでもあるわ」

「誰も皆、同じ反応をするの。呆れて言葉がないって」

典子は懸命な笑みを茉莉に向けた。

少し栗色がかった髪、白目がちで切れ長の目、睫毛のカール、どれも変わらない中で目元がメークによって強調されている。あの頃より少し頬がそげている。それも髪をきっちりとまとめているせいかもしれない。波立っていた湖面が静まり、影を定かにしていくように、違和感があった印象が典子の中で昔のマリに、ゆっくりと重なっていった。先刻からの動悸は次第に治まり、喜びが胸に満ちてくるのを感じた。

――私がこんな生き方をしているのをすぐに理解できなくてもいいの。あなたとの間には、信じられないほどの空白ができてしまったのだもの。その間にはきっといろんな事があったはずよ。それは……私にも。でも過去の事はもういいの――典子は心の中で念じた。

――今、私はきちんと、マリを茉莉として、私の薔薇園に迎え入れられる――それは茉莉の消息を知ってから、自分に言い聞かせ、誓ってきた事なのだ。

茉莉がゆっくりと典子に目を戻した。やがてその表情が何かを言おうとするように動きかけた。咄嗟に典子は言った。

「さあ、家の方にいらして、ここで立ち話もおかしいもの」ずうっと強張らせていた体をさっと回し、典子は家の方を示した。

「それはそうと」、スーツケースに手を掛けようとして、つと茉莉は向き直った。典子を見、言った。

「泊めていただけるという事かしら？」

瞬時には言われた事が理解できなかった。あの頃もわざとそうしたように、心にもない冗談なのかと思った。しかし、その眼は少しも笑みを含んでいなかった。――はっきりと確かめておかなくては——と言うように。

「ええ、勿論だわ」典子は動揺を隠して言った。

「本当に久しぶりなのだもの。お客様の部屋も整っているわ。とても嬉しい事だわ、泊まっていただけるなんて」早口で続けた。「それに、今が一年でも一番いい季節だもの」

「そう……」と茉莉はしばらく典子を見つめ声を低めた。

「それは嬉しいわね。あなたには訊きたい事がいろいろあるもの」

「……」反射的に見張った目を典子はあてどなく逸らした。

——茉莉は許してくれていないのだ。まだ恨んでいるのだ——と思った。

よく知っていた。マリは感情の高ぶりや何かの衝迫を押し隠して冷静を装う時、ハスキーがかった声は——甘やかな響きを帯びる。典子はそれを密かに、マリの擬態ミミクリと名付けていた。あの頃、その微妙な声色を感じ取ると、謎解きのヒントを見つけたように嬉しくなった。わざとはぐらかそうとする、マリの本心を摑めたから。

しかし今、それは冷たい刃《やいば》のように典子の耳に触れていった。

俯けていた顔を恐る恐る上げた。

「泊まっていかれるのだもの」と、平静を装って続けた。「お話しする時間は沢山あるわ」

この日をずうっと切望していたはずなのに、話したい事は山ほどあるのに、しかし心の中にはそれを怖れる典子がいた。

「またとない機会ではあるわ、深い話を伺うには」茉莉は口元に薄い笑みを浮かべた。

「そういう事なら連絡を入れておかなくては」とスーツケースの上に載せたボストンバッグに手を伸ばした。ジッパーを開けて中からスマートフォンを取り出した。

一体どういう事なのか要領を得ないまま典子は置かれているスーツケースに目を落とした。

──泊まるつもりではなかった──という事なのだろうか？　連絡を取っている相手は誰なのだろうか？　慣れた手つきでスマートフォンを操作する茉莉を、遠いものを見る思いで典子は見ていた。

「何か持ちましょうか？」バッグのジッパーを閉じ、顔を向けた茉莉に典子は言った。

「ここは傾斜地なので、荷物を上げるのが一苦労なの」

「それじゃ、これお願いするわ」茉莉は手に持ちかけたボストンバッグをぐっと典子に向けた。典子は両腕を伸ばし、それを抱くように下から受けた。

よく使いこまれたレザーのバッグ、ずっしりとした重みが伝わった。

「ここの階段ではなく向こう側のアプローチからの方がいいわ」と典子は、先に立って茉莉をいざなった。

岬の僅かな平地を切り開いた敷地は車道より険しく上がっているが、東側の方はなだらかな傾斜で上に続いている。法面が高く道からは家の上部しか見えないが、やがて右手上に薔薇の庭が迫り上がるように目に入ってくる。

後ろのキャスターの音に合わせる歩調で上がってきた典子は、アプローチに入る手前で足を止めた。さっと目を走らせる限り、目立つほどの退色もなく、どの薔薇も輝いていた。

マリを迎えるのにまだまだ十分なのだ、と思えた。後ろを見ると茉莉は目を薔薇庭の方に向けて上がってきていた。つと、顔を典子に上げた。何も言わずに茉莉はしばらく典子に目を向けていた。けれどもそこには、典子が密かに期待したような、感動やそれに類するような色は表れなかった。

「このアプローチが上の庭に続いていくの」

典子は茉莉が上がってくるのを待って言った。

「荷物がある時は、こっちの方が楽だし、それに……」と言った後に少しはにかんで続けた。「ここから入るのが、薔薇が一番美しいの」

茉莉はちらっと典子の方に目を向けた。

「少し咲き進んだものもあるけれど、まだ見頃のものが多いわ」

「そう、それは楽しみだわ。私がここに誘われた訳も思い出したわ」

その言い方は皮肉めいてはいたが典子には十分だった。

「いい時でよかったわ。ゆっくりご覧になって」

典子は頬笑みを向け、それからずーっと気になっていた事を訊いた。

「さっき……成田に向かう……と言っていたけれど……」

茉莉は一瞬怪訝な顔をしたが「ええ、ニューヨークに発つのよ」と即座に応じた。「明日の午後便で」

「……」すると、もう一日ほどもないのだ。

「明日の午後？」典子は念を押すように訊いた。

「ええ、十三時二十分のフライト」と茉莉は引いているスーツケースを横向きに回した。「車が迎えに来る手はずになっているわ。明朝の九時には」

「……朝の九時に？」語尾が消え入りかけた。それまで何時間あるというのだろうか、瞬時には頭が働かなかった。

典子は目をフェンスの薔薇の方に向けた。花蜂が一心に（イスパファン）の花芯に頭を潜り込まそうとしている。それは見る間に、膨らんだお尻だけになっていった。

「成田ならここから二時間もかからないわ」と典子は顔を戻して言った。「都心からのルートと違って渋滞の心配もないわ」

「そのようね、ドライバーもそう言っていたからその心配はしていないわ」茉莉は典子から遠くに目を流した。

「チェックインの前にもする事があるのよ」

まだ着いたばかりなのに、今にも帰るような話になってしまったのを典子は悲しく思った。茉莉の声色には、滞在の短さを惜しむようなニュアンスは全くなかった。

――でも、それで十分なのだ――典子はそう言い聞かせた。

茉莉は来てくれたのだ。それ以上望むべき事はないのだから。

「九時の出発なら安心だわ。きっと予定の時刻に着くわ」典子は淡い微笑を向けた。

「ゆっくりとご覧になってきて。ここからは勾配が緩いので荷物があっても楽だわ、私は先に行って回りを片付けなくては」と知らずに早口になっていた。「とてもお客様を迎えられる状態ではないの」

典子の庭

家のテラス近くから歩道までの東側の地形は全体が緩やかに傾斜し下っている。全面高麗芝だけだった庭を花壇に改造する時、典子はそこに父の時にはなかった道を付けてもらった。一つは園芸に必要な資材、肥料や堆肥を運ぶ為ではあったが、もう一つはそこを薔薇の小道にする為だった。

S字形の緩やかなカーブで上っていく三十メートルほどのアプローチができ上がった。その工事と併行してその両側に、レンガで組んだ花壇を付けてもらった。

そこには華やかさと気品を備えた薔薇、ハイブリット・ティー（HT）と呼ばれる剣弁《けんべん》や丸弁の高芯《こうしん》咲き、大輪の薔薇を主に選んでいた。品位や風格という言葉を薔薇に当てはめるなら、HTは最もそれにふさわしいものを備えていると思われた。HTに総じて言える事は、それらが一つひとつ誇らしく花首を上げている事だった。

テラスや庭へと続くアプローチには、いわば正装し、襟を正したようなHTこそが、人を迎えるのにふさわしい薔薇、と典子は思っている。

初めは、（乾杯《かんぱい》）や（イングリッド・バーグマン）などの赤系。（プリンセス・ドゥ・モナコ）や（芳純《ほうじゅん》）などのピンクのまとまりの次は（ホワイトクリスマス）などの白のグループ。その後には（インカ）といった鮮やかな黄薔薇。アプローチの最後は（ブルームーン）などの藤色（青系）の薔薇、などを植え込んでいた。

それらは定番と言われるものばかりだったが、長い薔薇の歴史の中で評価の定まったものと言えた。初心者に過ぎなかった典子には、剪定など試行錯誤の連続だったが七年目となるこの春は，HTならではの華麗な薔薇の小径になっている。

アプローチを幾らか上がって、ふと我に返るように足を緩めた。不自然なほど早足になっているのに気付いた。まるで茉莉から逃げるように来てしまった。先に行って周りを片付けたいと思ったのは本当だったが、それだけではなかった。

アプローチの上がり口で後ろから来る茉莉を待っていた僅かな間、それまで心の平静を保ってきた糸が、今にも切れてしまいそうな不安が走った。

アプローチを一緒に歩きたいと思った。薔薇の話をし、茉莉からすぐにもその感想を訊きたいと思った。この日をどれほど切望してきた事だろうか。しかし心の一方にはそれを怖れる典子がいた。想いの溢れるままに話し出したらやがては堰が切れるように、固く誓った事までも押し流してしまうに違いなかった。

典子は白薔薇の列に視線をつないだ。ふと正面の（レーシー・レディ）が目に入った。開いた外弁の幾つかに赤い染みのようなものがついていた。中心の白い花冠は中から光が洩れるようにふっくらと巻いているだけに、その染みは余計に目立った。決して気にするほどの汚れではなかったが、しばらく迷った後に、典子は指でそれを摘み取った。


今朝も五時前に起床すると典子は手早く化粧（主に日焼け止めを塗るほどだが）を済ますと、いつものように庭に降り立った。

夏至に向かうこの五月、四時過ぎにはもう空が白み始める。日が昇る頃から二時間ほどが至福の時なのだ。

天気のいい日ならば薄明の中に射し初《そ》む一条の光を合図に、新しい朝が驚くべき速さで展開していく。ひっそりとしていた大気が陽の色を含み、次々と薔薇たちが目覚めていく。株の周りに沈んでいた香りが、揺らめきながら渾然と立ってくる。濃いダマスクの香りからフルーツやティーの香りなど、まるでパフュームのテスティングのように、庭中が香りに包まれていく。

滅多にある事ではないけれど、これまで数度、体験した事がある。水平線の上に雲が厚く籠《こ》める早朝のこと、中に閉じ込められている光が雲の具合で、真横に吹き出してくる。上空の雲間から下方に放射してくる光を「ヤコブの階段」とか、「天使のはしご」とか呼ぶのは知っているけれど、水平に射してくる光は何と呼ぶのだろうか。

真横からの光は椎などの梢を抜け幾条もの矢となって庭に届いてくる。薔薇の上側に光が当たり、濃い葉叢《むら》と夜の名残の闇が作る陰翳《いんえい》の中に、幾つもの――とりわけ白や黄薔薇の花冠が浮かび上がっていく。光にすくわれるかのように。言葉は浮かばない。体が感覚になる。ほんの数秒、刹那と言うほどの時間なのだが、典子は息をしていなかった事に気付く。

太陽は赤く焼けた火の色から数分の内に、もう直視できないまでに輝き昇っていき、光は精緻に組み合った花弁の内部にまで隅なく透過していく。

典子はただ溜息の中で見つめる。

花輪はその内側に光源があるかのように、仄《ほの》かな点り色を見せて輝き出していく。

その度にしみじみと思う。――薔薇は、他の花のように光を返して輝くのではなく、光を吸って輝くのだ――と。

一つの株であっても開き具合や花茎の位置によって花色に微妙な違いが生まれ、やがてそれらは混然と溢れる花群となっていく。

魔術のような時間、美が開く時。典子は色彩のシンフォニーに包まれ、魂の奥底までが共鳴していくのを覚える。

――この喜びを表すには詩人の言葉がいるのだわ――

庭を巡りながら典子は自分自身にとも、薔薇にともなく囁《ささや》く。

と言っても、いつまでもうっとり眺めている訳にはいかない。

盛りが過ぎて花輪が緩んだり、色が褪《あ》せ始めたものを摘み取らねばならない。それだけではない。株回りに目を配り、株元から伸びてくるベーサルシュートの確認なども疎かにはできない。更にこの時期欠かせないものは害虫対策である。リンゴや桃、梨などバラ科のものはきっと虫が好きな何かがあるのだ。大敵の青虫や蕾の花首をかじってしまうバラゾウムシなども丹念に見回り駆除しなければならない。しかしそれを苦痛と思うような事はない。薔薇守りの朝は喜悦の作業の内に過ぎていくといえる。

テラスに着いた時には典子の胸は薔薇で塞がっていた。

左の腕に茉莉のボストンバッグを下げた窮屈な姿勢だったが、開き過ぎたものなど目に付いた花を摘み取ってきた。朝には完全無欠だったものも気温が上がってくると、薔薇は手を掛けた者の心を置いて、咲き急いでしまう。

テラスの端の作業台に体を寄せ、胸元の薔薇をそっと放った。いつものようにローズボウルに浮かべようと思った。

壁の棚からクリスタルのボウルを選び、素早く水を張った。配色を見ながらテーブルの上の薔薇をそっと浮かべていく。それでも藤色の〈夜来香《イエライシャン》〉の一輪が手から崩れてしまった。一瞬典子の動きが止まる。

その花冠に〓永遠の憧れを秘める〓と詩人の謳《うた》う花は、虚か幻であったかのようだ。典子は憂いを残した花びらを指で集めていく。次はテラス中央のテーブルに向かい、先ほど放りっぱなしにした園芸道具を壁側のストッカーに入れ込む。

父の頃からの木製のテーブルは、大人六人がゆったり囲める広さがあり、花瓶もそれに見合う大きなものを置いていた。それには薔薇が活けてあるというより、今のそれは限界まで入れ込んだ、という状態だった。この時期は飾り切れないほどの花で溢れる。数秒、典子は溜息まじりにそれを見やる。

やがて観念する。

――こんな事をしている時ではないわ――

典子はぎっしりと詰まった花をざっと整えると、花瓶をテーブルの端の方にずらした。

――茉莉はどの辺りだろうか?――

典子はテラス前の一段下った石敷に降りると、背を伸ばして下方を窺った。道がカーブしている事や、人の背丈に近い薔薇も多く、そこからは見えなかった。数歩、薔薇の小径に入っていった。

茉莉の姿は思ったよりもずうっと下方にあった。横向きの姿が目に入った。顔を真近く花群に寄せている。丹念に味わうように。

さっと喜びが湧いた。

――薔薇を、私の薔薇を見ている！――

それほど熱心に見てもらえるとは、先ほどの冷淡な素振りからは思えなかった。しぼんでいた胸が熱くなり、嬉しさが楽章のように典子を包んでいった。しかし同時に典子は、今この時が、午後を過ぎているのを恨めしく思った。

薔薇の香りは朝の九時頃までが最も際立つ。日の出と共に花弁の中のフェニルエチルアルコールやゲラニオールといった、それぞれ特有の芳香成分が放散されていく。しかし陽が昇り気温が上がるにつれてその蒸散は激しくなり、香りは希薄になっていく。それでも鼻を寄せれば、香りの在り処ほどは確かめる事はできる。全部消えてしまう訳ではないから。

――でも、明日の朝があるわ――と典子は思い直した。

明日の天気も晴れの予報だった。

茉莉の体が動いた。わずかに首を回しただけで横向きのまま上の株に移った。体を少し屈める。薔薇の繁みに隠れるように典子も体をずらした。探り見をするかのようで気が咎めたけれど、ずっと茉莉の様子を見ていたい、と思った。

茉莉はスロープの下側に体を回した。後ろ手に引いていたスーツケースを横向きに止めようとするのだとわかった。前の（熱情《ねつじょう》）という大輪の赤薔薇をよく見ようとしてなのか……。

――うまくバランスを取れるといいけど、あの辺りからは傾斜は随分緩やかになっているけれど――

小さな心配が、ふと記憶を呼び覚ます。


「マリ、早く来てよ！　上の方がもっと見晴らしがいいわよ！」、ノリコは後ろに向かって叫ぶけれど、マリは動こうとはしない。典子の方がしぶしぶ下に戻っていく。

その前方だけは樹木が切れ、ベタ凪の海が果てもなく開いていた。海の色は深い藍から鮮やかなマリンブルーへ微妙なグラデーションで塗り分けられたかのようだ。

「ノリ、ほら見て、ヨット！」

眼下の左奥に入り江の口が覗き、今しも白い帆を上げたヨットが、外海に向かって舵を切ろうとしていた。泡立つ波でヨットがエンジンを積んでいるのがわかった。群青のキャンバスに白い航跡が立っていった。

翳《かげ》りを帯びた藍からブルーを増していく潮に、波の白を際立てて、航跡がきらめき伸びていった。

「まるで絵のようだね」、マリが言う。

「ええ、絵のようだわ」、ノリコが頷く。

二人が眺めている間にヨットは駿河湾のただ中に小さな点になっていった。遠い先は薄い鈍色《にびいろ》にかすんでいる。

ふと、典子は道路の方に目を向ける。

「マリ、大変！」どうした事か、マリのスーツケースが坂になった道をゆらゆらと降りていく。

「わ！……わわわ！」慌ててマリがドタバタと追いかける。おかしいほど滑稽な姿で。

――二人だけの初めての旅、高等科二年、十七歳の秋の「事」。あの時のスーツケースは赤、私のは青――

典子はアプローチに静止している茉莉の臙脂色のそれを見つめる。

（熱情）に傾いていた茉莉の上体が動いた。反射的に典子は体を返そうとしたが茉莉の方が早く典子に気付いた。互いの目が合った。

薔薇のきらめきの中に覗いた顔は、茉莉ではなかった。中年の翳りの差した、見も知らぬような女の貌《かお》、そこには今しがた蘇った、あの頃のマリのかけらもなかった。

テラスに駆け戻ると、大きく、息を吐いた。

目の錯覚なのだ、と思った。過剰なほどの色彩と光が、視覚に何かの作用を起こしたのだ。いくら時が経ったにしても、マリがあんな風な別人のようになってしまうはずはないもの……。

――それもこれも、私自身が動揺しているせいなのだ。もっと落ち着かなくてはいけない――

そう自戒しながら典子の手は、半ば無意識にテーブルの薔薇に向かっていく。一度は断念した詰め込んだだけの花瓶から典子は黄色の(インカ)、黄色から赤に色変わりする(ミラマーレ)も外していった。

長い離別の間でも、典子の中で時は過ぎ去るものではなく、円環のように巡っていた。茉莉が女学校の頃のままであるはずもない、と頭ではわかっていても、過去は何ひとつ変わらず典子の現在の中に、混然と巡っていた。

しかし今、次第に心が静まっていくと、さっき目にしたものは、全くの幻惑ではないのかもしれない、という思いが起こった。

――茉莉もまた、見知らぬ者でもあるかのように私を見ていた。きっと私の知らない私の顔を……。もう私もあの頃のように無心に笑える事はないのだから。別れてしまってから、例えようもないほどの年月が過ぎてしまった。その間、茉莉には私の知り得ない時が過ぎていたのだ――という自明の事が典子の中にはっきりと刻まれていった。

茉莉が外資系銀行の東京支社に勤務しているという事を知ったのは、つい半年前の事だった。服装などに疎い典子が見ても、完璧な装い。第一線で仕事をこなしている者が身に漂わせている雰囲気。それらに初めは戸惑ったが、熾烈な世界で生き抜くのがどれほどの事なのか、典子にも想像がついた。

――『変わった生き方を選んだものね』――と茉莉の言った事がよぎった。

その時は単純に事実を指したものと思ったけれども、改めてその真意が思い起こされた。世間から離れ、まるで隠棲するように、薔薇に明け暮れる者とは、天と地ほどもの開きがあるに違いなかった。

――マリは茉莉、私は私、そうでなくてはいけないのだ。変わったのはマリだけでなく、私も、なのだから――

追憶と共に幾度となくなされたその決意は、淡くオブラートに包まれていたものだった。それが、今、確かな通告となって典子に響いてきた。

典子は抜き出した薔薇を素早く別の花瓶に移した。茉莉がアプローチの最後の区画に入ってくる気配を背中に感じた。

――茉莉を迎えるのは、本当はこれからなんだわ。きちんとしなくてはいけないわ――

典子はテーブルの片側に寄っていた花瓶を前に戻し花の向きを直す。鏡に向かう顔になって笑顔を作ろうとする。唇の端を凹める。目は……?、目は惑いの色を払い切れているだろうか、急に不安になる。もう長い事、自分の顔や表情を意識して鏡に向かう事もなくなっているのに思い当たる。

典子は胸の前に手を重ねる。それから大きく息を吸う。体を向け直し、テラスから前の石敷きにそろりと典子は降りていく。

一瞬足が止まる。やや横向きの茉莉の後姿がアップされて典子の目を捉える。タイトに見えたグレーのパンツスーツは、大人の女の雰囲気を包んで、たおやかに体の線を見せていた。グレーの地には薄い青が交ざっている。

――私の知らない女の茉莉……――

典子は藤色の薔薇（しのぶれど）に体を寄せている茉莉にゆっくり歩み寄っていく。

「こんな時が来るなんて……奇跡のようだわ」

きちんと挨拶するつもりが、いざ向き合うとまた同じ言葉になってしまった。

典子は息を整え、顔をまっすぐに茉莉に戻した。

「多忙な中を、無理をして来てくださったのだもの……一番にお礼を言わなくてはならないのに……恥ずかしいわ」、典子は懸命な笑顔を作った。

「年甲斐もなくおろおろするばかりで……」

茉莉は典子を見つめたまま何も言わなかった。不確かなものを見定めようとする遠慮のない鋭い眼差し、ただそこには、これまでのような冷ややかなものはなかった。

――あの頃もマリはよくそんな目を向けてきた。何か私の中まで探ろうとするように。負けずに見返すと決まって睨めっこになった――

「とても丁寧に薔薇を見てくれていたわ」と、典子は茉莉に目を戻して言った。茉莉は無言のままだったが、典子に向いていた瞳が上目に揺れた。

「きっと笑われると思うけれど……」、一瞬言い惑った後に続けた。「こんな嬉しい事、本当に現実なのか……まだ半分、夢の中にいるようなの」

少しして茉莉から低い声が洩れた。「それは私も同じよ」目元に苦笑のような笑みをにじませている。

「不思議の国のアリスになった気持ちだわよ」にべもない口調で言うと、張った目を向けた。「兎の穴ではなく……薔薇園に迷い込んだ」とゆっくりと茉莉は続けると、おどけとも揶揄とも取れる笑みを浮かべた。

典子はどう返せばいいかわからず、笑みを作ろうとした目を瞬《まばた》かせた。

しばらく典子を見つめていた後で、茉莉はアプローチから隣の花壇の方に体を回した。

「バラと言っても、ほんの少しだろうと思っていたのよ」、茉莉は、ぼそっと言った。

「バラは、私を呼ぶ為の口実なのだろうと。それが溺れるほどのバラの数で、正直、面食らったという事よ」

そう続けた茉莉の表情に変化はなかったけれど、その声が、かすかにハスキーがかるのを典子は聞き落とさなかった。それは茉莉が瞬時であっても心の内を見せた、という証だった。


随分親しくなって互いの打ち明け話もするようになったある時、「生来の自分の声はひどい嗄《しゃが》れ声なのだ」とマリは打ち明けた。

それをボイストレーニングで克服したのだ、と。「みんなが聞いているのは……私の演技の声」

「演技の声？　私と話す時も？」

「ええ、今はそれが私の声だもの」マリはそう言って、瞳の奥を悪戯《いたずら》っぽく揺らめかせた。

しかし二人だけで話している時は、よくマリの言う、地声が混じる事があった。風邪で喉を傷めた時のような擦れた声。やがてそれはマリの心が揺れている時や、本心を繕わずにさらけている時に限って、洩れるのだという事に気付いた。

「嬉しいわ！　何と言ったらいいの！」典子は茉莉の言葉に両手を握り合わせた。

「それだけで、何もかも報われる思いがするわ」

「私はただ予想外だと言ったつもりよ」

茉莉はスーツケースに載せた紙袋のずれを直しながらも目は典子から離さなかった。横に向けた眼が白目になった。

「バラの花がどうという事ではないわ」

「ええ……でも」典子は笑みを滲ませた目を茉莉に返して言った。「あなたは薔薇を一つひとつ、丹念に見てくださっていたわ」

「……」茉莉はしばらく典子に向けていた視線をわずかに逸らした。

テラスにて

「さあ、こちらにいらして。まだ日盛りだもの、中に入って」、典子は声を弾ませて言い、テラスに茉莉を促した。

「どうぞお掛けになって」

荷物を移動させた茉莉に微笑み、典子は花壇に向けて椅子の向きを直した。しかし茉莉は、すぐには掛けようとはせず、テラスのものを一つひとつ点検するように、ゆっくりと視線を移していった。特にこれ、というようなものは置いてなかった。と言うより、ここでも装飾品などは持っていなかった。

リビングルーム側の壁に吊るしたラベンダーとユウスゲのドライフラワー。その下には剪定鋏や薬品などの入ったスチールのストッカー、その天板の上には大きさの違う幾つかの花瓶、しまい忘れたままの大小の剣山などが見えている。その真向かい、バルコニーを支えるL字の柱に接して縦型のスリムな収納ケースがありジュノーの用品が入っている。その上にはティッシュや幾つかのスプレー缶が載っているほど。茉莉の目はそれら典子の日常の用品から、反対の東側面に回っていった。

その時にも茉莉の目はテーブルの上の溢れんばかりの薔薇、先ほど典子が整え直した薔薇に、気を留めたようには見えなかった。

東側の際《きわ》、前面にはやや低めのスチールの物置が置いてあり、その上にも同じような物が並んでいる。バカラやボヘミアンガラス、磁器などの様々な花瓶、置時計など。唯一目を引く物と言えば、アラバスターに彫られた高さ三十センチほどの聖母像ぐらいだろうか。しかし茉莉の目はそれらもゆっくりと通過し、隅の帽子の上に留まった。クロムメッキのスタンドには五個の帽子が掛けられていた。散歩用の帽子が三個、サンバイザーが一個掛かっている。つばの広い麦わら帽子や園芸用の物は壁のフックに掛けてあった。

茉莉はしばらく無言のまま典子に背を向けていた。典子は茉莉が何を考えているのか測りようがなかった。やがて茉莉はゆるりと体を回した。典子に向けた目が何かを言おうとするように動いた。

「こちらの席にお掛けになって」典子はそれを待たず、先ほどと同じく、先を制するように正面の椅子を指し示した。

そこからは前面の花壇と三列の長円形《オーバル》の島型花壇《アイランドベッド》がほぼ見渡せる。

「庭が一番よく見える所なの」

茉莉は典子が言った言葉には無反応に、わずかに椅子を引いて座った。典子も茉莉に向き合うように腰を下ろした。

「実のところ」茉莉は庭に向いていた顔を横に向けた。「昨日まで来るつもりなど全くなかったのよ」さらりと言った目が一瞬アイシャドーの青を閃かせた。

「今更会ったって、どうなる事でもないもの……」

茉莉は――そうじゃない？――と言うような表情を向けた。

「……」典子には再び不意打ちのような言葉だった。

事もなげに茉莉は続けた。

「それが急に気が変わったのよ。今朝、メールを入れたはずよ」

「メールを？」思わず息を呑んだ。


意を決して、手紙に封をしようとした時、ふと霊感のようなものが走った。茉莉から、もし何かしら返信があるとすれば――電子メールに違いない――と。

典子は一度入れた便箋を取り出し、追伸に自分のメールアドレスを書き添えたのだった。メールと言っても典子がやり取りするのは、父の会社との事務的な連絡の他には、ほんの数人だった。それも夕食後に少しだけパソコンを開く。

朝になって、ひとたび庭に出ると、それらの事は頭から離れてしまう。

「ああ、ごめんなさい、今日はまだメールのチェックしていなかったの」典子は詫びると共に、口惜しい思いで言った。

——茉莉が来てくれるのがわかっていれば、もう少しましな対応や準備もできたはずなのに——

それでも茉莉がメールをくれたという事は、茉莉とのアドレスがつながったという事なのだ。今までは何ひとつ不明だった、それが何という事だろうか。

「この時期はいつも朝早く庭に出るものだから」

「別にいいわよ。本人がいた訳だから」

「ええ……」典子は頷き笑みを向けた。

「ところで」わずかに声を低め、典子を見つめた。

「ここはあなた一人な訳……？」

「えっ？」すぐには真意がわからなかった。少しして答えた。

「ええ、私一人よ」

「ひとり……？　一人暮らしという事？」

「ええ……」典子は頷き、笑みを作ろうとしたがそれは半端に薄れてしまった。

「ふう〜ん、そお……」茉莉は考える目で言い、その視線をゆるりと典子の手の方に向けた。

「あなた、結婚しているのではないの」静かだが容赦のない訊き方だった。

「ええ……でも、今は……」典子は口ごもり両手を膝の上に重ねた。

「夫がここに来る事はもうないと思うわ。これまでも私がここに越した頃に、一度来ただけだわ」典子は淡い笑みを茉莉に向けた。

「それも、私が本当に一人で暮らしているのか、確かめに来たの」

「ふう〜ん……そういう事なの」茉莉はしばらく典子を見つめた後に言った。「ところで、お父様はお元気？」

「ええ、元気にしているわ」と典子はほっと息を吐くように頬笑み、顔を上げた。

「会社を経営されていたわよね？」茉莉は首を傾げるように聞いた。

「ええ、会長に退いた今も、毎日会社に行っているようなの」と笑いながら言った。

「ゴルフもしなくなって、今はそれが健康法だとか。きっと煙たがられていると思うの」

「日本のオーナー経営者は大概そうよ、それがいい場合も多いわ」、茉莉はビジネス口調で言い、庭の方に目を向けた。しばらくして典子の方に顔を戻した。

「ここのバラは誰が？」

「誰がって？」、典子は思わず聞き返しそうになったが、茉莉の目が何を問うているのかわかった。

「私が……」、おずおずと答えながら、茉莉の表情を窺った。

「あなたが!?　あなたひとりで」

「ええ、私ひとりで」

——茉莉が本当に驚いている——嬉しさを隠して言った。

「普段は私ひとりだけれど、人手がいる時だけ応援を頼むの。市のシルバー人材センターに」

「ふう〜ん」、茉莉は聞こえるほどにそう言うと、しばらく探るような眼差しを向けていたが、それ以上訊いてはこなかった。

典子は笑みを浮かべて言った。

「ここでは取り立ててする事は何もないの。薔薇に好きなだけ時間を取れるの。早起きの鳥さんぐらいに、庭に出て、一日が過ぎてしまう事もあるわ。まるで薔薇守りのようだと自分ながら思うの」

典子は、自分でも呆れているの、というような笑みを向けたが、茉莉は一瞬だけ、強く見張る目を上げると、無言のまま庭の方を見ていた。表情はわからなかった。

——茉莉はどう思っているのだろうか？——微かな不安が萌《きざ》した。

——薔薇にかまけるなど愚昧な事、話すほどもない——とでも。隣の椅子に手が知らずに動いていた。先ほどせわしく丸め置いた園芸エプロンを取り、立ち上がると、それをさっと胸前に広げた。

茉莉は、——何事？——と言うように顔を上げた。

「どう見えるかしら？……私」、声が勝手に出ていた。自分ではない、ぶりっ子を装った声。

「フローラの花守りに、見えるかしら？」

茉莉の顔に一瞬驚きの色が浮かんだが、すぐに冷笑するような表情に変わった。茉莉は何も言わずしばらく典子を見ていたが、眼差しを落とすと再び薔薇庭の方に顔を向けた。

勢い込んで言ったものの、哀れで滑稽なピエロにでもなったような気がした。

――何て馬鹿な事をしたんだろう、きっと呆れ返っているのだわ……――

高校生の頃はよく一緒にショッピングに行った。渋谷や原宿、あれこれと店を回り、選んだ物をお互いに着替えっこした。マリも私も満面真顔で、ファッションモデルのように闊歩し、最後は後ろも見せるようにクルリとステップで回った。

――もうあの頃のようではいけないのだ――と戒め誓ったはず。

典子は思わず、とってしまった自分の振る舞いに、恥ずかしさと後悔に揺らぎながら、ただ、立ち尽くしていた。

腰回りのゆったりとしたチノパン。長袖の生成りの綿シャツ。その上に広げた幾つものポケットのついた園芸エプロンという装い。典子は自分の姿を省み思った。

――茉莉が押し黙ったままなのも当然なのだ――という思いが湧いていった。こんな変わりように、私以上に茉莉の方が当惑しているに違いないのだ。

「おかしいでしょう。こんな格好で……本当に農家のおばさんと変わらないもの」いたたまれずに声を出していた。今度はすがるように潤んだ声になった。

——もっと冷静にならなければ——肩で大きく息をし言った。

「言葉が出ないほど、きっと呆れ返っているはずよ」

典子の方に動いた顔に、苦笑とも冷笑ともつかないものが浮かんだ。

「すぐにはコメントできないわよ！」

面倒なものを一蹴するような言い方だった。

「ええ、きっとそうだわ」声の調子にたじろぎながら、少し遅れて典子は頷いた。

「驚き、呆れ返られても仕方ないわ」笑顔を向けるつもりだったが、中途で崩れていくのを鏡で見ているような気さえした。

うなだれた典子の耳に茉莉の声が返った。

「まあ世の中には」、冷たく見据えた目を向けた。

「誰も予想もしなかったような、生き方を変える人もいるものだもの」

「……」その言い方には相手を思いやるという感じは全くなかった。どうでもいい他人事と言わんばかりだった。

「それも、たいていは本人にしかわからない理由で」

「……」追い討ちのような言葉に開いた目を、典子はおろおろと茉莉から逸らした。どう答えればいいかわからなかった。進んで生き方を変えようとした訳ではなかった。

何か、このような道が私には運命付けられていたような気がする事さえある。それを理解してもらうのは、元々かなわない事なのだ。典子は体から力が抜けていくような気がして椅子に凭れた。

――確かに茉莉の言う通りなのだ――

誰一人理解できない……誰にも理解されない。一度摑みかけたロープが手から滑り抜けて、再び寄る辺もない海に流されていくようだった。

俯けた視線の端に白いものが動いた。芝庭の奥に付けたバードバスで白鶺鴒《はくせきれい》が水浴びをしているのだった。一羽が中に入り、もう一羽は縁で待っている。胸元の黒と、腹や翼の下の白が、素焼きの水盤から現れてはすぐ消えていく。羽を震わすと、光の中に水の粒が飛び散っていった。

不思議に音が聞こえない。静寂とは違う無音、この世から音も声も消え去った気がする。

「まあ、いいわよ、まだ、薔薇園のミストレスなら」

不意に遠い彼方からのように声が伝わって、思わず顔を上げると、茉莉は、こちらは見ず視線を庭の先に投げていた。

横顔の唇が開いた。

「私はてっきり世を捨てて、修道女にでもなったのかと思っていたもの」ぞんざいで冗談とも取れる言い方だったが、茉莉は本当にそんなふうに取っていたかもしれないとも思った。

その横顔に初めてのように目が留まった。整った美貌というのではないけれど、印象的な顔立ち、すっきりとした鼻筋。あの頃より顔全体がほっそりしていて、その分、頬から顎の線がいっそう洗練されたように思える。今、その横顔はこれまでにないほど穏やかさを堪《たた》え、遠い先に向けられていた。

――茉莉が私の庭を肯定してくれたのだ――と典子は思った。

表情だけではなかった。『まあ、いいわよ』と不意に切り出した時の声のトーン。茉莉の生来の声、茉莉が本当の心根を見せる時だけの声を、確かに聞いたと思った。しかもハスキーな中に甘やかな響きさえも含んだ。

喜びを抑え典子は言った。

「そんなふうに思われても仕方ないわ……こんなにも長い間何の連絡もできなかったのだもの」

「……」茉莉はゆっくりと顔を向けた。その瞳が、聞こえた事を問い返すように動いた。

典子は思わずテーブルの花の方に目を逸らした。

「あなたはあの頃と同じに溌剌として、とても素敵だわ」と典子は言った。

「いいえ、あの頃よりずっと素敵になったわ」

「ありがとうと言うべきかしら」と軽く受け流すと、茉莉は椅子から横向きに体を浮かせた。隣の椅子に載せていた紙袋に手を伸ばすと、それをポンと典子の前に置いた。

「お土産のつもりよ」と素っ気なく言った。

「まあ！」声が出ると同時に立ち上がっていた。思ってもみない事だった。それに茉莉の言い方、あの頃のまま。

——マリは心からのプレゼントを渡す時でさえ、わざと不機嫌そうな素振りを見せた。何もかも変わってしまったわけではないのだ——

縹渺《ひょうびょう》とした暗がりの中に、小さな明かりを見つけたような喜びが湧いた。「お土産まで頂くなんて……」と典子は目の前のものを胸に当てるように引き寄せた。

「本当に来てくれただけで嬉しいのに」

「誤解しないでほしいわ！」茉莉はさっと睨む眼を向けた。

「許した、という事ではないわよ」

「……」再び不意打ちのような言葉だった。

喜びに包まれていた体までが一瞬に固まり付いた。

「私は怒っているのよ」下から射るように声が響いた。

「もっと正確に言うなら、怒りが再燃した、という事よ」

——さいねん？——茉莉はいったい何を言っているのだろうか？

「二十年も後になって、亡霊からのような手紙は受け取ったわ。書いてある事と言ったら、それもただの数行＝薔薇が咲き始めます＝と謎めかしたものだけ」

「……ええ……」

「あなたからは、未だ何の釈明も聞いてないわよ」

典子はどうにか声を出した。「ええ、そうだわ……」

確かに手紙の形も成さない通知のようなもの、と言われても仕方なかったが、あまりにも酷い仕打ちに思えた。それでも典子は冷静さを保とうとした。

茉莉が来てくれたのだ。ただそれだけで十分なのだ。

「ごめんなさい、あれが精一杯だったの。……どう書けばいいのか、混乱するばかりで……」千切れる声をつなぐように言った。

思いも寄らぬ事から、茉莉の日本での勤務先を知った。不躾と思いながらも、意を決して投函したのは、ふくらんだ蕾の萼《がく》が割れ始めようとする頃、開花まで二週間ほどだった。迷いながら何度も書き直した。封筒に入りきらないほどの何枚もの手紙。あの頃のままの自分が行間にうずくまっているのを感じ、震えた。連絡を取るのは断念しなければならないとさえ思った。

それまでの全てを破り捨て、最後に数行だけの書信になった時、これでいいのだと、すっきりと割り切れた気持ちになった。もしそれで――茉莉とつながるなら、それは許されたという事――

「私信を勤め先に出してしまって……不躾だと思ったけれど……お住まいまではわからなかったものだから、きっと迷惑だったはずだわ」心から詫びる思いで続けた。

茉莉は椅子の背に体を凭《もた》せるようにして、何かを考える顔で典子の方を見ていた。肘掛けに載せた左手の指が小さくキーを打つように動いた。

不意に茉莉は言った。

「まさか、もう時効だからと、私を呼んだのじゃないでしょうね……」

息を呑んだ。冷たくはなかった。(冗談とも取れる言い方だったが、下から据えた目は笑っていなかった。)

「時効だなんて……まさか、そんな！」

数秒後になって、言葉がどうにか声帯をくぐり抜けた。体がゆらゆらと崩れそうで典子は思わずテーブルの縁を摑んだ。

「でもいいわよ、その話は」

このまま気が薄れていくような不安に捉われた典子を、茉莉の声が引き戻した。

「その事は後でじっくり伺うわよ。時間は十分ありそうだもの。……それに」

茉莉は目元をしかめ、典子を見やった。

「何もあなたを詰問する為に来た訳ではないわよ」

典子はおずおずと目を上げた。

「ちゃんと座ったら。いつまでもそんな格好してないで」

「え、ええ、そうだわ」典子は崩れた笑みで答えた。

「本当におかしいわね」と、椅子を引き直し、浅く腰を下ろした。

「あまりにも長いご無沙汰だったから」と口ごもり続けた。「記憶が曖昧というか、はっきり覚えていない事も多いの」

茉莉はしばらく典子を見ていた。

「いいわよ、何も特別な期待はしていないわよ」、茉莉は言い、体をわずかに典子の方に向けた。

「時は記憶をふるいに掛けるけれど、意味のある事は残すものよ」

「ええ、そうだわ」典子は小さく頷いた。

茉莉の物言いは変わらず棘々《とげとげ》しかったが、その通りなのだ。

五月の空は晴れ渡っていたが、丁度、家の真上辺りを、厚みを持った雲がキャラバンのように東に動いていくのが、テラスからも見えた。右手の雲の縁《へり》の方がひときわ輝いている。陽が西に回ったのだ。

「あ、ごめんなさい。お茶をお出しするのをすっかり忘れていたわ」、典子は言い、立ち上がって後ろの時計を見た。

「午後のお茶に丁度いい時間だわ」と笑みの湧き来る顔を茉莉に戻すと、嬉しさを抑えて言った。

「それに今日は、テラスでのティーに最高の日和だわ」

「嬉しいわね、これほどのバラに囲まれてのティーとは」初めて茉莉は表情を緩ませ、視線を花壇に向けた。

「ええ、本当にいい日でよかったわ。昨日は一日中曇りで雷雨もあったの」そう応じ、茉莉の方に数歩、歩み寄った。

「一度、部屋に入ってお荷物を置かれるといいわ」

臙脂色のスーツケースはあまり大きくはなく、数日の旅行向けに思えた。

「ええ、そうだわね」茉莉が言う。

「それと……」椅子を立った茉莉のスーツの方に目を移した。

戸惑いつつ言った。「きっと洋服も着替えられるといいわ」

「……?」茉莉は一瞬、訝る目をした。

「お茶の後に」と心許なげな笑みで典子は続けた。「よかったら一緒に行ければ、と思うの。

ジュノーの……犬の散歩があるの」

「ああ、そういう事ね」

「ええ、岬に出ると景色のいいところがあるの。海が一望できるわ」

茉莉は、考える顔でしばらく典子を見つめた後に「それもいいわね」と荷物の方に動いた。

「今日なら夕映えを映していく入り江や遠くの岬まできっとよく望めると思うわ」

「そう……」あまり気のない返事だった。

「このバッグは私が持つわ。玄関はこちらよ」

典子は扉を大きく開き、先に茉莉を招じ入れた。茉莉は中に入るとさっと視線を回したが、テラスのようにしげしげと観察する事はなかった。もっとも、広いだけで目立った装飾もなかった。

「寝室は二階なの」、靴を脱ぎ、敷台から上がる茉莉に典子は言った。

「でもすぐ使わない荷物はこちらの部屋に置かれるといいわ」と典子は左横の部屋を開け、横向きの体を少し中に入れた。

父の時は、もっぱらゴルフ用具置き場で、予備のソファベッドがあるだけだった。典子はそこをガーデニングの着替えや納戸として使っていたが、十分なスペースが残っていた。

中に荷物を運び入れると、茉莉は窓の方に寄っていった。

「いい眺めね、ここは」と茉莉は遠くに目を細めた。

「芝生がきれいだわよ」

典子も茉莉の視線を追うように芝庭に目を向けた。ほどよく伸びた高麗芝は厚い緑のじゅうたんを敷き延べたようだ。中央の薔薇花壇寄りの奥に、典子の付けたバードバスが見えている。その左側には上が平らな、お椀を伏せたような形の築山が緩やかに緑の裾を広げている。

「ここでいいわよ」不意に息が掛かるほどの耳元で茉莉の声がした。

「荷物はここでいいわよ、着替えるだけだもの、何も二階まで上げなくても」

「え、ええ、そうだわ、それがいいわ」と典子は慌てて相槌を打った。

「そこのハンガーを使って、姿見もあるわ」そう言うと体を屈め、使う事もなく、押し込んでいた姿見を、後退りに引き出していった。

茉莉はさっさとスーツを脱ぎ始めていた。白いブラウスの腕から肩、髪をアップにまとめた後ろ姿が、鏡の中に入っていった。シルクのような風合いのブラウスを透かして、肩甲骨から背中の線がうっすら浮き出ていた。

――大人の茉莉――屈んだまま鏡から目が離せなかった。

脱いだ物を掛けようとして、茉莉は初めて、典子がすぐ後ろにいるのに気付いたようだった。かすかな訝るような表情が浮かぶのと同時に、典子は言葉を発していた。

「きっとオフタイムの物も用意されていると思うけれど」

「……」――何を言っているの？――という顔を茉莉は向けた。

典子はおずおずと言った。「散歩に合う普段着なら沢山あるわ、Tシャツとか、ジーンズとかも」

眉をひそめて典子を見つめた後に「まさか、散歩コースは藪の中、というような事ではないわよね」、茉莉は真顔になった。

「ええ、少し山道だけれど、コースはよく整備されているわ」典子はほっと笑みを向けた。

「そう、それならいいわ」茉莉は考える目を典子からスーツケースに落とした。

「何かできる事があったら言って。私はお茶の用意をするわ」と典子は忙しそうに言い、さっと部屋を出た。

キッチンに入ってからも典子は、しばらくの間気持ちの収拾のつかないまま、壁に凭《もた》れていた。茉莉が来てからまだ一時間と経っていないのが不思議だった。

長い空白などなかったようにも思える。

茉莉の仕種ひとつで記憶は新たに色揚げされ、次々と出番を競っているかのようだ。その克明さに驚き、怖れた。とめどなく噴出する記憶は、再び自分を過去に連れ戻しそうだった。

――強く自戒しなくてはいけない……それと、茉莉との午後のティー、急がなくては。

奇跡の時にふさわしい茶器セット、それから銘柄（そのどちらもそう多様にある訳ではなかったが）選ばなくてはならない――

気が付くとキッチンの周りは、ウエッジウッドの花柄やマイセンのブルーオニオン、様々な器でいっぱいになっていた。結局はカップボードの中味を移動させたに過ぎない状態を見やり、典子は大きく溜息をついた。ふと自分がとても愚かな事をしているのに気付いた。――マリはティーカップの絵柄などに、ステキ！などと見とれた事など一度もなかった。母が集めていたセーヴルのアンティークにしても全く関心を示さなかった――

結局ティーカップは白磁のプレーンなものになった。

茶葉を決める段になって典子は、いくらか自分の感性に自信を戻していた。

普段、独りだけの午後のティーには、ミルクにもよく合うアッサム茶にする事が多かった。しかし茉莉がミルクティーを好むとも思えなかった。

薔薇に囲まれたテラス、という場を考えると花の香りを持ったウバ茶やアールグレイも合うと思えた。どちらもラデュレの缶入りが残っていた。

ふと茉莉のお土産の紙袋を覗いた時の香りを思い出した。鼻孔に広がったバターの甘い匂い。それを更においしくするのはダージリンのストレートが一番、という結論に至った。典子は新しい袋の茶葉を茶筒に入れた。

それからはそう迷うものはなかった。テーブルクロスを選び、素早くリビングを抜けテラスへ。テーブルの物をどかし、クロスを持ってきた物に替える。一瞬にインド更紗の青がテラスの雰囲気を変えた。

それは茉莉との新しいページを予告するもののように思え、胸がときめくのを感じた。

急いでティーのセットを整え、一度沸騰させた湯を移した電気ポットをテラスのコンセントに継いだ。忘れている物がない事を典子は何度も確認した。幸い花瓶に押し込んでいた薔薇の花たちも更に整え、別の花器に分ける事もできた。


茉莉はまだ庭に出てくるふうはなかった。

モバイルで話している声がドアを通してかすかに感じ取れた。何件か相手が変わったようだった。初めて聞くビジネス口調の声、時折笑う声も。再び取り残されたような想いに典子は捉われた。しかしそれは二人の現実の開きなのだ。

――マリは茉莉、ノリも、とうに典子のはず――

ふと、体に手を当てた典子は、庭着の綿シャツのままなのに気付いた。

せめて上だけでも着替えたいと思った。しかし今朝、作業に出るのに着替えた物は茉莉の使っている部屋にあった。気軽にノックすれば済む事だったが何故か入っていくのがためらわれた。

中の部屋に目を向けた。リビングルームの奥、ダイニングチェアにチュニックが掛けたままだったのを思い出した。

玄関の扉が開くのがわかり、典子はさっと椅子を立った。扉がゆっくりと閉まり、その姿が現れていった。

それに連動して典子の体が前に動いた。しかしそれに続くはずの典子の動作、微笑みと感激の言葉は一瞬に固まりついてしまった。

数歩、歩み出た姿は外を見定めるように、バルコニーの柱の作る空間に、留まっていた。

幻覚ではない、という認識が働くまで典子の呼吸は停止していた。

——背や胸元を大きく開けたワンピースドレスの茉莉、体の線をなぞるようなひと続きの布地をまとった茉莉——

芝庭の前方にまっすぐに顔を向けたまま茉莉は典子の方を見なかった。

その姿は茫然としている典子の網膜の中から、テラスの角柱の陰に消え、やがて日盛りの庭の中に入っていった。

大人のマリを思い描く事はあったがドレス姿の茉莉は想像した事もなかった。

高等科になってからも、典子の普段着は母の勧めるまま、ワンピースが多かったが、マリはいつもジーンズやカジュアルな上下を組み合わせていた。——可愛いくまとめるのが嫌なの！　お嬢様でもないし、あなたは合うわよ――マリは悲しくなるような事を平気で言った。

第一線のキャリアウーマンとしての出で立ちから、今度は別人と疑うばかりの、コケティッシュとも映る装い。もしかして茉莉は、私を驚かそうとしているのでは？　典子は一瞬思ったがそんなはずはなかった。

ショックが薄れていくと、茉莉の姿は確かな告示となって典子の網膜の中に入っていった。

それは心の中に淡く残っていたものまでも一掃し、冷厳な現実を肯《うべな》わせるものとして。

――二人が過ごした時間より、離れた後の歳月の方が遥かに長いのだ――典子はつくづく思った。

「素敵ね！」と典子は声に出したつもりだったが、それは溜息ほどだったかもしれない。

茉莉には全く届いていないようだった。その姿は緑の芝の中に、ゆっくりと歩み入った。

午後の陽はまだ高くにあって輝く光に後姿が眩く浮かんでいた。上の身頃がローズがかったピンク、腰から下がダークレッドのワンピースドレスは、ゆったりとした作りなのに、動きにつれ体の線をなぞるように揺れていった。幾分長めの裾は円くすぼんでいて、大人の女の雰囲気を包んでいた。

ふとそれは現実の空間に嵌め込まれた、グラビアであるかのようにも思えた。

来客は少なく、花壇と離れた芝庭にまで人が入る事はごく稀にしかなかった。ましてドレス姿の女性が庭に立つ事などあり得なかった。次第に知覚が怪しくなり、白昼夢を見ているような感覚に囚《とら》われた。

「ステキだわ！」典子は、今度は声を高めて言った。

茉莉の動きが静止し、それからゆっくりと体が回った。

典子はテラスの端に歩み出た。

「とてもお似合いだわ……とても……」と言ったが、後に続ける言葉に迷った。

「こんな物しか入れてこなかったのよ」と乾いた声を上げて茉莉は言った。

「ここに合っているとはとても思えないけど」

「そんな事ないわ」小さくかぶりを振り、茉莉がずうっと遠くにいるかのように目を澄ました。

「素敵な配色だし、薔薇の花色とも、とてもよく合っているわ」

茉莉は少しの間典子の方を見ていた。

「もう一つ二つ入れておくべきだったわ。こうとわかっていれば」と言い、体を奥の築山の方に向けた。

「ところでこの山みたいなものは何なの？　古墳のようでもあるし、何か意味あるものなの？」

「特別なものではないわ」と典子はテラスから前の石敷に降りていった。

「父が別荘にしていた頃、そこでゴルフのクラブを振っていたの」

茉莉は体を返し「お父様が……？」と典子を見た。

「ええ……」

茉莉は考えるような表情を見せた。「ティーグラウンドに見立てたのかしら？」と典子にともなく言うと、花壇の方に回って行った。


典子は、ここ勝浦の別荘には、それほど来た訳ではなかった。大きな理由は何よりも母が来ようとしなかったからだった。後年になって父の勧めで何度かゴルフコースを回ったけれど、それに興味が湧く事はなかった。

八年ほど前、体調を崩しゴルフ三昧とはいかなくなった父が、別荘の処分を考え始めた時、典子はそれを譲り受け、自由に使う事を願い出たのだった。

「ほう、それでどうするつもりかね？」

典子の申し出を黙って聞いていた父は、しばらく俯けていた顔を斜めに上げて訊いた。

「ん？……バラを植えたいと。バラ園でもやるつもりなのかね？」

「そんな大それた事じゃないの」典子は微笑み返した目を父から逸らして言った。

実際は急に思いついた事で、はっきりとした構想があった訳ではなかった。典子自身、突如自分を動かしたものが何なのかも不明だった。しかしその着想は、深い森から、不意に展望の開けた場所に辿り着いたかのように心を躍らせた。

「ただバラを咲かせたい、だと？」

「ええ、薔薇を咲かせたいの」

「……」

短い口髭を撫でつけながら娘に向けた目を、父は意外な者を見るように細めた。


花壇作りの方は典子が当初思っていたものとはかなり違ったものになった。土壌についての認識が全くなかったのだ。

薔薇の植栽には五十センチ角の幅と深さが必要とされているけれども、別荘の芝を剝いだ下は砂礫質の砂岩層で、掘削は容易ではなかった。結局、十分な容積を得るには掘り下げるだけではなく、レンガを積み上げ、入れ土をするという方式になった。

芝を張っただけの庭の六割ほどがアプローチを挟んで丸や楕円形《オーバル》などの花壇を散らした庭になった。花壇と花壇の間は、芝刈り機が入る幅を取った。

その二十近くの独立した島型花壇《アイランドベッド》を典子は樹形や花色、香りの強いもの、更には記念碑的な薔薇、最初のＨＴと言われる（ラ・フランス）や、第二次大戦後、国際連合の初総会のテーブルを飾った花（ピース）といったものにまとめた。

他の草花との取り合わせが難しい、寧ろ求めないＨＴ系の花壇は独立させ、それ以外の花壇は、薔薇の間やレンガの縁回りに、季節の多様な草花を植え込んでいた。今はジギタリスやニゲラなどがシュラブローズの花群れにアクセントを付け、株回りの、忘れな草が花壇の縁からこぼれている。

茉莉の姿は奥の花壇、(マダム・アルディ)や(レダ)などトレリスに這わせたオールドローズや(ブライダルピンク)や(フレンチレース)などのフロリバンダの溢れる花群の間に見えていた。

目が奪われた。不思議な魔法が働いたとも思えた。

初めはこの自然の中で場違いとも思われた茉莉の衣装は、繚乱と開く花の中で非の打ち所なく調和していた。

写真を撮るとわかる事だけれど、溢れる薔薇の中では人が身に着けているものは、どんな素晴らしいものでも精彩をそがれてしまう。しかし今、茉莉のまとったものは、稀有な者の存在を証すかのように薔薇に映え、その姿は、気高く厳かなものにも見えた。

フローラ！　花の女神！　という言葉が浮かんだ。

――茉莉はきっと、フローラの使いで私の薔薇を視察に来たのだ――と突拍子もない想像が湧き起こった。それは荒唐無稽な事に違いなかったけれど、典子の心を浮き立たせた。

「そのボトムの形」と典子は花壇の間に見えている茉莉に向かって大きく声を投げた。「花壇を回るのにとても合っているわ」

歩みを止め茉莉は——何の事?——という表情を向けた。

「ここは前触れもなく突風が吹くの」と典子はテラスを降り、数歩花壇の方に寄っていった。「裾がフレアーのようなスカートだと悲惨な事になるの」

「ああ、そういう事ね」と茉莉は小さく頷いた。

「あまり考えずに、取りあえず詰め込んだだけよ」

「でもよかったわ、薔薇の中でもとても映えるもの」と典子は言い、少しおいて、動いていく茉莉の背に向かって続けた。

「そこからは横枝が伸びているものもあるから、気を付けて。小枝でも棘を持っているわ」

「わかったわ、気を付けるわ」と茉莉はちらっと横顔を向けた。

「この辺りは、とりわけいい匂いがするわね」、茉莉の声が正面より少し下の花壇から聞こえた。本当のハスキーがかった声。

「ええ」、典子は背伸びし、勇んで答えた。「そこはダマスクと呼ばれる系統のものをまとめてみたの。甘い濃厚な香りが特徴だわ」

典子は声を高めて言う。

「この時刻だともう香りも薄れてしまっていると思うけれど」

植えるにあたって香りまで考慮したらまとまりがつかなくなってしまった。それでも何本も入れ替えた事で、ある程度のまとまりになっていた。ティーやフルーツの香りの物は混在しているけれども、ダマスク系とブルーの香りと呼ばれる青（藤色）薔薇の二種類はそれぞれ数株を、まとめ植えにしていた。

はっと目が引かれた。

不意に茉莉の姿が花群の間から抜きん出てきた。縁取りのレンガに乗ったのだ、とすぐにわかったが――まさか！　あのようなドレス姿で……――典子はただ呆気に取られた。

それだけではなかった。茉莉の半身はゆっくりと前方に傾き、再び花群の中に紛れていった。茉莉は薔薇と同化し、よく見なければそれとわからなかった。高くまとめた髪が唯一その所在を示していた。

――あの薔薇は（ラスティング・ラブ）？――典子はよく見定めようと移動してみたが、かえってシュラブローズの陰になってしまった。

茉莉の体が一旦起き、そのまま横に移っていくのがわかった。

狭いレンガの上なのにその動きに少しの危なげもなかった。再び茉莉の体がしなやかに前傾し、色彩の中に溶けていった。

「何してるの？　こんな所で」少女は何故かブロックで積まれた用水枡の上に乗っていた。驚いたように体を捻ったが、バランスを崩しただけで落ちはしなかった。典子の問いかけには何も答えず横向きのまま、猫が見知らぬ者を見るような目を向けてきた。初めてではなかった。少なくとも一時間ほど前には、少女の方も典子を見知ったはずだったけれど。

典子の学校は初等科から高等科まで一貫した女子校だったが、学年初めには外部からの入学生も少数受け入れていた。

中等科からの課外活動で、テニス部の部活最初の日だった。新入生はコートサイドに集められていた。そのまとまりから少し離れた所にいる少女が目に留まった。お喋《しゃべ》りの輪に入ろうとしないだけでなく、どこか雰囲気が違っていた。短いボブの髪は少し栗色がかっていた。やがて担当の先生が来て、ガイダンスの前にお互いの自己紹介があった。少女の番になったが、ただ、三岸マリ、と言っただけだった。他のもう一人の新入生は帰国子女で、海外での生活を得意げに披露していた。その子が、マリとは真理（しんり）という字を書くのかと訊いた。

その子を睨むように見てから、口を開いた。

「トゥルースの真理ではなく、アレイビィジャスミンの茉莉です」

ざわめいていた場が一瞬、真空状態になった。少女は単語を正確に発音しただけでなく、巻き舌でとても不機嫌そうに言った。その瞬間、体のどこかを摑まれたように典子は息を詰めた。

新入部員に課されたブラシ掛けや用具の片付けを済ますと、皆はさざめく鳥のように引き上げ、コートには残りの光だけが張っていた。グランドの隅にただ一人、その少女の姿が残っていた。

典子は数段高い所から強い目を向けている少女に向かって言った。まだ少し距離があった。

「三岸マリさんでしょう……字はわからないけど」、そこで少しはにかんでしまったけれど、早口で続けた。

「私は内村典子、さっき自己紹介したけれど」、典子に注がれていた目がただ奇妙そうな色を見せて動いた。

――覚えてくれてはいなかったのだ――気落ちしながらも続けた。

「典子のノリは古典文学とかいう時のノリ、例えばアーサー王物語とか、源氏物語とかの……」

吹き出しそうな表情をマリは一、二秒だけこらえていたが、ひとしきり変わった声を立てて笑うと、ブロックからストンと典子の前に飛び降りた。背丈はほぼ同じだった。顕微鏡を覗くようにまっすぐに典子を見つめた瞳の色が、少し薄かった。

「マリのマは草冠に末という字、未来という字に似ているけど、下の方が短い。リは同じ草冠に便利とかいう時の利」と、唱えるように言った。

「ええ、よくわかったわ」典子は幻術から解かれたように、間の空いた後に言った。

「茉莉、とても素敵な名前だわ」

典子の言葉を黙殺して、茉莉は黙ったまま見ていた。

「さっき、何をしているのか、訊いたわね」

「え！　ええ……」

「これよ！」と茉莉は言うとラケットを肩ほど差し上げ、ニッと笑った。

一体何？と問う間もなく、クルリと体を捻ると再びブロックの縁に飛び乗った。

そこは元々、用務員の人だけが使うところだった。中にはバケツが転がり、砂がたまっていた。茉莉はラケットを軽く放り反転させると、落下してくるフレームのトップを巧みに指で挟み取った。茉莉のテニスウエアも靴も、学校で指定された真新しいものだったが、ラケットはかなり使い込まれているのが見て取れた。

実際、新入生がボールつきやボレーの練習をしている所に、外れたボールが飛んできた事があった。その時茉莉はそれをガットに吸い付かせるようにスウーッと受けると、手を上げた上級生に向かって強いサーブで返した。ボールが相手の真正面に向かっていくのを典子だけでなく誰もが呆気に取られ見ていた。

茉莉は典子の方を確認するようにちらっと顔を向けた。するとグリップの先で蛇口の栓をコツコツとたたき始めた。すぐに水が噴き出した。

典子は慌てて飛び退いたが、茉莉はバランスを崩しそうになりながらも水をかわし、今度は横から慎重に栓を絞っていった。飛び広がっていた水は束ねられたように、囲いの中に放物線を描いていった。

茉莉は典子の方に上体を捻ると、前のようにニッと笑ったが、今度は目に戯《おど》ける光が散っていた。茉莉はさっと顔を戻すと両腕を後ろに伸ばし、ゆっくりと体を前傾させていった。足首を軸にしてスカートから出た脚、背、首までが直線に伸び、それは滑空しようとするスキーの選手のようだった。

ハラハラするほど体が傾いていき、ほっそりと高い鼻の先が水の穂先に触れるばかりになった。と、茉莉の口から舌が伸び出てきた。

それは別個の生き物のように生々しかった。

裏側の肉の色を見せて窄《すぼ》まった舌の先に、水の粒が弾けていった。

「ふふ……、うまくいった」

不意に目の前に飛び降りてきた茉莉の擦れた声が、典子を現実に引き戻した。

「どお、あなたもやってみる……?」茉莉は濡れている唇を手で拭いながら悪戯っぽい目を典子に向けた。

「え！……私も？」

「そう、あなたも」

あの時、私は見事にブロックの中に落ち、茉莉は腹を抱えて笑った。

でも、少しも悲しくなかったし、いつしか一緒になって、私も笑っていた。

午後のティー

典子は花壇から芝庭に向かってくる茉莉の姿を確かめ、ティーポットに沸騰させた湯を注いだ。

「熱心に見てもらって、きっと薔薇たちも喜んでいるわ」

玄関側からテラスに入ってきた茉莉に言った。

茉莉の口から感想を聞きたいと思った。そう水を向けても、ちらっと目を向けただけだった。

「さあ、お掛けになって」、典子はあらかじめ引いておいた椅子を示した。典子の真向かいより一つずれた、センターの花壇に面した席。

典子はティーを注いだカップを自分の方にも移し「早速頂いた物で申し訳ないわ」と茉莉のお土産の包み紙を開いていった。

「まあ！」典子は声を上げた。

「マドレーヌ」小箱の中にはこんがりと焼けた、貝の形の菓子が二列に並んでいる。

「いい匂い、まだ焼き立てのよう」典子は嬉しさに輝いた目を、茉莉に向けた。

「ここではこんな香りのいいものは手に入らないわ」

茉莉はティーカップに手を伸ばし言った。「駅地下のモールに行ってみたのよ。何かお土産物らしいものがあるだろうと思って」

「本当に嬉しいわ」典子はマドレーヌを小皿に取り分けながら嬉しさが溢れてくるのを覚えた。

茉莉の気遣い、思いもよらなかった事。あの頃と変わらない物言い。

「まあ、いろんな店が並んでいたけれど」茉莉はカップを口元に寄せ一口啜った。

「何が好みだったか、思い出せなかったのよ」

「……ええ、随分昔の事だもの」典子は口元に笑みを寄せた。

「それなのに、こんな上等なマドレーヌですもの」

「このベーカリーも通り過ぎようとした時、店の奥からトレーいっぱいの焼菓子が出てきたのよ。そこのオーブンで焼き上げたばかりとか、まだホカホカしてたわ」

「ええ、今もその感じがわかるほどよ」典子は微笑み、椅子に掛けた。

「私がまだ小さかった頃……父が、よく買ってきてくれたの。会社の近くにパン屋さんがあって、そこはエシレバターを使っているとかで、他の店とは味も香ばしさも違うの。父とは面白いほど好みの違った母も、そこの物は例外だったわ。マドレーヌは特においしかったの」

典子はしばらく手に取っていたままの菓子を口に入れた。

「本当にバターの風味も焼き具合も同じようだわ。懐かしい味」典子は残っていたものを口に含み、茉莉に笑みを向けた。

茉莉は典子が話すのを、時折ティーカップを口に運びながら黙って見ていたが「プルースト効果、というらしいわ」と目を上げた典子に囁くように言った。

「え?……」

「フランス語の授業でプルーストの『失われた時を求めて』がいかに偉大な作品であるかを聞かされたわよね」茉莉はティーカップをソーサーに戻した目をじっと典子に向けた。

「ティーに浸した一切れのマドレーヌの香りが、忘れ去っていた過去を甦らせていくという話よ」

「ええ……?」思わぬ事に驚くのと、謎を掛けるような物言いに、典子はただ頷いた。

高等科では第二外国語も必修になり、二人はフランス語を選択した。男性の老教師は、ある時テキストとは別のプリントを配るとその有名な件《くだり》を、あたかも自分の体験を愛おしむかのように読み語っていった。

「ええ、そうだったわ」小声で頷き立ち上がって茉莉のカップにティーを注いだ。

「そんな事が頭に浮かんでこれを選んだ訳ではないのよ」茉莉はマドレーヌを指で摘んだ。「たまたま、そこに行き当たっただけ。マドレーヌがプルーストに結び付いたのも、たった今の事」

「ええ……」典子は歯で半分にしたマドレーヌを口に入れたまま、じっと眼差しを向けている茉莉に、小さく微笑んだ。(回りくどい言い方を茉莉は好まなかった)

——何を言おうとしているのだろうか?——、疑問が湧いていった。

「私ね、知ってはいると思うけど」、茉莉は手に残っていた物を口に入れ、続けた。「占いや因縁めいた事を信じるタイプではないつもり。けれども、何か不思議な思いがしているのよ、いろいろと。あなたとこうして向き合っているのも……」と茉莉はそう言い、典子に向けていた目を遠い先の方に移した。

「ええ……」

——私もそうなの、これには何か親密な計らいがなされているような気がしているの

——喉元まで出かかったけれど、典子はただ小さく微笑み返した。

「まあ、それはともかく」茉莉は座っている姿勢を直した。椅子が床と擦れる音が立った。

「あなたにもプルースト効果が起きるのを望むわ」とうっすらと笑いながら言った。「思い起こしてほしい事がいっぱいあるのよ」

「ええ、そうだわ」と典子は不意に強張っていく気持ちを隠して答えた。「ずうっと離れていたんですもの」

茉莉はしばらく典子を見つめ、少し横向きに脚を組んだ。

「何年ぶりなのかしら?」と声を落とした。「こうして会うのは」

「……」瞬時に答えられる事ではあったが、何故か一瞬、惑った。

伏せた眼に更紗の模様が流れた。人と鳥と花。

「きっと二十年ぶりだわ」

典子はさっと上げた眼差しをすぐに落とした。

中腰の姿勢でティーポットに手を伸ばした。もう中身は少なくなっていた。

——新しい茶葉に替えなければ——そう思う傍ら、回っていた記憶の回路が不意に交差していった。

「いいえ、違うわ……」躊躇《ためら》いつつ言い、頭の中で今日の日付を確かめた。

――今日は五月十九日――「明日でちょうど……」典子は茉莉を見つめた。

「二十年だわ」

――五月二十日、マリと決別する事になってしまった日――何という奇遇だろうか。手紙を出した時にもそんな事を思いもしなかった。

茉莉も驚きの露わな目で典子を見つめた。

しばらくして言った。

「二十年ぶりの再会という訳ね。実に記念的な日だわね」と茶化すように言ったが、それは上辺で、何か、もっと別な事を思っているのが表情でわかった。

「こんなにも長い別れになるなんて……あの時は……」と典子はそう弁解するように言ったが、後の言葉が続かなかった。

「二十年前の明日」茉莉は庭の方ともなく向けていた顔を典子にゆっくりと戻した。

「あなたは忽然と私の前から消えた。電話ひとつ、手紙ひとつなく」

「……」

「一体、どういう事、何があったの？」穏やかな口調とは裏腹に目には強い疑惑の色が滲んでいた。

典子は茉莉から目を逸らした。

今はその訳を自分なりにわかってきているけれど、――それを明かす事はできない――

典子は数呼吸の後にわずかに顔を起こすと、呟く声で言った。

「……わからなくなったの」

「わからなくなった？　わからなくなったって……何が？」

「ええ」典子は茉莉の視線から逃れるように、前方の空を仰いだ。午後の空は明るいばかりに青く澄んでいた。

「自分がどうしたのか、何なのかも、わからなくなってしまったの」

それは本当の事だった。

「……」茉莉は無言のまま典子を見つめていたが、やがて目元を曇らし、訊いた。

「何か、事故にあったとか？」

典子は小さく頭を振った。

「あの日は……」と典子は言い掛け、笑顔を作ろうとしたが、中途で歪んでいくのが自分にもわかった。大きく息をついてから言った。

「あの日……意識が朦朧として、どうしたのかも覚えていないの。気が付いた時は病院に運ばれていた」

茉莉は典子の言う事を頭の中で検証するような表情を向けていたが、訝る目で「あの日？……」と小声を洩らした。

ちらっと茉莉の方を見たが典子は何も聞こえなかったように続けた。

「数日して退院はできたけれど、家に戻ってからも微熱の日が続いた。眠っているのか、目覚めているのかも曖昧になってしまった」

「……」茉莉は椅子に凭せた背を伸ばした。ゆっくりと典子に目を据えて言った。

「電話ひとつできないほど？」目に怪しむ色が揺らいでいる。

「何の病気だったというの、それは？」

「幾つもの病院に行ったけれど、はっきりとした事はわからなかった。どんな診断だったのか、母は何も言わなかった。心身を活動させていたものが体から抜け去り、何の気力も湧かなかったの。暗い海中を漂うクラゲのような日が続いていった」

「あなた、よく手紙をくれたわよね」長い沈黙の後に茉莉が言った。話を切り出す時の硬い口調だった。

「ええ、そうだったわ」

「私はほとんど返事を書かなかったけれど」

「ええ」典子は弱々しく微笑んだ。

「それでもよかったの。夜、寝付かれずに急に話したい気持ちになった時など……それに家では長電話を禁じられていたから」と典子は言い、目を茉莉からテーブルに落とした。

「読んでもらえれば返事はよかったの」典子は更紗の鳥模様を指でなぞった。「何より私がそうしたかったのだもの」

典子が訥々と続けるのを茉莉は黙って聞いていた。

少しおいて言った。「考えてみればおかしな話よ。毎日、学校で顔を合わせている者から手紙が来る。特別な要件でもないのに」

「……」

茉莉の顔に意地の悪い翳りが指すのを感じ、典子は目を逸らせた。

「それが不思議なものよ、その内——今日も来ていたりして——ってポストを覗くようになるのよ」

「……」

「あなた覚えているわね？」茉莉は、つと言葉を切るとまっすぐに典子を見つめた。

「手紙の末尾の言葉」

「……」

「それは決まって＝永遠の絆、マリア様の引き合わせし姉妹より＝だったわね！」

「……」典子はそっと目を上げた。

「それって……」と茉莉は言うと座ったまま体を押し下げた。軋む音を上げて椅子がずれ動いた。

「つまりは……」斜めに向いた顔をグーッと捻じ向けた。区切るように言った。

「文学お嬢様の、おあそび、だった、という事？」

「そんな……」

「それなら、私はすっかり乗せられていたという訳ね」と茉莉は言うと、顔をのけ反らし、
乾いた笑い声を立てた。

——違うわ——心で叫んだけれど声にならなかった。

「私は信じていたのよ、きっと手紙が来るだろうって」

茉莉は鋭い眼差しを逸らさずに脚を組み直した。

「何があったにしても、きっと知らせが来るはずと」

「……」

「でも一枚の葉書すら来る事はなかった。プツンと切れたように、全くの音信不通」

「ごめんなさい……」典子はどうにか声に出した。

「忘れていたのではないの」

「ふうーん」、茉莉は組んだ脚を戻した。

「それじゃあ、何だっていうの」唇にシニカルな笑いが浮かんだ。

「二十何年も記憶喪失でした、とでも」

「そんな、ひどいわ！」思わず諍《あらが》う声になった。

——忘れた事などないわ、手紙も書いてきたわ。ただ……——

思いの丈を打ち明けてしまいたい衝迫に突かれた。典子はテーブルの下に隠した両手を強く握りしめた。

「見舞いにも行ったわよ」、抑揚を殺した声が、矢音のように耳元を掠めた。

「何度も、あなたの家まで」

「……」、マリが家まで……胸が詰まった。全く覚えがなかった。「家まで来てくれたの？」、典子はどうにか訊いた。

「ええ、何度も」、茉莉はそろりと顔を上げた典子を見、言った。「少しは心配したわよ。友達だったもの」

「……」

「でも、一度も中に入れてもらえなかったわ。冷たくあしらわれて、門前払いよ」

「そんな……」

「悪い風邪でもひいたのか、どんな具合なのか、と尋ねても、お手伝いさんはただ『熱が取れずしばらく休んでいるだけ』とにべもなかった」

「……」

「それから十日ほど後、二度目に行った時よ」と茉莉は言うと椅子から立ち上がった。

ちらっと典子を見、テーブルから数歩離れていった。背を向けたまま話し出した。

「随分待たされた後、あなたのお母様が細く開けた扉から出てきた。それを後手に閉めると、口を固く結んだままずうっと、如何《いかが》わしい者を見る目で私を睨んでいた。まるで『私があなたに、厄災をもたらした』と言わぬばかりだった」

「お母様が……そんな……」

「手の平を返す、というか、私は驚きで声も出なかった。よく遊びに行き、何度か泊めてももらった。それが……」

茉莉は数歩、左右に動いた。微かな靴音が立った。

「人が変わったようだった。とても憔悴していたから、私は一人娘が突然病気になってしまい、気が動転しているのだ、と思う事にした」

「ええ、きっとそうだわ！」、テーブルに身を乗り出し、思わず典子は叫んだ。

「あなたを邪険にするなんて……。きっと心配なあまり、混乱していたのだわ」

背を向けていた茉莉の体が回った。顔は典子の方に向いているが目は別の所を見ていた。

「それからひと月ほど後、私はまた、訪ねていった。今度はお見舞いの花束を持って」

「……」花束までもって茉莉は来てくれた。

――三度も……――私は、何もわからないでいた。

おろおろと突《つ》っ伏した典子の瞳に茉莉の体が揺れ、それは再び背を見せて離れていった。

遠い所からのように、茉莉の声が響いた。

「その花束にもあなたのお母様は、一瞥もくれなかった。憎しみのこもった目を私に据え、とても慇懃に、はっきりと言ったわ。『娘は心のバランスを崩し、自分を見失ってしまいました。忌まわしい闇の世界に迷い込んでしまったのです。こういう事になったのは娘の交友関係が影響しているのだと、私は考えています』と」

――お母様が……そんな……――声は反対に喉から胸の中にずり落ちていった。目の前の物がぼやけ、このまま崩れてしまいそうだった。固く目をつぶり、小刻みに震える両肘を典子は必死にテーブルに押し付けた。

「誰彼と、名指しこそしなかった。けれど、あなたのお母様は、はっきりと私のことを指していたのよ。私にもう来てほしくないと、その顔が言っていた」

「あ、あ！　お母様を、母を許してあげて！　いけないのは私よ！」、叫ぶと同時にテーブルがガクンと揺れ動いた。

脚のどこかを激しく打ち付けたが、痛みは感じなかった。典子のティーカップが更紗の上に転げ、茉莉の方はソーサー上で頓狂な音を上げ揺らいだ。

「いけないのは私よ。あなたでも、母でもないわ」典子はおろおろと転げたカップを手に取ろうとした。

「母を許してあげて、決して本心からではないわ」

茉莉はその様子を冷ややかな目で見ていたが、やがてテラスから前の石敷きに降りていった。芝庭ではなく、アプローチの方に向かい、典子の前を過ぎた所で放つように言った。生来の声ではなく作り変えた声。

「それからいくら経っても、あなたから手紙ひとつはがき一枚来る事はなかった。一年が過ぎ二年が過ぎた」

少し先まで行き、茉莉はくるりと向きを変えた。感情を打ち付けるようにヒールの音が立った。典子の前に掛かる所で、茉莉は口を開いた。

「姉妹とか、永遠の絆とか言っておきながら……世間で言う通りよ」

茉莉は足を止めた。

「人の友情なんて、所詮そんなものなのよ」

項垂れた典子の耳に硬い声が刺さっていった。

「だから私、あなたは死んだ者、と思う事にしたのよ」

「ああ……そんな……」

思わず立ち上がったが膝から崩れてゆきそうだった。数呼吸の後にどうにか声を出した。

「信じて！　あなたの事を忘れた事など片時もないわ。……本当よ」

茉莉の足が止まった。その背に向かって喘ぎつつ言った。

「私は……自分がどうしたのか、自分さえもわからなくなってしまったの」大きく息を継いだ。

「それまでの私は暗い海に沈んでしまい、長い間、学校の事、あなたの事さえも思い出さなかった。何も考えられず、闇の中を漂っていた」

「……」

「夏の終わる頃、私は岐阜県の田舎町に連れていかれた。そこの療養所に入る事になったの」

ゆっくりと茉莉の体が回った。

「療養所？」その唇が不審げに開いた。

大きく見開いたまま典子に向けられていた目が、何かを探るように翳った。

「療養所って？」確かめるように小声が洩れた。

典子は大きく息をしてから言った。「ええ……母から聞いた事……」

「後で母から聞いた事だけど、いろいろ相談して、主治医の先生も転地療法がいいだろうという事になったらしいの。その町にはカトリック系のカレッジがあって療養施設が併設されていたの」

「……」

「私はそこに、四年ほどいたの」

「四年も、そんなとこに？」

「ええ」典子は頷きどうにか、か弱い笑みを作った。

療養生活が四年に及んだ訳ではなかったが、そこでの新たな出会いや土と共にあった日々。それは本当に現実の私だったのだろうかとも思えるような日々を、手短に伝えられるとは思えなかった。

「それに……」と言いかけたが、典子は目を遠くに逸らした。打ち明けられる事ではなかった。

施設に入ると電話や手紙など外部との通信も禁じられた。それは入所者全員に対する規則ではなく、母との約束としてきつく言い渡された事だった。

『心惑わす様々なものを遠ざけ、静かにマリア様と向き合う事が、今のあなたに一番必要な事なのですよ』郵便物や家からの連絡も全て施設長を通してだった。

「それに……」典子はそれには触れず、躊躇いながら続けた。

「横浜に戻った時には、もうあなたとは連絡の取りようがなかった」

「そうよね。日本にはいなかったもの。三年の前期で学校に見切りを付けたのよ」、茉莉は言い、僅かに口元を歪めた。

「向こうの大学の方が面白いと思ったのよ」

「ええ、あなたにはきっとそうだったわ」典子は小さく頷き、目元を落とした。

元々、茉莉は系列の女子大とは別の大学を希望していた。同じ大学に入ったのは典子の懇願に折れたようなものだった。

「ともかく、大よそはわかったわ」と茉莉は言うと、ゆっくりとテラスに向かってきた。典子と正面に向かう位置に立つとまっすぐに目を向けた。テーブルの端に載せた右手の指が、鍵盤を探るように数度動いた。事務的な声で言った。

「最後にもう一つだけ確認しておきたいわ」

「……？」

「私、あなたを裏切るような事、した？」

「えっ？」

「そんな事になったのは、私のせいだとあなたのお母様は言っていたわ。あなたを裏切るような、何か悪い事したかしら？」

「あなたは何も……」否定をしながらも頭の中に茉莉の言葉が跳ね返った。

「あなたは何も悪い事などしていないわ。母もあなたを責めるつもりはなかったはずよ。私のせいでとても動転していたのだわ……きっと、何かの誤解だわ」

典子は不穏に膨らんでいくものに必死に抗《あらが》い言った。

茉莉は身構えるようにしばらく典子を見据えていた。

不意に「丸山って覚えている？」と声を沈めた。

「えっ？」

「丸山達夫よ、蓼科の合宿で会った」

「……」

「ドンファン気取りのO大生、あなたもテニスをしたわね」

「……」

茉莉の冷やかな声は、意識の底に沈んでいたものを否応なく掻き回していった。

「彼、あなたに気があったのよ。知ってたでしょ？　ドライブにも誘われたよね」

瘡蓋《かさぶた》のような皮が破れ、澱んだ記憶がゆらゆらと立っていった。

「よく覚えていないわ」と典子はどうにか聞こえるほどの声で言った。

強くテーブルの端を摑んだ。わなわなと体が震え出すのを感じ、強く目を瞑った。

「やめて、そんな話は」、叫んでいるのか哀願しているのかわからなかった。「私には関係のない事だわ」

「そう？……」茉莉は疑わしげな声で、露骨に眉をひそめた。「本当に？」

「ええ」深く息を吐き、どうにか続けた。「それに、一体何の事か、わからないわ」

「……」茉莉は据えていた眼を下に逸らすと、俯きがちに何度か瞬かせた。

少しして再びそれを典子に戻した。

「それならいいわ」手を返すように、さばさばした口調で言うと、茉莉は椅子をぐっと横に引いた。

「何もあなたを糾弾しようとか思ってきた訳ではないもの」

「……」典子は、ほっとはしたものの心の内には不穏なものが、暗い沼のように揺れ続けていた。

「座ったら？」引いた椅子に深くかけた茉莉が、立ち続けている典子に向かって言った。

「ええ、そうだったわ」典子は頷き、どうにか淡い笑みを作った。茉莉に倣うように椅子を庭側に向け、浅く腰を下ろした。

「あなたが療養所に入っていたなど、想像もできなかったわ」庭の方を見たまま顔は向けなかった。

「何ひとつ、知らされなかったし……」

「でももういいわ、その事は」と少しの間の後に、茉莉はがらっとトーンを変えて言った。

「それって、この美しいシーンにふさわしい話題とも思われないもの」

「……？」

——そう言っているのは本当なのか？——

あまりに急な変わりように、頭も気持ちも取り残されたまま、ただぼうっとその横顔を見つめた。

「それに……」しばらく後に、茉莉は考える目で口を開いた。ちらっと典子の方に顔を向けた。

「あなたの失踪の理由以上に訊きたい事が出てきたわ……この庭を見ていたら」

「……？」訝る典子の瞳に急に真顔になった茉莉が映ったが、真意はわからなかった。典子はおろおろと手を伸ばし、マドレーヌの箱を取ると、その包みを丁寧に戻していった。

「あなたは、いつから薔薇などに？」茉莉は顔をまっすぐに捻り向けた。

「園芸に興味があったとは、つゆ知らなかったわ」

不意に目映い光を当てられた気がした。次々と豹変する茉莉の態度に驚き惑わされたけれど、今度はその関心が私の薔薇に移ったように言っているのは、本心からだろうか？

伏せた顔をそっと上げると、茉莉はじっとこちらを見ていた。その顔に偽りは見えなかった。やがて奈落からせり上がって来るように、喜びがはっきりと形を持っていった。

——茉莉のその質問こそ、心の内底で待ち望んでいたもの。茉莉に話す事、茉莉に聞いてもらう事、薔薇との事を——

けれども典子の中にはそれと相反する恐れが暗雲のように湧いていった。あの時……療養所の庭で（無意識に）私を薔薇に向かわせたもの……それを茉莉に打ち明ける事は……誓いを破る事、これまでの私もなくなってしまう事。

——でも違うわ……。私が薔薇に目覚めるのは、あの時！　田村さんと出会った時からなのだから！——

典子はさりげなく茉莉の表情を追った。

——いつからバラなどに？——と訊いてきたのは本心からで、他には何ひとつ思い当たっている事はないのだ、と思った。

——私にしても知らなかったのだから。ずうっと後の事だ、あの時の薔薇が、胸深くまで映《うつ》り込んでいたのに気付かされたのは……——

「ええ」、典子は躊躇いつつ声を出した。

「でも、どこから話したらいいか……それに……あなたにはきっと退屈な話だわ」

「いいわよ」きっぱりと茉莉は言った。

「あなたのようなお嬢様育ちが、こんな所で薔薇に明け暮れている。一体何があったのか、それだけでも興味深いわよ」

その言い方には茶化すような響きはなかった。目がまっすぐにこちらを見ている。浮かべたはずの笑みが、翳っていくのを感じた。話したい、と望みながら一方でとても伝えられないのでは、という不安が交錯していった。

「あまりに突然だもの、きっと支離滅裂な話になってしまうわ」

「構わないわよ」茉莉は畳みかけるように続けた。「あなたのあちゃこちゃ飛び跳ねる話には慣れているつもりよ、随分と」

「ええ、そうだったわね」茉莉の揶揄を含んだ笑みにつられて、典子も微笑んだ。

——あの頃は、とりとめもない事に何時間でも話が尽きなかった。けれども薔薇の事はきちんと話さなければと思った。きちんと順序立てて、これまで誰にも話していない事、それを聞いてもらうのは茉莉をおいてないのだ——。

「薔薇との出会い、というか、きっかけは岐阜の療養所での事なの」

「療養所で？……」

「ええ」怪しむ色を浮かべた茉莉の方に向き直って典子は続けた。「そこである人に出会ったの」

「……」茉莉は黙って典子を見つめ、左手をティーカップの方に伸ばそうとした。

それを見て典子は即座に椅子から立った。

「新しいティーと入れ替えるわ。もう冷めてしまっているし」と言い茉莉のカップをこちらに移した。

ティーポットの茶漉しを上げ新しい茶葉に入れ替えると、沸騰させた湯を注いでいった。

「施設に入ってからも何の気力も湧かないまま日が過ぎていった。数人のグループでのカリキュラムがあって、絵を描いたりゲームをするのだけれど、私はうまく入っていけず戸介者になっていた」と典子は下を見たまま、唇を噛むようにすぼめた。

「……わかってはいるのだけれど、すぐには言葉が出てこなくなっていたの」

「……」、ありありと驚きの色を茉莉は見せたが、典子は気付かなかった。

「そこで私を診てくれたのは、心療内科の先生だった。身近な事を取り上げ、私が話し出すのを辛抱強く見てくれていた。しばらくしてその先生はセラピーの一つとして、屋外での活動を勧めてくれた。決められたコースのウォーキングや、軽いスポーツなどの他に、花を植え育てていく、作業療法と呼ばれているものがあったの」

典子は頃合いを見て、茉莉のカップを手近に寄せた。ふと白いカップの縁にうっすらと口紅の跡が残っているのが目に入った。

「私は、花を育てる園芸の方を選んだ」典子は話を続けながら、注意深くティーを注いでいった。紅跡の近くまで少し多めに入れると、ソーサーの上でつまみの向きを反対に回した。

「どうしてそれを希望したのか、自分にもわからなかったけれど」、典子は顔を俯けたまま言い、茉莉の前に置いたティーのソーサーを更に真近まで、そっと指で押した。

茉莉は、と顔を向けると、こちらをじっと見ている目と合った。

「熱過ぎないと思うけれど……」と咄嗟に典子は言い、さりげなく目を逸らした。典子は茉莉が最初の一口をゆっくりと啜るのを待ち「こんな話、きっと退屈じゃなくて？」と目を戻し訊いた。

茉莉は感情を沈めた顔に目だけを動かした。

「まだ話というほどの事も聞いていないわ」

「ええ、そうだったわ」典子は頷き、口元で微笑んだ。

――マリは人の話を聞く時、相槌を打ったり、頷いたりはほとんどしない――マリ！

聞いてるの？ と私は心配になりよくその肩を突っついたものだった。

「活動というのは、数人がグループになって、施設内の花壇を手入れするの」

典子は口をつけた器を戻し、椅子に掛けた姿勢を少し直した。

「グループといっても全員で七、八人だった。寮の近くに広い空き地があって、その一画が花壇になっていたの。その中は均等に区分されていて、それが一人ひとりに割り当てられ、そこには好きなように花を植えていいの。それを世話し育てていく事がセラピーになるの」

「……」茉莉は何も言わずティーカップを口元に運んだままでいた。

「年に数回、季節の変わる頃に園芸屋さんが沢山の花を持ってきて、施設の前に広げるの。私たちはその草花の中から好きなものを選んでよかった。私が初めて加わったのは十月の終わり頃で、パンジーやビオラ、ウインターコスモスなどがケースで並んでいた。種類の変わった葉ボタンなどもあった」

話しながら典子の脳裏には、その日の事が浮かんでいった。他のメンバーはとっくに自分の分を選び、典子だけが独りポツンと残っていた。

「私はなかなか決められないでいた。……さっきあなたも言ったように」、典子はそこで言葉を切ると、茉莉の方に笑みを向けた。

「それまで花を植えた事など一度もなかったから、どういう組み合わせにしたらいいのか迷ってしまった。……それと」自嘲したつもりの笑みが翳った。

「学校にも幾つか花壇はあったはずなのに、冬の庭がどんなだったか、何も浮かんでこないの」

「……」茉莉は手にしていたカップを、音を立てずソーサーに戻した。

「迷っていると少し離れた所に別の軽トラックが止まっていた。……私はそこに引き寄せられるように近付いていった」

「……」、茉莉の目がわずかに動いた。

「植木でいっぱいになっている荷台の手前の方に、鉢に植えられた薔薇が積まれていた」

そう呟くように言うと典子は茉莉の方は見ずに、小さく息を吐いた。

不思議な気持ちが湧いた。今、初めて人に話しながら……。——あれは本当に私だったのだろうか？　私の意志だったのだろうか？——と思った。

「コノバラハ、ダメナノデスカ?」典子は更に車に寄っていった。はっきりしたものがある訳ではなかった。何がそうさせたのかも……。

「コノバラハ、ダメナノデスカ?」

典子の声に紺色の仕事着の男が、屈んでいた体を起こし向けた。男は驚いた顔で典子を見、やっとわかったように、典子の目の先を追った。

「あっ、このバラですか? あ、ハイ、すぐ訊いてきます」

典子とそう違わない年齢ほどの若い男は、首に掛けていた手拭いを左右に引っ張り、跳ねるように建物の中に入っていった。すぐにグループ担当の療法士の女が飛び出してきた。

女は立ち塞がるように典子の前に進んだ。

「コノバラハ、ダメナノデスカ?」、典子は後退りながらも、恐る恐る声を出した。

「えっ何! この薔薇をだって」髪を引っ詰めにした丸い顔に、はっきりと困惑や怒りの色が現れていった。

「選んでいい花はあそこにあるだけ、と言ったでしょ」彼女は辛抱強く、苛立ちを抑えて言い続けた。しかし典子の耳は不意に聾したかのように、言っている事が聞き取れなくなった。

「チガウノ……」

連れ戻そうとする女の手を典子は必死に振りほどいた。

頭を振り、逃げようとする典子の前に、不意に男の姿が現れた。

強《こわ》そうな短く刈り込んだ髪、がっしりとした体格にカーキ色のジャンパーの男は、ゆっくりと近付いてきた。療法士の女が何か言ったが、男はその方に僅かに目を動かしただけだった。

陽に灼けたゴツゴツした感じの顔に、左顎の下に目立つほどの黒子があった。男は数歩前で足を止めると、じっと典子を見つめた。不思議な眼だと思った。それは騒ぎを起こしている者への関心や哀れみではなく、どこか彼自身の生来の悲しみを沈めているような眼差しのように思えた。男の唇が動いた。

「何故、薔薇を?……」男のずっしりとした声が耳の奥に届いた。

「ワカラナイワ……」、随分長い後になって典子は答えた。

「デモ……」

「でも?」男はオウム返しに問い返した。瞼が微かに細まった。

その時バタバタと靴音がし、紺の背広にネクタイを締めた男が、息を切らし駆け寄ってきた。見覚えがあった。

母とここに着いた日、施設の理事長という人の隣にいた、事務局長という人だった。母が理事長と話をする度、大仰なほど、畏《かしこ》まったり頷いたりしていた。

「いやあ、田村さん!」荒い呼吸で屈めた体を起こした事務局長は、右手を半端に上げそう呼びかけた。

――タムラさん……――それがあの人の名前なのだ……。典子は胸の中で呟き、局長と向き合い、何事かを話し合っている広いジャンパーの背中を見つめていた。

「その人が、あなたが出会ったという人の訳ね」ぼそりと、茉莉が訊いた。

「ええ、その人が田村さん。町の造園屋さんで、施設だけでなく学院全体の植栽も任されていたの」と典子は言い茉莉に顔を上げたが、それに続けるべき言葉に迷った。

――園芸、薔薇の師匠……――それだけではなかった。

「もう一度、お茶を取り換えるわ」、典子は口元を笑《え》ませ立ち上がった。

「お話ししている間に、すっかり冷めてしまったようだもの」と典子は言い、二つのティーカップを、戻す方のトレイに移した。

「今度はティーをアールグレイに替えてみたいと思うの……。それともコーヒーがいいかしら？」

茉莉は頭の中を、別な事に取られているようだったが「コーヒーの方がいいわ、ティーよりもコーヒーが合いそうな話になってきたもの」と言う返事に、典子はどう応じればいいのかわからず、ただ、口元に笑みを寄せた。

急ぎキッチンに戻り、ヒーターにケトルをかけた。電気ポットは容量二リットルほどの小型だったが一人には十分だった。改めて茉莉のいる事を思った。あの頃のマリは飽きたりすると、それが授業中であっても、先生にわかるほどに大欠伸を洩らした。少なくとも、今は、私の話に耳を傾けている、と思えた。嬉しさが胸を熱くしていった。

——それにしても、——と典子は思った。

——私は田村さんを、今は何と呼べばいいのだろうか？——私の中に、常に在りながら、容易には語れないもの……。

ふと典子の中で、施設での礼拝の記憶が重なっていった。それは田村さんと出会ったずうっと後の事だったが、その日は特別に宗教哲学の先生が祭壇に立たれた。ライプニッツという人の難しい学説をその先生は噛み砕くように話した。『それぞれ個別に独立した心と体のモナドが、相互に関連し合い、より高みへと結び付くのは、あらかじめ神によってその調和が予定されているからである。待ち望むものには、本人は気付かぬままに、導きが示される』その処《ところ》だけが頭に残っていた。

田村さんとの出会いは、神が示されたものだとも思える。けれどもその時は、何故それほど薔薇にこだわったのか、自分でもわかってはいなかったけれど。

コーヒーの用意を整えた典子はリビングルームを抜けた。ケージの中のジュノーが、薄目を開けた。犬は日永な日中を感心するほどただ眠りこけている。

テラスに茉莉の姿はなかった。トレーを置くのももどかしく、典子は花壇を見回した。島型花壇の間にその姿が見えた。何かを思うように顔を俯け気味に佇んでいる。

やがて茉莉は典子に気付いたのか、ゆっくりと繚乱する色彩の中を回ってきた。今更のように美しいと思った。それは上辺ではない、茉莉の確固とした意志に基づくものだとも。

「ドリップパックのコーヒーだけれど」と言い典子は数秒蒸らした後、丁寧に湯を注いでいった。

「お口に合うといいわ。私はいつも紅茶ばかりで、コーヒーミルは使った事がないの」

「私も同じよ、いつもそれだわ、まあいろいろ凝る人もいるけれど」、茉莉は典子の方を見ながらさっぱりと言った。

「ミルクは？」

「いらない」

「知り合いの方から頂いた物だけれど」と典子はおずおずと小皿を茉莉の前に置いた。「コーヒーにはとても合うの」

「ああ、オランジェットね」と茉莉は頷き、コーヒーを口元に運んだ。

第二章

薔薇への道

典子が騒ぎを起こした翌日早々に、母は施設に飛んできた。

典子はてっきり叱られるもの、と思っていたけれどしばらく無言で見詰めていただけで、何も言わなかった。施設長や療法士長、心療内科の先生とも相談をしたようだった。どのような話し合いがなされたのかわからなかったけれど、そこには田村さんも入っていたのを後で知った。


騒動を起こした十日程度後、諦めかけていた事が叶った。野外活動に草花ではなく薔薇を選択する事を認められた。

年配の療法士に付き添われて作業棟に向かうと、小屋の前に田村さんの姿が見えた。櫛目を立てた髪を後ろに梳いた療法士は、小声で田村さんに何か告げながら、時々後ろの典子の方に怠りなく目を配った。その度に螺鈿《らでん》のバレッタがちらちらと光った。

しばらく後に「後はお任せするわ」と彼女は笑いを含んだ声で言うと、さっと踵を返していった。

田村さんは無言のまま、前に停めてあった軽トラックのドアを開け、目で乗るように示した。

「ドコニ　イクノデスカ」

走って間もなく、不安になって尋ねた。田村さんは何も言わなかったが、車はほどなく、整備中の公園のような所で止まった。軽トラックの荷台から田村さんは一輪車――それはネコと呼ばれている事を後で知った――を降ろし、肥料などの入った袋やスコップをそれに乗せた。最後に荷台の前の方に手を伸ばしダンボールの箱に収まっていた物を取り上げるとそれを少し離れて見ていた典子にグイと突き出した。

――バラ……！　アノトキノバラ――もうあの日ほど花は残っていなかったが、同じ白い薔薇なのがわかった。中心がクリームがかり、幾枚もの白い花弁がそれを包むように巻いている。

田村さんはもう一鉢の薔薇を取り上げ、それを荷物の間に挟むように入れた。一輪車を押して中に入って行く田村さんの後ろを、典子は慌てて追っていった。

少し行くと遊歩道に面した広い区画が薔薇園だった。きちんと分けられているようには見えず背丈も樹形もまちまちだったが、何本かが自分たちの認証のように残りの花を付けていた。近付いて見るとそれらの葉は変色し、所々斑点が広がっていた。花びらも萎れかけていた。

「さあ、始めようか」と田村さんは言うと、地面に突き立てていたスコップを取り、穴を掘り始めた。両腕を輪にしたほどの深い穴を二つ、一メートルほど離して掘ると一輪車から三つの袋を取り出し、次々と中の物を穴に入れていった。嗅ぎ慣れない臭いが強く鼻を突いた。一連の作業を田村さんは黙々と進めていった。

不思議だった。田村さんは無言のままだったが典子は気まずさを全く感じなかった。

「さあ、この後は植えるだけだ」と田村さんは典子に顔を向けた。ずっしりとした感じの太い声だった。典子は小さく頷いたが、自然に微笑みが浮かんでいる事に気付き、自分ながら驚いた。

「何故、薔薇を？」田村さんは典子の表情が落ち着くのを見計らうように、しばらく典子を見ていた後に、同じ事を訊いた。静かだが、おざなりな答えを許さない響きがあった。

——何故、私はそんなにもバラを望んだのだろうか——あの日、部屋に連れ戻されてから も、ずうっと聞き分けない幼子のような行いを恥じながら考えていた。

「わからないわ」典子は狼狽《うろた》えながら答えた。わからなかった。でも何かが私を突き動かしたのだ。全ての意欲を失っていた私を……。

おずおずと言った。「わからないわ、でも何かが……」

「何かが……？」、田村さんの目が典子の言葉を追うように動いた。

それは何故か哀れみのようにも、慈愛のようにも映った。その目を逸らさずに、田村さんは嵌めていた軍手を脱ぐとそれをスコップの方に投げ置き、つと、掘り上げた土の方に屈み込んだ。典子には大きな背だけを見せて、何かを探すように山盛りになっている土を指で掻いていった。

やがて典子に向き合って立つと、何かを握った右の手をゆっくり差し伸ばした。一体何の事なのかわからなかったけれど、誘導されるままに典子も右の手を伸ばし開いた。田村さんは何も言わず、握った自分の手を典子の手に載せると、左の手を典子の手の下に添えた。典子の倍もありそうな、がっしりした骨の太い手だった。上の手が開いてゆき、そっと中の物を掌に移すと同時に、下の手がそれを握らすように典子の指を包んでいった。

田村さんの両手が離れた。

悲鳴と共に、卒倒していたとしてもおかしくなかった。しかしそれを留めたのは田村さんの目だった。一声でも上げたのなら、その厳しい眼光に刺し貫かれる、と思った。

目を逸らせないまま何分も経つ気がした。

手の中の物が微かな体温を持ち、もぞもぞと蠢《うごめ》くのを感じた。思わず肩を縮こませ、大きく息を吸った。このまま倒れていくのだ、と思った。これまで何度かあったように。

かすかに揺れ始めるような視覚の中に大きく開いた手が伸びてきた。顔を上げると、田村さんの打って変わった、慈《いつく》しむような眼差しが注がれていた。

典子は握りしめていた手を開いていった。生白く丸まっていた物が、手の上でにゅるっと伸びていった。思わず振り払おうとするより早く、田村さんの手がそれを奪い取った。

「これが何か……」、田村さんはそれを摘み見せた。

「見た事があるかな？」、典子は激しく首を振った。

「コガネ虫は知ってるだろう」と田村さんは典子がどうにか頷くのを待って、言った。

「これはその幼虫だよ」

「……」コガネ虫なら知っていた。本牧の庭の外灯などにもよく飛んできていた。光沢のある美しい緑色の羽で、丸っぽい可愛い虫。

「ジムシとも呼ばれるが。成虫になるまでは土の中にいて、植物の根、とりわけ若根を食い荒らす。時にはそれで枯れてしまうほどだ。薔薇も例外ではない」と田村さんはごく淡々と言うと、もう一度突き出すように見せた。

典子は思わず身を反らした。手の中にまだ微かな体温や蠢く感触が残っていた。ぞっとはしたが、それは命あるもののひとつに違いなかった。田村さんはそれを、ぽいと足元に放ると、視線を典子に戻した。

「もし、大事なものを守りたければ」と問い掛ける目で言った。「これらは取り除かねばならない」

張り付いた典子の網膜に、黒いゴム長靴が、ぐりっと動いていくのが、コマ送りのように流れた。

しばらく無言の時が過ぎた後に、茉莉は目を典子に戻した。

「その運命の人、田村という人との出会いまではわかったわよ、ドラマチックだわよ」

「……運命の人とか、ドラマチックというような事ではないわ」

茉莉らしい言い草だとわかったけれど、声が少し高まった。

「何も、茶化すつもりはないわよ」と茉莉は睨む眼を向けた。「それで……？」

「そんな事のあったしばらく後に、私はグループでのセラピーだけでなく、条件付きだけれど、かなり自由な行動、外出も容認されたの」と典子は話し、コーヒーのカップを口元に寄せた。

「外出の条件というのは、あらかじめ承認された付添いがある事、というものだったの。その一人に田村さんが入っていたの」典子は茉莉に向けるともなく目を戻した。

「それをいい事に、次第に私は、チャンスを見つけ田村さんの後を付いて回るようになっていったの」

黙って聞いていた茉莉の目が怪しむように動いたが典子は違う所を見ていた。

「幸いなことに田村さんの会社は、寄宿舎から歩いても三十分ほどの所だった。広い敷地には事務所の他様々な資材やトラック、シャベルカーなどが並んでいて、大きな庭木の茂る奥が住まいだった。その内、私は田村さんが事務所に入る前に、朝一番で押し掛けるようになったの」

「……」茉莉は僅かに眉根を動かしたが、何も言わずコーヒーを口に含んだ。

典子は茉莉を見、くすっと笑った。


今考えると、どうやってそんな大胆な事ができたのかと思う。施設の門を出る時は一人だったのだから、明らかに規則違反だった。改めてあの時、自分を突き動かしていたものの不思議を思った。田村さんは、最初は少し困った顔をしたけれど、私を施設に追い戻しはしなかった。

「初めは足手まといになるばかりだったけれど、その内トラックにも乗せてもらえるようになり、近隣の現場までついていったわ。そうしている内に私は、自分を取り戻してきたというか、少しずつ元気になってきたの」

典子は茉莉を見、微笑んで続けた。「できる事は補助的な事ばかりだったけれど、力のいる肉体労働だから、ともかくお腹がすくの」

「……」茉莉は言葉ひとつ挿まなかったが、話に飽きていないことが表情からもわかった。目がずうっとこちらを見ていた。

「それまでは食欲もなかったのに、小さいお弁当では足らないほどになって、一年後には体重が三キロも増えたの」典子はくすっと笑った。

「ふうーん……」茉莉は思いも寄らぬ話に驚きの目で典子を見やった。

「そんな事でほぼ一年ほどした時、それまでのセラピーを終了し、定期的な診断を受けるだけに認められた。私は施設からカレッジの寮に移される事になった。……でも、私はそこを出たくなかった。カレッジで学びたい、と思うものもなかったし、それより何より田村造園から離れたくなかった」

「……」

「私は施設まで来た母に懇願した。母には仰天するほどのショックだった。それまで母の言い付けに一度として逆らった事などなかったし……それに……造園屋さんで働きたいのが本気だと知って」

「ええ……」茉莉は——わかるわよ——というような笑みを目に走らせた。

「その日、母は主治医の先生や田村さんとも会い、横浜に戻っていった。数日して事務局長から、母が幾つかの条件で、私の我儘を認めてくれる事を知らされたの」

「幾つかの条件……?」

「ええ、でもそれほどの事ではないの」微笑んで典子は続けた。「日曜のミサへの出席とか、バイブルを英文で読む講座の他、数科目をきちんとカレッジで受講する事、など」

「ふうーん、そういう事」茉莉は僅かに首を傾けるように頷いた。

「それから三年間ほど、私は授業をやりくりして、できる限り田村さんの仕事に付いていった。社名の入った藍染めの仕事着も作ってもらい、僅かだけれどお給料も頂いたわ」

しばらくして茉莉は言った。「ふうーん……人はわからないものね」初めてと思えるほど、素直な茉莉の言葉に思えた。その声が、ハスキーがかっていた。典子はただ微笑み返した。

「という事は、あなたはそこで園芸科に転部したというようなものなのね」と茉莉は言うと、指で摘み上げたオランジェットを歯でカチリと半分にした。

「その田村とかいう人」と典子に目を据えるように言った。「よっぽど優しいというか、いい人だったのね」

――田村さんは優しく、いい人だったのだろうか――と典子は思った。それに違いはなかったけれど。

「いい人、というか……」典子は惑いを残した目を茉莉に戻した。「少し変わった人」、的確と思える言葉が浮かばないままそう言ったが『とても変わった人』と言うべきかもしれないと思った。

――人は他人の心内を、どれほど正確に伝えられるだろうか――それは本来、不可能な事にも思える。更に典子自身にとって、田村さんは不可解な人だった。彼の話した事で、今なお、得心のいかないものが幾つもあった。

典子はそっと扉を開けるように話し始めた。

「強く記憶に残っている事があるの。少し遠い現場に行った帰りの車の中でだった。『きっと田村さんは花の中で、薔薇が一番好きなのですね』って、訊いた事があるの。そしたら田村さん『薔薇は嫌いだ』って言ったの」

「えっ！　どういう事？」茉莉は怪しむ表情を露わにした。

「その人は、あなたの薔薇の師匠というか、先生じゃないの」

「ええ」、典子は瞬かせた目を茉莉から逸らした。躊躇いつつ続けた。「植物について造詣も深く、市民サークルでは薔薇の育て方や剪定などの講師を頼まれる人よ」

「へえー、面白いわね」茉莉は好奇の色を瞳に浮かべ、椅子に預けている体を起こした。

「まあ人間は矛盾の固まりだから二律背反というのはよくあるけど」

「ええ」典子は翳った笑みを引いて言った。「田村さんほど薔薇の事を想っていた人は他にいないと、私は思うの」

「ふうーん？」茉莉は神妙な顔を見せた。

「薔薇の作りのような、複雑な話なのね」

「えっ！……ええ。そうだわ」取り次ぐように頷いた。

嬉しかった。茉莉は飽かずに、真面目に聞いてくれていた。あの頃のマリとの時間が重なっていった。しかし喜びと同時に、田村さんの事を本当に伝えられているだろうか、という不安が再び掠めていった。

田村さんとの会話はほとんど車の中、狭い軽トラックの中でだった。大きい車は他の職人さんに使わせていた。典子はちょこちょこと、その横顔に目を向けたけれど、田村さんはあまり顔を振り向けなかった。けれども向き合っているかのように、その表情が読み取れた。

——嬉しそうに頬を緩めた顔、深い話をする時の苦渋を漂わせた顔、それらを伝える事はとてもできないだろう——、と思えた。

「十分にはとても、伝えられない気がするわ」と典子は視線を茉莉から庭の方に流した。

イソヒヨドリが二羽、芝生の中をつついている。艶やかな青藍色の羽をチョンと広げる度に腹の印象的な赤が強調される。

「きっと、説明だけの平凡な話になってしまうわ」典子はそう声を落とした。一度は田村さんの事を話したいという衝迫に突かれながら、次第にそれは安易な事ではないのだ、という思いに揺れていった。

夢の綴り

田村さんの現場での采配や仕事ぶりを見ていると、自信に満ちいかにも熟達した職人という印象を受けた。けれども、ふと何かの折に、全く別な一面を感じ取る事があった。もっともそう思う所は車の中だった。口数の少ない人だったけれど、車の中ではよく話をしてくれた。軽トラックの狭い空間に二人きりなので、気詰まりだったのかもしれない。

とても博識で、話は園芸の枠を超えて、植物学、自然科学に及ぶ事もあった。

話し方は、周りの職人さんのような勢いのいい口調ではなく、思考という回路を経るようにゆったりとしていた。少しシャイな人なのだ、と思う事もあった。そんな風で、いつもは論理的だったが、時としてその語り口が思いも寄らない陰鬱の気を帯び、言葉の意味やその真意を計りかねる事もあった。その忘れられない一つが、今、茉莉に話した事だった。

あの時典子はいつものように、ごく自然に訊いた。「田村さんはいろんな花の中でも薔薇が一番好きなんですね？」と。

典子は当然田村さんが「やはり薔薇が好きかな」と言ってくれるものとばかり思っていた。

その日は名古屋から転居してきた人の庭に、いろんな花樹を植えた帰りだった。田村さんは前方に目を向けたまま言った。

「いや、薔薇は嫌いだね」、何の頓着もないような言い方だった。

一瞬、耳を疑ったが、固く結ばれた唇が確固とした気持ちを表しているようだった。驚きに声も出なかった。目を戻し真意を確かめたかったが、別の人になっているようで見るのが怖かった。

「でも……」かなり経って典子は、やっと言葉を発した。「でも私には田村さんは他の花よりも薔薇に一番目を掛けているように見えます」取りすがるような声になっていた。

田村さんは助手席の方に、僅かに首を捻った。厚い瞼の下の眼が俯き翳った。

少しして言った。「嫌いとは言ったが、本当は薔薇を憐れんでいるのだよ」

――あわれむ……？――更に意外な言葉に見開いた瞳が、粗い肌の横顔に釘付けになった。一体、何の事なのか、いっそうわからなくなった。

「憐れむって……」典子は混乱した頭で尋ねた。

「一体何の事なのか、私には全く理解できません」

田村さんは一瞬、典子に向けた視線をすぐ前方に戻すと、運転に集中するように無言でいた。

横断歩道の所で信号が変わりベビーカーを押した女性が前を渡っていった。道の片側だけ花水木が植えられていて、さ緑の陰に入るとその母親が日除けのフードを上げるのが見えた。

走り出してしばらくして、田村さんは口を開いた。

「薔薇は人間の願望によって作られてきたものなのだよ」、静かな諭すような言い方だった。

「薔薇の原種とされているものは、八種ほどで、それらの自然交雑種以外、ほとんどの薔薇が、厳密に言えば、人間が作り出したものと言える」

「……ええ」、典子は小さく頷いた。

「紀元前二世紀頃、粘土板に刻まれたギルガメシュ叙事詩の時代から、人は薔薇に魅せられ、それを追い求めてきた。歴史の様々なハイライトで、それほど多く人と関わった花は、薔薇より他にはない。十九世紀初めナポレオンの妃《きさき》だったジョゼフィーヌの庇護から、やがて四季咲き薔薇へと弾みがついた。今では、産業として毎年数え切れないほどの……新種が作り出されてきている。……ま、それは薔薇に限った事ではないが……ともかく……」と田村さんはひとしきり続け、典子の反応を窺うようにちらっと顔を向けた。一瞬、目が合ったが典子はどう応じればいいのかわからなかった。

「いや、何も人間が意図的に作ってきているものだから、嫌いとか、憐れむと言っているのではないのだよ」と田村さんは一言ずつ区切るように言い、再び典子の方に顔を向けた。

「それらの薔薇を、私は切なく、愛おしくも思ってはいるのだよ」

「それは……」と典子も田村さんの方を見た。「薔薇が好き、という事ではないのですか？」

「いや、少し違うのだ」と田村さんは瞬時にそう言ったが、すぐに目元を翳らすと、しばらく無言のままだった。

渋滞を避ける為なのか、バイパスから逸れた旧道の方に田村さんはハンドルを切った。

速度を落としゆっくり話し出した。

「一度しか咲かなかった薔薇に確かな四季咲き性をもたらす事に成功したのは、一八六七年の事だ。更に神の御技を真似るが如く、中央の花弁が高く巻き上がる高芯咲きという、それまでになかった花様までも生み出した。

今日では交配の技術は更に進み、年に数百もの新奇な薔薇が売り出されている……。素晴らしい事ではあるが……」

田村さんはずうっと前方を見たままそう話を続け、そこで初めて典子の方に顔を向けた。

「はい、偉業というのか、とても素晴らしい事だと思います」車中の話をいつしか講義のように聞いていた典子は、不意に指さされた生徒のように答えた。

「私はＨＴと呼ばれる最初の四季咲き薔薇を作出したフランスのギヨー・フィスや、十年以上もの歳月をかけて、ついに完全な黄薔薇を生み出したペルネ・デュッセといった多くの先達を心から崇めている。しかし……」と、田村さんは言い淀むように言葉を切った。

数呼吸ほどの後に、ぐっと体を捻るとまっすぐに典子に顔を向けた。いつにない険しい感じのする目だった。それが苦悶のような翳りを帯びていった。

「それまでの種子の選別ではなく、二十世紀初め頃のイギリスのヘンリー・ベネットという人の提唱した雄蕊《おしべ》と雌蕊《めしべ》の人工交配による育種は、簡易で、何百もの追随者、アマチュアにも広まっていった。薔薇への純粋な願望から発した試みは、自然の摂理を軽んじ、神の領域を乱す事にもなっていった」

「……」典子は田村さんが言おうとしている事が理解できず、そっと目を向けたが田村さんはこちらを見なかった。

「何度もの過剰な近親交配は、様々な病気に対する脆弱性だけでなく、本来持っていた環境への適応性をも奪ってしまった」

どうにか田村さんの言おうとしている事が見えてきたけれど、その通りだとは思えなかった。恐る恐る声に出した。

「でも……それは……品種改良というのか、他の花も……」

田村さんはちらっと典子に向けた目を、ゆっくりと前方に戻した。

「確かに今日では品種改良されていないものの方が珍しいくらいだ。椿や桜にしても多くの改良品種が出てきている。しかし薔薇がそれらと根本的に違うところは……」と、こちらの答えを持つような顔を向けた。

「……？」何だろうか、わからなかった。

「パンジーやチューリップまたそれら以外の見違えるほどに改良された園芸草花にしても、自分たちの咲くべき時を知っている」

「ええ、皆そうです」

その頃には大よその花の知識も増えていた。

「水仙の後にムスカリ、チューリップと順番を守るように花たちは咲いていきます」

「その通りだ」田村さんは、そう褒めるような笑みを見せたが、すぐに表情を戻した。

「ところが薔薇は……」声が深く沈んだ。

「自分の咲くべき時を知らないのだ……あれほど美しい花が……」

はっ！と田村さんを見たきり言葉が継げなかった。

不意に目を開かれる気がした。見えていなかったものの、深くに。


話が途絶え、車は山あいの道に入っていった。典子には初めての道だった。周囲は若葉から緑へと深まる初夏の気配に満ち、旺盛に茂った木が道の上に斑《まだら》な影を作っていた。

助手見習いを始めた頃、典子は薔薇が繰り返し咲く、という事を知らなかった。五月の下旬、一番花の後に剪定された薔薇が七月の初めには、再び華麗な花を次々と咲かせ、更に十月にもそれまでと違った深い色合いの花を付けていくのを見、薔薇は魔法の花なのだと思ったほどだった。切ればまた次々と花芽を伸ばしてくるのも、他にはない旺盛な力を持っているからだ、と。

けれども田村さんは全く違う事を言った。

「七月の二番花はいいとしよう。しかし薔薇はその後も休みなく蕾を付けていく。ちぎり取られても、もぎ取られても、ついにはステムのない寸詰まりの花ができていく。それは、絶えず咲き続ける事を宿命付けられているからだ。真夏の炎天下の薔薇が美しいだろうか。およそ自然界の植物は気温や光を感知し、自分が美しく映える時を選んで咲いていくが、花の中で最も美しいはずの薔薇が、自分が一番、美しい時を知らないのだ。

二番花の後ともなると葉は艶を失い、特有の病気が広がる事も多い。それでも薔薇は、健気に花を付けようとする。その姿は痛ましく切ないほどだ。どこにこんな花があるだろうか、人間の願望に、これほど忠実な花が……」


どう応じていいのかわからなかった。いつも泰然としている田村さんが、そんなふうに薔薇を思っているのに驚かされた。田村さんという人の複雑な心内を見たようにも思った。『薔薇は嫌いだね』と田村さんは言っていたが、それは薔薇への悲痛な声、本当は一番、薔薇が好きなのだ、と窓の外を眺めながら思った。


山際に寄り添うように小さな集落があり、前の沢筋に、嵌《は》め絵のように棚田が拓けていた。畦の形に沿って、早苗の緑が何条もの曲線を重ね続いている。初めて目にする美しい風景だった。

「それでは田村さんは」、典子は、意を決して訊いた。

「薔薇は四季咲きでなく多くのつる薔薇のように、年に一回だけ咲く方がいいと思っているのですか？……そんなに手もかからないし……」

「ん……!?」田村さんは何か別の事を考えていたのか、意表を突かれた表情を見せた。

「いやあ……あの薔薇たちに一度きりしか会えないのも少し寂しいね」田村さんは含羞《がんしゅう》というのか、照れるように言った。「まあ、秋の薔薇は見たいね」

「私もです」典子はすかさず言った。

「秋の薔薇はまた格別だと思います。落ち着きと色の深みもあって」ほっと嬉しい思いがした。

「……」田村さんは髭痕の残る口角を少し締めるように、じっと典子を見つめた。

珍しく後ろから来た車を先に行かせ、しばらくしてからぽつりと話し始めた。

「新しい薔薇を作出、発表するまでには、交配結実させた一万粒以上もの種を蒔き、何年もの年月をかける。けれど必ずしも思っていたような花が咲くとは限らない」

——では何故？——そう問い返そうとした典子は、思わず口を噤んだ。その横顔が、固く沈鬱な翳りを帯びていた。

「皆、夢を見ているのだよ。作出家というか、ロザリアンは」

「夢を……？」

「そう、夢を。夢、幻を追っているのだよ」

「……」一度わかりかけたと思った田村さんが、再びわからなくなった。

「しかし、追い求めているものが、どんな薔薇なのか、どんな色形なのか、人はその究極の姿を、実は知ってはいない。ただ幻が次々と現れ、人を惑わしていく」

「そんな……」声ともならないものが洩れた。

「今、我々が日々、愛《め》で、慈しんでいるほとんどの薔薇は、その虜《とりこ》になった人間が、幻を手探りしたものと言っても過言ではない。素晴らしいものもあるが、同工異曲といったものも少なくない。知っているように薔薇は木なのだ。一度求めれば、まるでわが子のように何年も手を掛けていくものだ。過剰過ぎるものは、当の薔薇も、人も疲れさせていく」

田村さんの話はそこでふと、スイッチを切るように途切れたけれど、その言葉は大きなうねりとなって典子を揺らし続けた。いつもの穏やかな姿からは全く想像できない、心の奥底の声を聞いた、と思った。その時には悲観的とも聞こえた事も、次第に薔薇への深い思いに根差しているのだと思った。薔薇が嫌いどころか、本当は誰よりも薔薇を想っているのだ、と強く思った。その想いは典子を暖かく包んでいった。

「きっと驚いたというより呆れただろうね」随分と経って不意に田村さんは言った。ちらっと覗くように少し不安そうな目だった。

「……いいえ」慌てて付け加えた。「そんな事、少しも」

「そうか、それならよかった。内村さんといると、つい若い頃の、学生のような気分になってしまう。他の者にもそう、からかわれるのだよ」と田村さんは言い、少しぎこちない笑みを浮かべ、頭の後ろを掻いた。

典子は頬笑みを向けたが、面映ゆい気がしてすぐに顔を俯けた。

「時々、思う事がある」と田村さんは少し後に話し出した。典子にともなく、独り言のように。「神はその昔、天上の楽園に次々と咲き続けるという不滅花のひとつを、少し意地悪をして人間に分け与えたのではないかと」

「……」典子はそっと顔を上げた。

「棘をつけた薔薇というものに形を変えて」

「……」思わず息を詰めた後に訊いた。「それは！　何故です？」

「人間の愛と叡智を試す為に」

「……愛と叡智を試す為に？」

「そう、天上の花に近付く為の愛と叡智。先ほど話したギョーやペルネ・デュッセといった多くの育種家は、それに至る幾つかの扉を開けていった。私は期待しているのだよ、いつか日本の作出家が次の扉を開け、ここの風土に合った薔薇を作り出すだろうと」

「ええ」典子は大きく頷いてから訊いた。「それは……、田村さんの思う天上の薔薇とは、どんな薔薇でしょうか？」

「それは……」田村さんは典子から、遠い先を見るような目をした。

「野の花のように強く、サアディーの詩のように奥深い薔薇だ」

「！……」一瞬、ぱーっと輝く物を目にしたように、声の主を見つめた。しかし声の主は典子の反応には頓着ないように目を前方に据え続けていた。

しばらく後に典子は「野の花のように強く、サアディーの詩のように奥深い薔薇……」と小声で繰り返したが、その時、サアディーという人も、詩も知らなかった。

峠の道に入ると、左下方に山裾深くまで連なる家々が見えてきた。典子が首を伸ばすまでもなくすぐに、川に沿って開けた町が視野に入ってきた。

何もわからないままに来た町は、ロゼ色の夕陽に包まれていた。町に高い建物は少なく、カレッジと関連の施設はひときわ明るく輝いて見えた。間に入ったチャペルは陰に隠れていたが、丸屋根の上部だけが見えていた。その上にちょこんと載った十字架は、目を凝らさなければわからないほど小さくかすんでいた。

――あそこが、今、私の場所――心の底からそういう想いが湧いた。不思議な気がした。旧道を少しばかり回り道しただけなのに、長い旅をしてきたような感覚に揺られていた。

山道からバイパスに入る交差点の信号が直前で赤に変わった。どちら側も車は少なく、光を受けたアスファルトの路面が、緑の中を緩やかに曲がり下っていた。信号はなかなか変わらなかった。田村さんは手持ち無沙汰な感じで、前屈みに、肘をハンドルに載せていた。

ふと、声が洩れた。

――薔薇は神が作り賜いしもの

ぽつぽつとした呟きほどであったのにその言葉は、深い洞窟に結んだ雫の滴りのように、典子の耳に響いていった。深遠な書物の言葉なのかもしれないけれど、それは田村さんの心の声なのだと思えた。

——……？——

そっと盗み見るように目を向けた。

田村さんは全く気付かないのか、眉ひとつ動かさなかった。ごつごつした感じの頬から顎、少し厚めの唇、その横顔には先ほどのような悲壮感というか、暗い翳は見えなかった。目蓋を落とした伏せるような感じの目は、外部ではなく、自己の内に向けられているように思えた。その証拠には、信号がとうに青に変わったのに、典子がどうしたのかと心配になるほど、車は止まったままだったから。

はっと、典子は思った。田村さん自身も、新しい薔薇を作ろうとしているのではないか、と。

「それはどんな薔薇でしょうか？」と質問した時、田村さんは迷いもなく即答した。

「野の花のように強く、サアディーの詩のように奥深い薔薇」と。

実はそれこそが田村さんの作ろうとしている薔薇のイメージなのでは……。字義通りならその独り言は、無力感や諦観とも思えるけれど、その呟きには悲観的な感じはなかった。

寧ろ、意思的なものを感じさせた。

――田村さんはきっと新しい薔薇を作ろうとしている――

その勝手な断定は典子を幸せな気持ちにしていった。それはどんな色《いろ》、形《かたち》なのだろうかと想像してみたけれど、もどかしいほどこれまで見知ったものが浮かぶだけだった。田村さんからもっと教えてもらわなくては、いろいろな事を。それから大学の図書館に行って『サアディー』という人の事も調べなくては……。典子は住み馴染んだ町の風景を目に流しながら思った。

「ごめんなさい！」典子は、はっと我に返って言った。「ついお喋りが過ぎてしまったわ」時計こそ見なかったが随分と経っているような気がした。茉莉の顔を窺うように訊いた。「こんな話、きっと退屈だったでしょう？」

茉莉は見返すような眼差しをしばらく向けて言った。「女高生の頃を思い出してたわ」

「……？」ぶっきらぼうな言い方だった。茉莉に興味を持ってもらえるような話ではなかったのだ。

茉莉は目元に薄い笑みを浮かべた。「あの頃、あなたは何か感動した事があると、私が大欠伸を三度してても喋り続けていたわね」

ストレートな物言いに気圧され、典子は口元を恥じらわせた。「ええ、そうだったわ、本当に悪い癖だわ。今になっても……」

「いいわよ、そんなにしょげなくても」茉莉は面白そうに笑った。「少なくとも今回は一度も欠伸はしなかったはずよ」

「……ええ……」やっと茉莉の真意がわかり典子にも笑みが湧いた。

「薔薇の事など全く関心がなかったけれど、とても興味深い話だったわよ」と茉莉は言い、花瓶に盛られた薔薇に、初めてのように目を向けた。

少しおいて呟くように洩らした。「そうよね、これほどの花だもの」

「ええ……」、典子は唇の端を凹め笑みを向けた。

「造園屋さんに、といっては失礼だけれど、そんな学究的な人がいるのね。日本の園芸レベルの高さだわね」茉莉は心から感心したように言った。

「ええ」典子は微笑み、答えた。

田村さんの事も理解してもらえた。嬉しさに顔が溶けてしまいそうだった。

――あの頃なら嬉しさをハグしたり、全身で表す事ができたけれど――

「その田村さんという人、あなたが心酔するのも頷けるわ」

典子はそっと目を上げた。

「求道的と言うか、フィロソフィを感じるもの、あなたと同じような」

典子は思わず茉莉に向けた目を逸らした。

「私はとてもそんな立派な者じゃないわ、それに……今、話したような難しい話はそれ一度きりだったわ」

本当にそうだった。更にもっと深い話や新種の薔薇の事も訊きたいと思ったけれど、田村さんはあえて避けているようだった。そして、箴言のように心に刻まれた言葉も二度と訊く事はなかった。

「ふうーん、そう？」、怪しむ色を引いた目で訊いた。「その人って、何歳ぐらい？」

「え……」思わぬ質問に一瞬惑った。

田村さんの年齢など気に掛ける事もなかった。本当の年を知ったのは今から数年前の事、田村さんの奥様からの通知で。

「その頃は四十代だったと思うわ」、典子は口籠り答えた。

「……」茉莉は首を傾け「写真とかあるの？」と上目遣いに訊いた。「見てみたいわ」

「え！……ええ、あるわ、ほんの数枚だけだけど」茉莉の言葉に押されるように典子は立ち上がった。せわしく靴を脱ぐと、駆け込むように部屋に上がった。

茉莉にはただ、聞いてもらいたいという衝迫のまま話したけれど、それがどうした事だろう。過去を懐かしんでいる時には見えなかったもの、再びその言葉の一つひとつが、深い啓示となって、その声までが、今、在るかの如く耳に立ち返った。

――大丈夫、今なら手に取る事ができる――

典子は二階への階段を駆け上がった。寝室に入るとベッド脇の書棚に手を伸ばした。

――もう何年になるだろうか？――

あの訃報以来、悲嘆に暮れるまま、手にしようとは思えなくなった、ルドゥーテの画集、薔薇図譜『LES ROSES』。フランスの「タッシェン社」から出版されたボタニカルアート（植物画）で、田村さんから岐阜を離れる日にプレゼントされた物だった。その表紙の見返しの間に、二枚の写真を挿んでいた。現場で提出用の写真を撮っていた社員がそっとスナップしたもので、写真というものは他にはなかった。田村さんは極端なほど写真嫌いだった。

あれ以来、怖くて見る事のできなかったものに、典子はそっと目を向けた。一枚はブロックに腰を掛けている横顔。もう一枚は現場の仕上がり具合を確認している立姿、少し離れた隅の方に典子も写っている。

「二枚だけなの」と言い、それを茉莉に渡した。

茉莉は何度か交互に見てからぼそっと言った。

「あなたの話の通り、なるほど、と頷けるわ」

「……」

「古代の彫像のような顔の雰囲気なのに、目は少し違う感じがするわね」

「ええ……」と典子は思わず声に出した。

典子はただ懐かしく見るだけだったが、茉莉は田村さんを的確に言い当てている気がした。

「特にブロックに掛けているこの写真、何処を見ているのかしら……？」

写真を返しながら茉莉が何か言おうとした時、不意にジュノーが吠え出した。ケージから出て同じ方向に吠えている。悪い予感が走った。

招かざる客

典子は薔薇を作っている事を自ら口外する事はなかったけれど、どこから話が伝わるのか、見知らぬ人が突然、訪ねてくる事がない訳ではなかった。そういう人を無下に断る訳にはいかなかった。

アプローチの下方から人声が上がってきた。やがて小柄な女性の姿が捉えられた。思わず体が強張った。吉野さんだとわかった。吉野さんとは隣町の教会の『聖書を読む会』で、月に一度ほど顔を合わせる。

「ああ、よかった」、立ち上がる典子を認めた吉野さんがそう笑いかけ、後方に合図をするのが目に入った。

――彼女だけではないのだ――今日ばかりは、お断りしなければ、と思った。

「内村さん、ごめんなさい、突然お邪魔して」、典子が声を発するより先に吉野さんが先を制した。「電話すればよかったけれど、きっと大丈夫と思ったのよ、ごめんなさいね」

吉野さんは済まなさそうに言いながらテラスの際まで寄ってきた。少し声をひそめて続けた。「私のお友達が、『どうしても、薔薇が見たい』って言うの」

「ええ、……でも」典子は口籠り茉莉の方を見た。

「ちょっとでいいのよ。絵画教室の仲間なのよ、薔薇を描きたいんだって」、吉野さんはそう言いながら、茉莉の方にペコリと頭を下げた。

「ええ、でも今日はおかまいもできないわ」

「いいのよ！　おかまいなんか」

吉野さんは虫でも払うように顔の前で大仰に手を振った。「ちょっと見せて頂くだけでいいのよ」と、おもねる声で言い、――自分も困り果てているのよ――という顔を、ちらっと後ろに向けた。

「ええ、でも今日は……。また後日にでも」と典子は言ったが、下から「お邪魔しま～す」と言う声と共に二人の女性がテラス前に入ってきた。

先に立った女性は高い上背に比した、豊満な横幅があった。若作りをしてはいたが、かなりの年輩であるのが見て取れた。後ろの女性はほっそりとしていて、まだ三十代に思えた。

「こちらは川崎さん」と吉野さんは典子から素早く大柄な女性の方に顔を向けた。「ここから岬ひとつ向こうの別荘地、アルカディアに定住されているの」

「川崎です」と女性は派手なプリント柄のオーバーブラウスに、アメジストのネックレスを揺らして言った。「お話を聞いて、吉野さんに『是非連れてって』と頼み込んだんですの。本当にごく近くにこんな所があるなんて知りませんでしたわ」

「こちらは柿本さん」吉野さんは川崎という女性の話を遮るように、後ろの女性を紹介した。「御宿に素敵な別荘を建てられたの」

「そんな、皆様に比べると小屋のようなものですわ」、女は白い歯を見せて言い、典子の方を向いて丁寧な会釈をした。「柿本と申します。面識もないのに図々しくついて来てしまってごめんなさい」と言い、その女性は茉莉の方に向けた目元をすまなそうに曇らせた。

「いいえ……」と典子は相手の慇懃な姿勢に思わず会釈を返していた。

柿本という女性は丸襟のタンクトップに丈長のジャケットを羽織っていた。透けるようなオリーブ色で、白いレギンスパンツとよく合っていた。

「内村さん、本当に突然ですみません。お客さんがいらっしゃるとは思わなかったものですから」と吉野さんは茉莉の方に顔を向けた。

その言い方には微妙なニュアンスが感じられた。吉野さんは土地の人で、野菜などを持ってよく顔を出すようになっていた。確かに彼女が来た時に、来客があった事はなかったけれど。

「それでは川崎さん、柿本さん、早く見せてもらいましょう」、吉野さんはすっかり許可を得たとばかりに後ろの二人を促した。「こちらよ、芝庭の方から回るの」

典子はもう茫然と立ち尽くすしかなかった。茉莉は、と見ると脚を組んだ体を反らし、全くの無関心を装っていた。

「女学校のお友達ですか?」吉野さんがおずおずと訊いた。

「ええ」、典子は小さく頷いた。

「内村さんとは『聖書を読む会』でご一緒させてもらっているんですよ」と茉莉の方を見、へつらうように話し始めた。「とても理解が深くて、私などは目を開かされる事ばかりです」

何故、吉野さんが突然そんな事を言い出したか、典子は落ち着かない気持ちになった。

「チャリティーのバザールにはとても協力していただいているんですよ」、吉野さんは続けた。

「本当に清らかで思いやり深く、会の皆の憧れです。内村さんといると聖書の言葉がいっそう心に響いてくるんです」

「吉野さん!!」典子はつと前の石敷に降りた。「どうぞあなたも一緒に薔薇を見てきて」、思わず強い声になっていた。

「あっ、そうね、そうだったわ」吉野さんはバツが悪そうに笑い、途中でこちらを窺っていた二人の方に小走りに寄っていった。

三人の姿が花壇の間を動き回るのが嫌でも目についた。大仰な感嘆や、逆に押したような話し声が、虫でも飛び回るように耳に障った。吉野さんに悪意があった訳ではないけれど、典子は悲しい気持ちになった。

二人のかけがえのない時間に水を差され、今しがた、茉莉の巡った庭が、無謀に蹂躙されていくような気がした。茉莉は何を考えているのだろうかと思ったが、まともに目を向けられなかった。

茉莉ならば毅然と突っぱねていたはずだった。結局あの頃と変わらない軟弱な姿を見られてしまった気がした。

話の接ぎ穂が浮かばなかった。田村さんの写真の事も念頭から消えていた。何か言ってくれればと願ったが、茉莉は無言のままだった。典子はいたたまれずに、テーブルの物を片付け、手に一つ二つ皿などを持って何度もリビングを行ったり来たりした。

吉野さんが気を遣ってくれたのがわかった。典子が怖れていたよりもずうっと早く三人は戻ってきた。

「お友達との貴重な時間にお邪魔してしまって、本当に申し訳ないです。内村さん気を悪くしないでね」

吉野さんが恐縮してそう言い、帰ろうとすると、後ろから「何と素晴らしい薔薇の園なのでしょう。感動に言葉もありませんわ！」と川崎夫人がすかさず、テラスに上がらんばかりに進んできた。

「これほどの薔薇園がごく近くにあるなんて全く知りませんでしたわ、市の広報にも載らないなんて不思議ですわ。本当に勿体ない事ですよ」、夫人の眼が——そうでしょう？——と探る色に動いた。

典子は咄嗟には声が出なかった。思わず体を縮こめ、両腕を胸に合わせていた。

「やめてください！　困るんです！」驚くほどの声に典子自身、はっとなった。

「あっ、ごめんなさい。声を荒げたりして」典子は心を落ち着かせて言った。「でも、それは困るんです。やめてください」

川崎夫人は一瞬、善意を無視されたと言うように頰を膨らましたがすぐに「私も薔薇を育てていたんですよ」と声色までを変えた。「まあ、こちらと比べればごく僅かですけれども。私の一番お気に入りは（プリンセス・ドゥ・モナコ）でしたのよ」

「ええ……」

「あの気品に満ちた、例えようもない美しさ……。でも、今はもうアルカディアでは、花という花、何ひとつ作れないんですよ」

「……」

「キョンが何もかも食い荒らしてしまいますのよ。食わないものは水仙とクリスマスローズぐらい。薔薇の新芽など、待ってましたとばかり、食い尽くされてしまいますわ。今年はチューリップの球根をごっそりやられましたのよ」

「……」

「ここはいいわね、しっかり柵をなさって」夫人はぐるりと顔を回した。「アルカディアでは柵で囲うのは御法度ですの。緑化協定で」

「フェンスは父の頃に付けたのです。ゴルフのボールが飛び出さないようにと」、典子は気を落ち着かせ、ごく静かに言った。「キョンの鳴き声はすぐ近くでも聞きますけれど、そんなに被害がひどいとは知りませんでした」

川崎夫人は白い目を剝いた。「市も五亜不動産も無為無策、抜本的な事は何ひとつしないのですよ。申し訳程度に周りの山に駆除が入りますと、群れなしてアルカディアに逃げ込んできますのよ。キョンにとってアルカディアはサンクチュアリのような所ですわよ」、川崎夫人は憤懣《ふんまん》やる方ないと言うように下膨れの頰を紅潮させた。

「……」典子はただ、聞いているしかなかった。吉野さんの方に目を向けると、彼女は申し訳なさそうな顔で「さあ川崎さん、ここらでお暇《いとま》しないと」とその腕をひいた。しかし吉野さんの小柄な体では、はるかに上回る夫人の体を一歩ほど後退させたに過ぎなかった。

「ところで……」、川崎夫人は足を踏ん張り体勢を直すと、神妙な声になって「これほどのバラ、おひとりでは大変でございましょう?」と真顔を向けた。

その言い方には、今までのは前置きに過ぎず、本当の話はこれからよ、と言うような居直りが感じられた。

「……ええ……?」豹変した切り出しに典子は戸惑った。嫌な予感がした。

夫人の腕をひいていた吉野さんの手がそろりと離れた。「消毒なども、さぞ大変でございましょう?」その目にありありと興味をにじませて言った。

「ええ……」、典子は小声で答えた。不意に後ろから背中を突かれた気がした。夫人の真意がわからなかった。――薔薇を作っていた――と言っていた。その労苦を知る者の労りなのか、それとも……。夫人から脇の二人に目が泳いだ。二人の目も真剣にこちらに向けられていた。

「ここは海風のせいもあって、うどんこ病などはほとんど出ないです」、典子は息を整え言った。「それでも黒星病にならないというようにはいきませんが」

「ええ、そうでしょうとも」と夫人はすっかり承知しているというように大様に頷いた。「特にこれから梅雨の時期は大変ですわね」

「ええ」典子は幾分ほっとして応じた。「一度なってしまうとなかなか止められないので、予防する事が肝要です」

「まあ、しっかり勉強なさっているのね」夫人はさも感じ入ったように言うと、再び覗き込むように「消毒もあなたがなさるの?」と剝いた目を細めた。

「ええ、基本的には私がします」と典子はきっぱりと言った。「それでも、いちどきに薬をかけなければならない時は応援を頼みます」

「そお! なるほど」、夫人は、さも得心したように頷いた。

「シルバー人材センターに薔薇の好きな方がいるのです」

「ああ、そうなのですか」、夫人は、今度は深く頷いて言った。「いくらお若くても、女手だけでこれほどの薔薇は大変でございますものね。ええ、そうでしょうとも」

川崎夫人はすっかり合点がいったというように繰り返すと、簡単な挨拶を口にし、そそくさとアプローチ側に向かって行った。

吉野さんは慌ててその後を追いかけたが、途中で忘れ物に気付いたように、数歩、上に戻ると、米搗きバッタのように何度も頭を下げた。

吉野さんの小柄な体がアプローチの中に入っていき、少し後ろから御宿からの、柿本と言った女性がついていった。茂みが濃くなる前で彼女は、つと振り返った。細い眉の顔が何かを語ろうとするように典子に向いた。けれども二人の距離はそれには離れ過ぎていた。その口元から囁くような笑みが湧き、右手がタンクトップの開いた胸の下辺りで、ごく小さく振られるのが見えた。典子の手もそれにシンクロナイズするように知らずに動いていったが、それはシャッターを押すほどの間の事だった。ボブカットの髪は、すぐに薔薇の煌めきの中に紛れていった。

典子はしばらく茫然と立ち尽くしていた。

三人の訪問は現実ではなく悪い夢のようにも思えた。――夢の中の夢――はっと典子は振り返りテラスを見た。夢ではなかった。茉莉は肘掛けに斜めに体を預け、そこからじっと典子を見ていた。

「ごめんなさい、大切な時間なのに」テラスに急ぎ戻って典子は言った。

「何もあなたが謝る事はないわよ」背を深く後ろに凭《もた》せた姿勢のままそう言った茉莉の声はこれまでよりハスキーがかっていた。

「きっと不愉快な思いをしたのでは？」

「ふふ……」茉莉は鼻声で笑った。「楽しませてもらったわよ、名女優の闖入劇を」茉莉らしい言い方に典子は思わず微笑んだ。

「まあ、人はいろいろといるものだわ」と茉莉は掛けた姿勢を直し、しばらく典子を見やっていた。ゆるりと言った。

「聖女の園も、世俗と隔絶する訳にはいかないようね」皮肉とも労りともつかない響きを含んでいた。

「聖女の園だなんて、買い被りだわ」

「ところで、キョンって何？」

「キョンって、元々は台湾などにいる野生鹿のことよ。日本の鹿よりは小さく、柴犬くらいの大きさ」

「それが何故ここに？」

「ええ、この近くにあった遊園地が廃園になった時、そこで飼われていたのが逃げ出したらしいの。今では近隣まで広がっていると聞いているわ」

「ふ〜ん」

「悲鳴のようなとても嫌な声で鳴くの。日本鹿は和歌にも詠まれるくらい哀調があるけれど」

茉莉はちらっと典子を見たが——それ以上関心がない——と言うように、椅子に掛けた体を少し横に向けた。

その時、ジュノーがリビングルームのガラス戸を足でガリガリと掻き始めた。典子は反射的に置時計に目をやった。

「散歩の時間だわ」と言い、ジュノーに〝待て〟の合図を送った。「そろそろ散歩に行こうって言っているの」

「時間がわかるのね、お利口だわ」と茉莉は後ろに体を捻じ向けて言った。

「ええ、心強いというか、頼りになるの。犬だけが話し相手という日も多いから」と微笑み、椅子から腰を浮かした茉莉に目を向けた。

「お散歩だけど、そのドレスで……大丈夫かしら？」

第三章

岬へ

「靴……」、茉莉の足元に典子は心配げな目を向けた。「それでよかったかしら？」

「ええ、歩きやすいし、申し分ないわ」と茉莉は言った。

実際、数度、履いただけだという典子のカジュアルシューズは、茉莉の足に合わせたようにフィットした。岬の突端まで行くという犬の散歩に、ヒールの細い靴ではどうしたものかと案ずるより先に、典子は靴箱からそれを取り出していた。

「車で実家に行く時にと思ったのだけれど、あまり行く事もないの」と典子は言い「今は、もっぱらこれ」とタフそうなスニーカーを履いた。靴だけではない、場違いな衣装も、これまた典子の勧めたスプリングコートですっぽりと隠された。

――あの頃はよくいろんな物、学用品から服までを取り替えっこした――と茉莉は思い出していた。大概は典子の方がせがんできた。彼女の方が値段も高いブランド品だったが。

「よかったわ」、典子はグイグイと先に進もうとするジュノーのリードを抑え言った。「一応整備はされているけれど、尾根道だから、足元に気を付けて」

「この犬、犬種はテリアだわね」茉莉はクイーンズの知人も、このタイプの犬を飼っていた事を思い出して訊いた。角ばった頭、垂れた耳、何よりブラシのようなごわごわとした巻き毛。「オス？」

「ええ、ウェルシュテリアというグループのメスよ」典子は反り身になった体を、後ろの茉莉に向けた。

「ここに定住した少し後に、父が勝手に置いていったの。女の一人暮らしなのだからって、名前まで付けて」と笑いながら言った。「もう六歳になるの、躾が大変だったけれど、今は番犬ほどにはなっているの」

『一人暮らし』という言葉に、茉莉はふとその横顔に目を留めたが、典子はジュノーのリードにひかれるように先に立って行った。

――ジュノーっていう名前、たしかギリシャ神話にあったけれど――と思っていると、数メートル先の姿に目が向いた。道際の切り株の周りをひとしきり嗅ぎ回ると、高々と片足を上げた。マーキングの仕草だ。

「メス犬だというのにおかしな格好で用を足すわね」と茉莉は後ろから近寄って言った。

「ええ、そうなの」と典子は振り向けた顔をはにかませた。「飼ってすぐに勧められて不妊の手術をしたの。それでどこかが変調したのか、性別が曖昧になったみたい」と典子は、笑い顔に目元を曇らせた。「ちゃんとしゃがんでする事もあるのよ」

「ふうーん、そういう事。するとあなたは、バイセクシャルドッグという訳ね」と茉莉はおどけた声で言った。

フフと、笑みの残った目を、何となしに典子の方に向けた。と、その顔に不意に当惑の色が浮かび、ほんの一瞬だが、体を強張らせたように見えたが、しかしそれは単に、ジュノーの強いタグに抗おうとしたからかもしれないと、茉莉は思い直した。
七、八メートル先で典子はリードを短く手繰ると、茉莉の方に体を向けた。「あなたは犬とか猫とか、飼っていらして？」
「いいえ、何も。飼いたいと思った事もないわ」、茉莉はきっぱりと答えた。

「でも犬を手なずけるのは得意よ」、怪訝そうな表情の典子に茉莉は歩み寄って言った。「向こうではよくガーデンパーティーに招かれるのよ。アングロサクソンは犬がいて家族という形が完結する、と思っているから大抵の家が犬を飼っているのよ」

「ええ」、典子は不審げに頷いた。

「そこで、やたらと吠えたり、飛びついてきたりするものへの対処が、とても肝要になる訳」と茉莉は真顔を向けた。

「ええ、そうだわ、よくわかるわ」と典子は納得がいったと言うように、遅れた笑みを作った。

「ところで……」、茉莉は典子の横に並んだ。道幅があまり広くなく、肩が触れるほどだった。

「私が日本に来ている事をどうして知ったのかしら？」、改まった口調で訊いた。それがどうと、さほど気になる訳ではなかったが。

「ええ。それは……」、典子は一瞬口ごもり、少し離れるようにして茉莉と向き合った。

「室井悦子さん、って、覚えているかしら？　高等部で、学級委員だった人」

「……覚えていないわ、そんな人。まあ、いたかも」、茉莉はぞんざいに言った。記憶を辿ろうという気も起きなかった。

「電話もらったの。同級会の件で、あなたの所へも連絡が？……」

「ないわよ」茉莉は突っぱねるように言った。あっても迷惑な話だった。

日本での学校生活で親しい友達と呼べる者は典子の他にいなかったし、渡米してから女学校の誰一人として、コンタクトがあった者はなかった。

「室井さんから、あなたが日本に戻ってきていると知らされたの」

「……ムロイ？」、そう聞いて記憶回路が動いていたが、思い当たるものはなかった。


典子に室井悦子から電話があったのは昨年の十二月中頃、つる薔薇の誘引を始めた頃だった。突然の電話にすぐには要点を摑めないまま受話器を当てていた。室井悦子――姓が安斎と変わっていた——は同級会の名簿作りをしているのだと言った。

室井が共学の大学に進んだ事までは知っていたが、声を聞くのは二十年ぶりだった。悦子は以前と変わらず、ずけずけとした口調で切り出した。

「三十路もとう僅かばかりでしょ。お互い色香を保ててる間に会いましょう、という話になったのよ。あなただってもうあの頃のまま、白百合の如し、という訳ではないでしょう」

「白百合だなんて……」

「何してんのよ？　随分外れた所に行ってるみたいだけど」

「特にこれという事もしていないわ」

「そお？　閑雅な別荘暮らし、という訳ね。そっちゴルフ場多いでしょう、私もよく市原のコースに行くのよ」

「あのう、私は、ゴルフは全くダメなの」典子は慌てて遮る声で言った。

更に続く悦子の冗漫な噂話に耐えていると、彼女は思いがけない事を口にした。

「そう言えば、あなたと仲の良かったあの子、少しハーフっぽかった子、まだ付き合いある？」

「え⁉」

「ええと、確か三岸さんだったわね」息を詰めた典子の耳に、何か冊子を繰るらしい音が聞き取れた。

典子は胸が高鳴るのを抑え、心の中で叫んでいた。——ええ、そうよ、三岸茉莉よ、マリがどうしたの？——

「これこれ、思い出したわ。彼女、外資の投資銀行で結構いいポストまでいってたようね」

室井悦子は、何かの記事の概要を棒読みに典子に聞かせた。

「リーマンショックの後、会社がメガバンクに吸収され、それで日本に配属された、という事のようね、彼女、向こうの大学の卒業になっているわ」

悦子は、来年の同窓会には是非参加するようあなたからも話して、と言うといかにも忙しそうに電話を切った。

典子は室井悦子の話の大方を省き、彼女が同窓会名簿作りを進めている事だけを茉莉に伝えた。

「その時、室井さんがあなたの勤務先を教えてくれたの。それで……」

「……」

「不躾だとはわかっていたわ。勤め先に私信を出すなんて」典子はすまなそうに顔を俯けた。

「そういう事だったの」、茉莉は言い、その場に足を止めている典子より先に立った。しかしすぐにまどろっこしい歩みに痺れを切らしたジュノーがダッシュし、制する声も虚しく引っ張られた典子が横をすり抜けていった。

茉莉は、滑稽な後姿に向かって言った。「手紙の事はいいわよ、よくわかったから」

どうにか力尽くで、ジュノーを押さえ込んだ典子が半身を後ろに捻った。

心配げな表情を見せて開いた双眸に向かって、茉莉はうっすらと笑みを浮かべながら言った。

「でも、その室井という彼女、きっと興信所ともお付き合いがあるのね……」

少しの間の後に、その顔に笑みが湧き、――さあ？――と言うように典子は肩をすくめた。

わざと茶化して言ったが、その経緯は容易に推察できた。

茉莉は一年ほど前、ある経済サロン紙のインタビューに応じた事があった。ＭＢＡ（経営学修士）取得者の特集で、彼女はその記事を目にしたに違いなかった。

従来の金融グループとは一線を画するファンドの、新進マネージャーと面識ができたのは二年ほど前の事だった。あこぎと取られないよう慎重な自己アピールが実り、そのマネージャーはアナリストとして茉莉を評価してくれ始めていた。そんな折、その業界紙から取材の申し込みがあった。さしたる権威もなく、自尊心をくすぐる程度のサロン紙の要請に応じたのも、再度の挑戦に向かって気持ちが高揚していた時だった。

――それにしても……――と茉莉は思った。

ごく限られた流通しか持たない業界紙が、たまたま室井という女性の目に触れ、それが典子に伝わっていった。

――それはただの偶然なのか、それとも世間でいう何か、巡り合わせめいたものがあるのか?――これまでそのような事を何ひとつ信じた事もなかったけれど……。

オフィスの机に配られたダイレクトメールなどの上に、白い角封筒は載っていた。二台のパソコンと、それに連なる大型のディスプレイ。びっしりと連なる経済関連の綴込みや目論見書など、金融の牙城のような無機質な世界に、それは全く異質なもの、例えば白い蝶が迷い込んできたかのような感覚をもたらした。

茉莉はしばらくそれを見下ろしていた。手に取らずとも典子からのものだと、瞬時に悟った。

茉莉の驚きは、二十年も途絶えていたものが不意に出現した、という事ではなかった。このような日が来る事を、自分自身が心の底で確信していた、という事だった。

典子の姿は遠くなり、近くなり、見え隠れしていた。ジュノーを制しながら、戯れるような声を上げ、動きについていく典子を、茉莉は不思議な思いで見つめた。

再会してからの典子の声はどこか翳りを帯びていたが、今、遠く耳にする声は、あの頃のまま明るく弾んでいた。時が二重写しに流れていくような気がした。

常緑樹の中に続く緩い山道を上り詰めた所が、岬の尾根らしかった。所々でこちらの姿を確認しながら、ずうっと先に行っていた典子が手を振るのがわかった。頭上が開けていき、澄んだ光が前方に広がっていた。

長く舌を垂らしたジュノーが、短く詰まった尾を数度震わせた。下の角度から改めて見ると、全てを洞察した賢者の風貌を感じさせる。

「大丈夫でした？」と典子が心配そうに尋ねた。

「ええ」、茉莉は上まで登り、まっすぐに典子を見て言った。「あなたのアドバイスに従うべきだったかしら？」

「……？」

「草のツルや小枝に引っ掛けそうだったわ」

「ああ、ごめんなさい。春先に人手が入るのだけれど、植物の伸びの方が旺盛なの」典子は茉莉からその足元の方に目を落としたが、そう言ったきり先に立っていった。

樹木がまばらになった合間から、深く落ち込んだ崖の下に、小さな入り江が覗いた。東側と思える向こうには、海に突き出した山をざっくりと切り削いだような岬が遠望された。西日を浴びた断崖が白く輝いている。

――どこか既視感のある風景だ――と茉莉は思った。

――日本？　それともアメリカの東海岸？――目を凝らすと常緑樹のこってりとした連

なりは、浅緑から深いオリーブ色へとグラデーションを変え、遠い先はスモークのようなグレーにかすんでいる。


佇んでいる茉莉の横を幾人もの人が、行き交わしていった。「こんな所で散歩の人がいるのね」茉莉は待っていてくれた典子に言った。

「ええ、近くには大きな別荘地やリゾートマンションがあるの。定住している人もいてお互い名前も知らなくても、犬同士でお知り合い、という人も多いの」と典子は微笑んだ顔をジュノーの方に向けた。

「この散歩コースは」と典子は茉莉の方に向き、足を止めた。「朝もいいけれど、私は夕方の方が好きなの」

「……」、茉莉は、黙って、典子を見つめた。

「朝の景色はあっという間に変わってしまうけれど、夕陽は風景の一つひとつにスポットを当てるように、ゆっくり回っていくわ」、典子は、うっとりとした目で言った。「夕焼けが岬の海を、織物のように染めながら移っていくの……壮麗と言うか……ここに来て自然の美しさに気付かされたの」

「そう、それはよかったわね」自分でもあまりに素っ気ないと茉莉は思ったが、それが偽りのない反応だった。畳みかけるように言った。「マンハッタンでも東京でも夕焼けはあるけれど、そうしみじみ眺める事はないわ。ゆったりとした生活はいいものなのね」

「あっ、ごめんなさい、私……」典子は動揺した目を茉莉に向けた。「自分の事ばかりで、あなたの事、何も知らずに」

「いいのよ、あなたはあなた、だもの。私はまだ現役で、そう、まったりとしてはいられないという事よ」

茉莉はおどおどとした典子から、視線を遠くに向けた。

「日本が夜になれば、向こうは朝になる。キャピタリズムは眠らないのよ」

「……」典子は見知らぬ者を見るような表情を一瞬向けたが、黙ったまま先に立って行った。しかし、すぐに足を止めると背を向けたまま小声を洩らした。「私、あなたの事、何も知らないのだわ」

「何も特別の事をしてきたわけではないわよ」、茉莉は典子の横に並んで続けた。「投資家から預かったお金を少しでも有利な形で動かすのよ。基本的にはそれだけの事だけれど、それにはどの樹がおいしい実をつけるのか、まず調査や分析がいるのよ。私の専門はそれ」

「……」典子は瞠った眼を茉莉に向けた。

「ギャンブルと違うのは」とゆっくり言った。「一方だけが勝つのではなく、どちらもウィンウィンになるように考慮する事よ。確実にはいかない事もあるけれど」

典子は顔をほころばせた。「ええ、そうよね、それは私にもわかるわ」

「私は向こうでMBA（経営学修士）を取ってからずうっと同じ畑を歩んできた。あなたの劇的な人生に比べれば単純なものよ」

典子は目元に寂しげな笑みを浮かべた。「劇的だなんてそんな事、少しもないわ」

「さっき、一人暮らし、とか言っていたわね」典子の方に顔を向けて訊いた。

一瞬、開いた目がすぐに迷う色に泳いだ。少し前に出て答えた。

「ええ、一人で暮らしているわ。ここに来る前からよ」

「結婚してるんじゃないの？」、茉莉は横に並び、ちらっとその横顔を覗いた。

「ええ、……結婚はしているわ」典子は消え入る声で言い、――でもどうしてそんな事を――という顔で茉莉を見た。

「何も詮索するつもりではないけれど、女の勘のようなもので、何か事情があるのだな、と思ったのよ」茉莉はニンマリと典子を見やって言った。

「私は離婚した方がいいと思っているの」そう言い、笑みを作ろうとした典子の顔が崩れ、逃げるように先に立った。


あの頃の典子からは予想もつかなかった。彼女に限っては絵に描いたような理想的な家庭を作るだろう、と思っていた。夫婦の不和など無縁の。

――それに、――と茉莉は典子の後姿を追いながら思った。私に向けた眼差しが、ほんの一瞬だったが、恨みがましいような、まるでこちらを責めるような色を見せた。

「私には関係ない事だけれど……」、茉莉は足を速め後ろからそう言い、典子の横に並んだ。

「それって、離婚訴訟中、とかって事？」

典子は立ち止まり、躊躇うように顔を起こした。「そうじゃないの」と切なげな声で言うと一、二歩前に立った。

茉莉の方を見ずに続けた。「あの人の方が、私が戻るまで待つ、と離婚の話に応じようとしないの」

「ふうーん、そういう事」茉莉は急に白けた気分になった。ごまんとある話だ。


良家育ちのお嬢様の中にあっても、無拓という点で典子は特別だった。

——ノリは心の底まで純粋できれいなのだ、と感心半ば、呆れる事さえよくあった——その典子にしても女なのだ、と茉莉はその後姿を見つめた。

少しカールしたセミロングの髪は女学生の頃とそう変わらなかったが、襟首から肩の線は丸みを帯び、腰回りにもあの頃にない大人の女を感じさせた。ほっそりと太さの変わらなかった二の腕は、園芸の成果なのか、上の肩口に筋肉が付き、それはそれで肉感的だと映った。

——男の方が典子を離そうとしない、宜《むべ》なるかな、だ——と思った。

岬への道は急に様相を変えていた。所々道は雨でえぐられ、木の根や岩が露出し、急な段差が現れたりした。

——散歩というよりちょっとしたトレッキングだわ——と茉莉は思いながら、後を付いていった。

「この、もう少し先までが大変なの」と典子は茉莉が来るのを待って言った。「でも、そこを抜けると、岬の台に出るわ」不安気に気遣う色に、薄い笑みを重ねた。

「そう、いい運動だわよ」

『離婚した方がいいと思っているの』と話した典子の表情が、不意に歪むように茉莉の眼裏に重なった。

しかしすぐに茉莉の頭は、これから先のニューヨークの事で占められていった。

ファンドマネージャーと、リクルートの件で会うのは初めてだった。面接がどのような形になるのかは不明だったが、役員会に当たる日に指定されたのは『サプライズ』なのかもしれない、と思った。

日本への出向は、リーマンショックまでの自分を省みる時間を与えてくれた。更に東京という視点からマーケットを見る眼も養わせてくれたが、飽きも来ていた。

自分の原点であるニューヨークが恋しいと思うようになっていた。

――どんな事をしても、私はニューヨークに戻る――

険しい足元に目を配りながら茉莉は、マンハッタンの街を闊歩する姿を思い描いた。緩やかに下った道が登りになり、再び灌木の中を進んだ。険しく落ち込んでいく斜面の下方に翳った海が見え隠れしていた。

典子は時々後ろの茉莉を気遣い、足を止めている。やがて樹木が切れ、岩山の続いた後に、空間が開けた。手前側の僅かな平地には、数個のベンチが並んでいる。その先に水平線の広がりが望めた。岬の突端に出たのがわかった。

「大変だったでしょう？　慣れない山道で」と典子が気遣う顔で言った。

「ごめんなさい、途中でコースを変えたの。道が悪いのはわかっていたけれど」、典子はこちらの気持ちを測るような表情を向けた。

「私も週に二回は十キロ以上走っているのよ」、茉莉が、さらっと言うと、典子は驚く目をした。「もっとも、ジムのマシンの上だけど」

街や公園を走るのは性に合わなかった。無機質な構造物の中で、向かってくるベルトに逆らい走る。やがて頭が空になり、全てを超絶していくような快感が生まれてくる。ニューヨークのジムではハドソン川が下方に見えていた。

一拍の間の後に、典子はほっとしたような微笑みを浮かべ言った。

「ここからの景色をあなたに見せたかったの。……それに……」

茉莉は何か言い惑う典子を見つめた。

「向こうの散策コースは人が多いけれど、こっちまで来る人はあまりいないわ」

「ああ、そういう事。確かに他に人は見ないわね」と茉莉は言い、コートの裾を手で払った。幾つも草の実が付いていた。

「私もここまでは滅多に来ないのだけれど、独りになるのにいい所」

――独りになるのにいい所……?――　茉莉はふと、その言葉が耳に止まり、屈めた体を起こしたが、典子は前方のベンチの方に向かって行くところだった。

――変われば変わるものだ――と思った。あの寂しがり屋だったノリが、隣が見えないような所に独り住んでいるというのに、更に孤独に浸りたい?とは。

「いい、ジュノー、少し待つのよ」典子がそう言い聞かせながら、リードをベンチの足につなぐのを、茉莉は後ろから見ていた。

「あの上がビューポイントなの」典子は体を起こすと、左前方の大きな岩山の方を指さした。

短い草とひしゃげたような低木がまばらに生える中に突出する岩山は、自然の造形というより、現代アートの産物のようにも見えた。

薄い褐色の岩山は、風食によって磨かれ、滑らかな曲面を幾段にも重ねていた。

「滑るから気を付けて!」、先に立った典子は声を弾ませて言うと、馴れたふうに機敏に上がり始めた。茉莉は典子の辿った通りに付いていった。曲面の要所要所には踏段が刻まれていて、さほどの苦労はなかった。

　上がりきると体が空間に放たれる気がした。百八十度、それ以上に眼下に海が開け、茉莉は思わずぐるっと半身を回した。手前の海の色はコバルトの輝きを残し、その先にはプルシアンブルーから紺色へと深まっていく海原が、満々と広がっている。海と接する空の辺りには灰色の帯のような雲がたなびいていたが、くっきりと水平線が見えていた。

「いい所だわ」、茉莉は素直に言った。

「よかったわ」典子は微笑み、茉莉を見つめた。

「いいお天気だし、きっと気に入ってもらえると思って、途中で突端までのコースにしたけど、心配になったの」そう言って動いた典子の目で、こちらの〝装い〟を言っているのだとわかった。

　出掛ける前、典子はデニムのパンツとブラウスを用意してくれた。断ったのは何度も着替えるのが、面倒臭いと思ったからだった。

「このコートのお陰で安心して歩けたわよ」

　典子は、本当は初めから、このコースに来るつもりだったのでは、と思いながら茉莉は言った。

　典子は何も言わず口元を微笑ませた。

「西がこっちだから」と茉莉は陽の回った空から、茫洋と広がる海の方に目を転じた。「アメリカはこの方角になるわね」

典子はそっと茉莉の横顔を見、やがて同じ方向に顔を向けて言った。

「ええ、きっとそうだわ」

――緯度はどの辺りだろう？　ロス辺りだろうか――と茉莉は思ったが、訊かなかった。

――明日はこの海を飛んで、ニューヨークに向かう。あの街こそ、私にふさわしい場所
――茉莉は遠い先に目を凝らし、大きく息を吸った。

正面向こうに突き出た岬に夕陽が当たっていた。断崖が薄い琥珀の色に染まり、その下の岩礁に寄せる波が白く砕けている。

典子と茉莉

「母が……」と言う典子の声が不意に耳元に立った。顔を向けたが、こちらを見ずに典子は続けた。「母が私の結婚をとても喜んでくれたの」

「……」あまりにも唐突で返答に窮した。

「うまくやっていける、とその時は思ったわ」典子は茉莉から目を逸らすように言うと、崖の先端の方に寄っていった。

岬の突端の周りはロープが張られていたが、一段高くなっている岩山の東側は金属の柵が設けられていた。茉莉は少し遅れて、典子の横に並んだ。足元の崖は深くえぐられているのか、切り岸の先は見えず、真下深くに翳った波が揺れていた。

「とても思いやりのある、優しい人だわ」と典子は沈んだ声で言うと、ちらっと茉莉の方を見たが、すぐに目を逸らした。

茉莉は生来、うじうじと勿体ぶった物言い——日本では謙遜という美名が付いていたが——には嫌悪感が湧いた。けれども何故か典子だけは許せた。何も言わず、次の言葉を待った。

「会社の何かの催しで彼を見て、母はとても気に入ったらしいの。クリスチャンではないけれど、信仰心があり、気遣いも仕事もできる人、と母は褒めていた。私が岐阜の施設にいた時からよく本牧の家にも招くようになっていたのが、後でわかった」

「ふうーん……」なるほど、あの母親は将来を念頭に入れて行動していたのだ、と茉莉は思った。

「彼は私より五歳上で、地方の大学を出て父の会社に入った。岐阜から戻りしばらくして、私は会社に出る事になったので、仕事上、顔を合わす事も多くなった。けれども私には……特別な意識というか、何も……」

不意に言葉が切れた。顔は不動のまま遠い前方に向いていたが、典子の両方の手がすすがるように金属のパイプに伸びた。

しばらく無言の時が過ぎた。深い崖下からさらさらと波のリフレインだけが届いていた。

ちらっと茉莉の方を見てから、典子は息を吐くように言った。

「彼が好意を持っているのがわかったけれど……私は何も特別なものを感じなかった」

「……」茉莉も金属のパイプを摑むとその横顔を見つめた。

「でも母が、彼との結婚を真剣に望んでいるのがわかったから……」

「そういう事なのね」と茉莉は言った。「世間ではよくある事よ、あなたは一人娘なのだし、結婚させて会社を継がせたいと思うのは普通の事よ」

つと、典子の顔が動いた。まっすぐに向けた目に、はっきりと咎める色が差すのがわかったが、茉莉は構わずに続けた。「婿養子を取る、という選択は経営学的に見てもベターなのよ」

典子の親の会社の事は、親しくなってまもなく典子から聞き出していた。

――医療器具を作ってる会社、よくわからないけれど――と典子は関心もなさそうに言った。

「結婚して三年過ぎた年に、母は亡くなった」沈黙の後に、呟くように典子は言った。

――死んだ、あの母親が……――茉莉は首を捻り向けたが、典子は固い横顔を見せたままだった。

玄関先でまるで忌わしい者のように扱われた時の事が浮かんだ。その時の反感はとうに失せていたが、眼鏡の奥に竦んでいた陰険なものは何だったのか、と改めて思った。

「卵巣がんで……わかった時はステージ3だった。初めは助かる見込みがある、と言われて手術を受けたの。でもその後に、他にも転移しているのがわかった。もうどうにもならないほど」

「そうだったの」、典子を見るともなく言った。

感慨が錯綜していった。初めからあんなふうではなかった。何度か泊めてももらい、親切にもてなしてもくれた。それが急に人が変わったようになった。――怯え、怯え?……私に示した嫌悪の裏には、何かへの怯えがあったのでは――と、ふと思った。

「ショックだったでしょう、あなたは母親っ子だったから」、小声で問い掛けたが聞こえなかったのか、返答はなかった。

「母は、私たちはうまくいっている、とずうっと信じていたわ」

少しあいた後に典子は言った。「ごく当初から、私たちは他人のように暮らし始めたけれど、私も彼も気付かれないように注意を払った」

「……」

「彼は企画室から幹部役員になり、期待通り大きく業績を上げていった。父は今では彼を自分の後継者と指名するのが、最後の仕事と考えているようだわ。私もそうなるのがいいと思っているの」

「ふうーん、それで？」言っている事に整合性もなく、まどろこしく、感じた。

「さっきの話の結論はどうなる訳？……あなたはお母様の意向のまま、気の進まない結婚をしたけれど、互いに愛を感じられず、離婚した方がいいと思っているのはわかったわ。でもあなたは一方で夫がその会社に残ってくれる事を望んでいる。それは経営者の娘としての打算から？　虫のいい話ね」

「……」典子は岬への散策に出て初めてと思えるほど、まっすぐに茉莉に向き合った。

唇を嚙みしめるように言った。「違うわ、そんなんじゃないの。……あの人は本当に私を愛していて誠実な人なの」恥じらいを見せてか、頰が赤らんだ。

「あ、そう！」茉莉は典子が真剣な分、白けた気分になっていった。

陽が回って、岬の内海は輝きを落としてきていた。潮の色は明るさを残したブルーから藍を基調にしたグラデーションに変わりつつあった。

「まあ、夫婦の仲は、他人には窺い知れない、と言うけれど……」茉莉は崖下を覗き込んでいた視線を上目遣いに典子に向けた。

一瞬目が合ったが、典子はすぐにそれを逆の方に逸らせた。

「努力はしたわ」沈黙の後にポツリと言うのが聞こえた。

あの頃の負け惜しみの言い草を思い出したが、今は静かな諦めの響きがあった。茉莉は何も言わず足下の断崖に目を落とした。翳を帯びた底に、暗い水が揺れ、岩に掛かる波がちらちらと白を延べては消えている。

少しの間の後に、再び典子の声が、反復する波のコンティニューに重なっていった。はっと耳を向けた。

「真の愛がなければ、体の交わりは虚しいだけだわ」

――……真の愛がなければ？……――茉莉は声の方に顔を振り向けたが、典子は言葉ごと消えようとするかのように、すっと脇を離れていった。

典子らしいとも思ったが、女学生の頃ならまだしも、この年になって、まともにそんな――真の愛、体の交わり――意表を突かれた思いだった。

しかしその驚きが去ると、それも詰まるところ、典子は〝セックス〟の相性を言っているのだ、と納得がいった。『セックスに真の愛が不可欠』とも思えないが、相手が嫌になれば触れられるのも嫌になるものだ。

茉莉は数メートル先に佇んでいる典子の後姿を見つめた。

――あの頃と体型はさほど変わらないように見える。はっきりと括れを残しているウェストから形のいいヒップ、あの頃より全体に優しい感じなのは、それなりに脂肪が付いたのだ。しかしそれがあの頃にはなかった、大人の女の雰囲気を醸していた。清純そのものだった典子も普通に大人の女なのだ——

「私が悪いの！」、不意に叫ぶように典子の声がした。「私がいけないの！」

「……」表情は見えなかったが、まるで十字架の前で告白するかのように聞こえた。両手を握り合わせ、肩先が小さく震えている。

——典子の方に男ができた？　そういう事か——と合点がゆき、茉莉は後ろからゆっくり近付きながら「迷いは誰にもある事よ」と、ごくフランクに言った。労わるつもりだったけれど典子は逆に体を震わせたように見えた。

——まさか典子から、不倫の告白を聞くとは露とも思わなかったが、それにしてもそんな話など、今ではもうソープオペラにもならないのに——と茉莉は石のように立ち竦む姿が、不意に可哀そうにも映った。

「私も一度は結婚した事があるのよ」こんな事を打ち明けようとは、自分でも思ってもいなかったが、茉莉はそう口に出していた。

半身を回した典子が、訝る沈んだ眼差しを向けた。

「ふふ、もうずっと昔の事」茉莉は自嘲の混じったしゃがれた声で言った。「向こうに行ってまだ間もない頃よ、大人のつもりでいたけれど、まだ小娘だったという事よ」

——はっきりとしたプランを立てて渡米したのではなかった。親の仕送りだけに頼りたくなかったので、学校が決まるとアルバイトを探した。運良く日本からの旅行客や展示会のテンポラリーガイドという割のいいバイトが見つかった。

そこで尾高に出会った。「日本の商社マンだったのよ」と茉莉は言った。「年は私より六歳上、まあ、優しい兄というか、頼りがいがあったわ」

口説かれたとか熱を上げたとかではなかった。二度目の食事の後、流れのままホテルになり、やがて尾高の住むクイーンズのコンドミニアムに落ち着いた。そのエリアはマンハッタンよりずうっと人懐っこく、エスニックな刺激に満ちている所だった。

しょっちゅう街に出ては熱い仲をちやほやされ、バカなほど盛り上がった。ふと、それは——愛と呼ぶべきものだろうか？——と思った。しかしそれには、何かが欠如していた。

前の丸山の時も——愛を演じてはいたが——と。

そこまで来て——バカだわ！　こんな考え。典子の感傷が伝染したのだ——と茉莉は頭から振り払った。

遠方に目を向けると、先ほどまで断崖に照射していた光は、沖の方に移っていた。暗青色の海面の遠くに、ＬＥＤのような冷めた光がちらちらと固まっている。

——尾高の方が結婚の話を持ち出すようになった。『俺も、もう三十も過ぎたしな』と、スマートな遊び上手、と思っていたが、日本人らしい誠実さを持っていた。茉莉は全く考えてもいなかったが、尾高の誠意を拒否できず、事の成り行きのまま申し込みを受け入れた。

「結婚した翌年、彼に日本への転勤命令が出たのよ。栄転だと喜んではいたけれど、私は日本に戻る気は全くなかった」茉莉は話しながら、柵に凭れ真下の海を覗き込んだ。

断崖の際は更に深く翳り、暗い波がゆらゆらと揺れている。

「丁度その頃、妊娠しているのがわかった。子供がほしいとも、いい母親になれるとも思えなかったわ。全てを処置した後に、尾高に伝えた。アボーションの手術を受けた事、日本に付いていく気がない事を……」

自分の取った行動を悔いた事はなかったが脳裏に甦ったその時の尾高の表情が、昨日の事のように茉莉の胸を刺していった。

――過去は振り返らない、葬るべきもの――と決めてきた。だからそんな事、思い出しもしなかった。

それが、――どういう訳?……昔もそうだった。典子といると、何故か何もかも洗いざらい曝《さら》けてしまう――

ふと気付くと、典子が真近に、数歩前まで寄ってきていた。固まり付いたようにこちらを見ている。あの頃の目だと思った。心の底を測ろうとする目。信仰を持たないものを哀れみ労わる目……。

「何よ！」、茉莉は思わず声を出していた。

典子は何も答えなかった。強く緊張しているのが知れた。

苦しげな吐息に交じって「ああ、マリ……、私……」と言うのが、かすかに聞き取れた。異様に切迫したものに衝かれ、茉莉は身構えるように、次の何かを待った。こちらに伸ばした両腕が中途で迷うように泳ぎ、やがて力なく下がっていった。強く見開いた目が、悲しげな色を帯びて揺らいでいた。

「もしかして、あなた？」、茉莉は声を落とした。「私が可哀そうだ、とでも、思っている？」

典子の息を詰めた体が後退りしていったが、その目は茉莉から離れなかった。やがて典子は無言のまま小さく頭を振った。

はっとした。——幼い少女のようなその仕草を前にも見た——気がしたが、どうでもよかった。

「そうよね」茉莉は頷き、睨む眼を向けた。

「幸せ、などというものに決まった形はないのよ。納得の仕方だけよ。どうであれ、あなたに同情される筋合いはないわ」

何故かわからない不穏なものに突かれて、茉莉は、まくし立てた。

——そう、その後にも幾人かの男と出会ったけれど、別れを切り出したのは、いつも私の方なのだ。典子も知っている最初の男、達夫にしても……——

拘わるほどの『愛』を感じなかったのだ。

凝然と固まりついている典子から離れて、茉莉は岩山の頂上に向かっていった。

「わかったのよ!」茉莉は前方の空《くう》に向かって言った。

「私は家庭向きの女ではないのよ……でも、あなたは……」ゆるりと向きを変えた。

典子は同じ所に立ち尽くしていた。海に見入る彫像のように見える。

「あなたは、私と違って、良妻賢母の鏡になるような人だと思っていたわ、信仰を要にした敬虔な家庭を築くのよ」

ゆらゆらと体が回り、虚ろに白い顔が茉莉に向いた。何かを言おうとするように唇が開いた。

と、その時だった。岩山の下方から人声がしてきた。

「やめてよ! ほら、犬もいるじゃん」と笑い声を立てながら言っているのが聞きとれた。若い女の声だった。「犬がいるという事は、どこかに人がいるという事よ!」

「それが何だよ! 見せつけてやろうぜ、誠の愛を!」と安っぽい劇のセリフかと思うほどの、気障《きざ》な声が響いた。

「誠の愛?」けらけらと女が笑った。「吉田誠の愛?」下を覗くと、逃れようとする女を男が引き寄せようとしている。

ジュノーが吠えた。「ほら、犬も怒っているわよ」と女は、はしゃぎ笑い、するりと男の腕から逃れた。

ふと――典子は？――と、顔を回すと岩山の裏の茂みを動いているのが見えた。のめるように降りていく姿は、何かから逃れようとしているようにも見える。

茉莉は一瞬、典子の後に続くべきか迷ったが、登ってきたルートをゆっくり戻っていった。

若いカップルは茉莉が降りて行くのを、下から見上げていた。女の方は男の左腕を掴み、異形の者を見るように目を開いている。男の身構えた姿には、女を物にしたばかりの者の高揚が見えている。

その前を通り過ぎる時、茉莉は、『誠の愛』の男にじっくりと目をやった。年は二十代初めぐらいか、日本の今風の若者共通の、ハウス栽培のトマトのようなつるんと整った顔、女物のようなペイズリー柄のシャツ、上ボタンを外した薄い胸には、シルバーの鎖がのぞいている。

――ふふ、真《まこと》の愛――茉莉はうっすらと微笑を投げる。

キッチンにて

岬への散歩の後、典子の口数は極端に少なくなり、話は脈絡なく飛んでいった。

――親友だったとは言っても長く離れていた相手に、プライベートな秘め事を明かした事を、今になって悔いているのかもしれない、典子の事だもの――と茉莉は内心思いながら「驚いたわ」と心底、感心した事を言った。

「あなたがエプロン姿でキッチンに立つなど想像もできなかったもの」

「あら、どうして？」と典子は小さく微笑む。

「中等部の頃、あなたは夢や幻想の中で生きていくのだ、と思う事があったわ」

「そんな。夢でお腹は満たされないわ」

「食事の時間になると、どこからか料理が届くのよ。あなたの家に泊めてもらった時は、いつもそうだった」

典子は俎板にかけた手を止め、顔を起こす。見つめた目をキッチンに戻して言う。「母はあまり料理が得意ではなかったの。大切なお客様がいらした時は家庭料理ではなく好まれそうなものを選び、仕出しを頼んでいたの」

「そう、でもあなたの料理の仕方はとても手際がいいと思うわ。包丁捌きにも感心だわよ」

典子は春野菜のサラダ、今が旬だと言う浅蜊のボンゴレに、アスパラガスの生ハム巻きを作っていた。

「料理といってもレシピを真似ているだけだから……未だに自信が持てないの」、見つめる茉莉からうっすらはにかんで目を逸らす。

一時間ほどの間に、もっぱら喋る側になったのは、茉莉の方だった。というのは典子が間をあけず矢継ぎ早に質問を繰り出すからだった。

「クイーンズって、どんな街？　休日はどんなふうに過ごすの？　普段のお食事は？　エスニック料理が好みなの？」といった事柄を次々と聞いてきた。それでいながらその返答に更に深く聞いてくる訳でもなかった。

そのどこか、ちぐはぐな会話の間にも、典子は相手がまるでシンクに居る、というようにこちらに顔を上げなかった。それは料理に専念するあまりとも思えたが、岬への散歩からの動揺を、必死に隠そうとしているのは明らかだった。

意を決したように打ち明けた話にも、あまり親身になってやらなかったのは事実だけれど。

――いい年して！　母親への気兼ねだとか、真の愛がなければだとか、中身はお嬢様のままなのよ――茉莉は内心呆れながらも。

「互いを呼び合うのに『あなた』とか言った事、なかったわよね」と水を向けた。

典子は僅かに上げた顔をすぐに落として言う。「ええ、そうだったわ……」

「いつも、マリとかノリだった」

「ええ、でもそれは……女学校の時の事だわ」、典子は僅かに視線を向ける。「あなたはもう、あの頃とは違うもの……」

その次に補足する言葉を代弁しようとするかのような笑みが途中で薄れ、シンクに戻した横顔に淡い翳りがかかる。

もっともな事にも思えた。こうしてあの頃と変わらないように振る舞ってはいても、二十年もの空白は埋めようもない深い溝をなしている。ここに着いた当初から、典子の見せる躁鬱的とも見える行動もその現れなのだ。

——再会の喜びから醒め、次第に違った現実が見えてくる——当然の事だ。


できあがった料理をダイニングのテーブルに運び始めた典子は、「テラスでのお食事はどうかしら?……」と問いかけ、顔を向けた。「この時期なら蚊も出ないし」

茉莉に異存はなかった。夕食は、急遽、外でという事になった。

「いつもは一人の、有り合わせの夕食だけれど」典子は料理を載せたトレイを、踏み台から、テラスの茉莉に手渡しながら言った。「お客様を招いての晩餐は、久しぶり。今年は初めてだわ」

そのトーンは控えめだったが、嬉しさが傾けた体から溢れるようで、家に遊びに行った時の典子を彷彿させた。

「そう! それは身に余る光栄だわ」茉莉は料理で塞がりつつあるテーブルを眺め、言った。

第四章

典子は二つのグラスに白ワインを注ぎ、腰を下ろしたが、手にしたままのグラスを見つめていた。

「何を祝えばいいのかしら？」、茉莉はワイングラスを前に上げ、促すように言った。

「ああ、ごめんなさい」、典子は慌ててバツの悪そうな笑みを作った。「また、笑われるかもしれないけれど、本当にこんな時が来るなんて……胸がいっぱいで……」

茉莉は典子を見やり言った。「ええ、私も胸はいっぱいだけれど、お腹は空っぽだわ」

「ええ、そうだわ、用意に時間掛かり過ぎてしまって……」典子は慌てて言い、神妙な表情でグラスを上げた。

少しの間の後に「私たちの再会を祝して」と茉莉に目を向けた。

「乾杯！」

「アクラメッション！」茉莉はおぼつかなげに笑みを見せた典子に微笑み、グラスを合わせた。控えめな乾杯を補うように、グラスの澄んだ響きが立った。

「いいワインだわ」茉莉は鼻の近くで揺らしたグラスを改めて口に運んだ。

「よかったわ、お口に合って」典子はほっとした面持ちで言うと、僅かに口を付けた。

「さあ、召し上がって、こちらがお醤油」

「ウイ、メルシィー」、茉莉は言い、紙の袋に収まった箸を取り出した。

「いったい何人分のお料理？」、茉莉は、おどけた目を向けた。「もしかして、飛び入りのゲストがあるとか？」

典子は――えっ？――と言うように眼を丸くして茉莉を見、少ししてわかったらしく、薄い笑みを向けた。「日が落ちてから人が訊ねてくる事はないわ。来るのは山の生き物の気配と、風と波の音だけだわ」

「そう、それは大変ね！　これほどの料理を平らげるとなると」

典子が馬鹿真面目に答えたので、茉莉は大仰に言ったが、そう誇張でもなかった。典子がいつ手配したのか、キッチンでの支度が終わりかけた時、威勢のよい掛声と共に出前が届けられた。

大皿に盛られた地魚の刺身、もう一つは調理されたさざえや伊勢海老など、それらがテーブル中央に並び、浅蜊のボンゴレ、サラダ、それにチーズやローストビーフといったオードブルも同時に加わっていた。

「鰹も金目鯛も、ワインによく合うわね。おいしいわ」茉莉はお世辞抜きで言った。

ニューヨークや東京でも刺身を食べる機会は少なくなかったが、さすがに漁師町だけあって、鮮度も味も格別に思えた。

「嬉しいわ、そう言っていただけると」典子はサラダを取りかけた手を止め、相手を確かめるような眼差しを向けた。

「沢山召し上がって、急ごしらえの物ばかりだけれど」

「何もかも、おいしいわよ」、茉莉は典子を見やった。「こんなご馳走も予想外よ」

典子はただ、小さく口元を笑ませた。

しばらくは無言のまま、茉莉も料理を堪能していった。ふと、二人の中年女が黙々と箸を動かしている図は——どう映るのだろうか——と思った。——あの頃は数分の沈黙もなかったけれど。

典子は何故か寡黙になり、会話をしても話が深入りするのを避けているのは確かだった。ただ、絶えず茉莉の方に気を配っていた。料理を取り分け、ワインを注いだ。茉莉のグラスの後に、自分の方を少なめに注いでいた。

茉莉は典子がグラスを干すのをそれとなく見ていた。首を逸らすと白い喉元から、鎖骨の優しい凹みが覗いた。

——あの頃ジュースやコーラなど、よく交互に飲み合った。喉がゴクリと動くので、典子が何口飲んだのか、すぐわかった。私は啜るようにうまく飲み続け、典子は『ズルイ』と怒った——

その首筋の辺りは丸みを帯びあの頃とは違う色香を感じさせた。

茉莉は、典子がグラスを置くのを待って言った。

「二人でお酒飲むの、初めてだわね」

「え……？」典子は不意の事に驚いたような顔を上げた。

「ええ、そうね」、少しおいてちらっと茉莉を見、言った。「お酒、強いのね」

「強くはないわ、嗜む程度よ。あなたは飲むの……？」

「ええ……」、考える顔を庭に逸らした。「時々……」

「時々って、どんな時？」

典子は目を再び、庭の方に回した。

「寂しい時は赤ワインを、嬉しい時は白ワインを、グラスに一杯ほどでいいの」

「何、それ？」顔を戻した典子を見、訊いた。

「おまじない」と典子は可笑しそうにクスッと笑った。

「白秋の詩に『何でこの身が寂しかろ、空に真っ赤な雲の色　玻璃に真っ赤な酒の色』というのがあるの、それを頭の中で繰り返し、赤いグラスを見ていると、いつしか寂しさが消えていくの」

「ふうーん、そういうもの」茉莉は怪しむ眼を向けた。赤ワインをキリストの血などと言わないだけよかった、と思いながら。「で、白ワインは？」

「白ワインは特にないわ」典子は口の端を笑むように凹めた。

「でも、その透明な液体を見ていると、嬉しさがいっそう純化されて胸に染みていくの。喜びや嬉しい事って、自分だけによるものではないから」

「ふうーん、そういう事」茉莉はしげしげと典子を見、自分のワイングラスに手を伸ばした。

「文学少女、健在という訳ね」茉莉は独り言《ご》ちると、ぐっとグラスを干した。典子はすかさずワインのボトルを取り、茉莉の方に体を伸ばした。

「いいワインだわね、これ」典子が注ぐのを眺め茉莉は言った。

つと、典子はその手を止め、目をグラスから茉莉に向けた。その顔に湧き出るような笑みが広がった。

「嬉しいわ、お口に合って。山梨のワインなの」典子はボトルを真近に見せた。

茉莉は腰を浮かした。「ルバイヤート……？」

「ええ、ルバイヤート」典子は茉莉の目を見ながら言った。

「父の友人が贈ってくれた内のひとつ。これだけはずうっと手を付けず残しておいたの。だから飲むのは、私も今日が初めて」と少し早口になって言い、小さな笑みを向けた。

「何だっけ？　どっかで聞いた名前のような気がするけど……」

典子の表情や言い方にも、はっきりと謎を掛けているのがわかったが思い出せなかった。こちらの記憶の扉が開くのを楽しむような目を、それとなく向けていた。少し癪に障った。

茉莉は典子が注いでくれたグラスを取ると、鼻の先に傾け、小さく回した。

時のマクラメ

「それって、キッチン先生の授業の時？」と鎌をかけた。典子の思考原点を思い出してきていた。

「ええ、そうよ」ぱっとその顔が明るんだ。

「『ペルシャの四行詩集』。キッチン先生は、そのウマル・ハイヤームというペルシャ人の詩を初めて英訳した人と同じ町の出身とかで、とても熱心に話されていたわ」声を弾ませて典子は続け――覚えているでしょ？――と確かめるような目を向けた。

茉莉はニンマリと見やっていたが同時に、今なお、女学校の頃を懐かしむのに小さな驚きを覚えた。

「記憶が戻ってきたわよ」と茉莉はグラスのものをゆっくりと喉に流していった。「酒と薔薇を愛し、人生を讃えた詩人とか。諳んじた詩を黒板に書き、独り恍惚となっていたわね」

「ええ、そうだったわ」と嬉しそうに茉莉を見つめた。

「あの時、誰か言ったわよね、『先生、私たちはまだ未成年です』って」茉莉はわざと白眼を向けた。

「ええ、……でも先生、意に介さず続けたわ。『果樹園の葡萄はまだ青いが、明日にも熟しよう、君たちの祝いの日までには』って」

「あの先生、鼻の頭、サラミソーセージみたいでいつも赤かったわね」

「ええ」典子はクスッと笑い、ボトルを抱くように寄せた。

「私はワインの良し悪しとか、全くわからないけれど、ラベルを見た時、不思議な気がしたの……」と典子はちらっとこちらの反応を窺った。「何故かこれだけは残しておこうって」

「……」、茉莉は黙って典子を見、残りのワインを飲み干した。

「父のワインセラーがそのまま置いてあるの。中には赤のルバイヤートも残してあるわ」と典子は言うと、空になった白ワインのボトルをテラスの隅の方に移し、中に入っていった。すぐに戻ってくると典子は、そっと差し出すようにボトルを茉莉の前に置いた。黒の遮光ボトルだった。手に取ると少し冷んやりしていた。

「中の温度を十五度にしてあるの。赤も白も一緒だけれど」と典子は言い、また、中に戻っていった。

茉莉はワインの瓶を見るともなく眺めた。心地よい酔いを感じた。ルバイヤートのRだけが、レタリングの赤で書かれている。

――ワインと薔薇、絶妙な取り合わせだわ――と内心感じ入り、ふと『酒と薔薇の日々』

というバラードがあったなと思った。

それが題名とは裏腹にアル中の映画の曲だと尾高から聞いた。求婚されたアイリッシュバーで。――酒と薔薇……茉莉はふふっと笑みを洩らすと、椅子に大きく体を凭せた。


「いいわよ、何も替えなくても」、茉莉は使っていたグラスを下げようとする典子に言った。「父の言い付けだから。赤ワインはブルゴーニュのグラスとか、一徹なの。それに今日は特別の日だもの」

「まあ、そうね」、コルク抜きを慎重な手つきで回していく典子から、茉莉は庭に目を離した。手前側の薔薇は僅かに花色を見せていたが、遠くは闇に包まれ始め、見分けがつかなくなっていた。光の移ろいを真近く感じるのも久しぶりの気がした。

「薔薇たちも暗くなると眠りにつくわ」、茉莉の視線を追うように典子が言った。

「そう？……でもこちらの宴はまだ序の口だわよ」

「ええ」、典子は微笑み、二つ並べたグラスにワインを注いでいった。

「私ね」、少しの沈黙の後に典子はしみじみと茉莉を見、声を静め言った。「奇跡って本当にあるのだ、と思えてるの」

「……」、茉莉は典子からワイングラスに目を移した。

「それは、聖書にあるような大きなものばかりではなく、小さな、きっと誰にも起きてる事なの」

「……」、茉莉は黙って聞いたまま、赤い液体を奥に流していった。

不思議に反論する気も、昔のようにからかう気も起きなかった。

「それは何の前触れもないようだけれど、日常の中で準備されているの。小さな事。だから見過ごしてしまう事も、あるわ」典子は小さな笑みを浮かべ、グラスを口に付けた。

「見過ごしてしまうと、どうなる訳？」、茉莉はチーズを口に入れ込んだ。「奇跡はなくなる訳？」

「きっと大丈夫」典子はステムを摑んだ大振りのグラスを顔から離し、じっと茉莉を見つめていた。「時間はかかるけれど、マリア様はまた、きっと次の機会をくれるわ」

「……そうだといいわね」茉莉はワインで濡れている典子の唇を見ながら、そう応じた。


茉莉は学校の授業以外、バイブルをまともに開く事はなかった。神戸から転校する事になって、ミッション系の女学校を選んだのは、単純に姉への反発だった。

「なんで、あんたがお嬢様学校なの？　しかもミッション系って、何なの？　宗教心など、からっきしもないあんたが！」

——姉の憤る姿に、まず一発かましてやった——と思った。そんな事だから七年近い在学でも、全く関心は深まらず、特有の言い回しが胡散臭いとさえ感じた。それが何故典子にだけは、そうした疑念も反発も抱かず心許せたのか？

休みの日にはよく電車とバスを乗り継いで、本牧の家まで遊びに行った。その頃の住まいは中目黒だった。乗り換えの便はよかったけれど一時間半はかかった。

そこに引きつけたもの、そのモチベーションというか要因は何だったのか？ 茉莉は今更のように思った。


「本牧の家、今は……？」茉莉はボンゴレを巻き付けたフォークの手を止め訊いた。

典子は茉莉に留めた眼差しをわずかに逸らした。

「父が住んでいるわ」、小声で答えた。

「お一人で？」

「パートナーの方と二人で」ちらっと茉莉を見、言った。

「もう高齢だし、身の周りの世話をしてくれる人が必要だわ」

「ええ、そうね」茉莉は頷き、巧みにボンゴレを口に入れた。

パートナーの女性というのは、高等部の時、全く偶然目にした人だろうか、と思った。語学のスキルアップもかねて始めたバイト先、ペニンシュラホテルで。典子には話さなかったが小柄な柔和な感じの人で、典子の父親が親密そうな笑顔を向けていた。

典子と過ごした時間。――人は青春と呼ぶものであろうけれど――今、それに特別な感慨がある訳ではなかった。茉莉にとって過去は捨て去るもの。それを追懐するのは老人の慰み、なのだ。

そう思いながらも、茉莉は、自分の中に起こってくるものに驚き、それを禁じ得なかった。封印したまま一度とて思い出す事もなかった典子との日々が、新たにプリントされたかのようにフラッシュバックしていった。

典子の家に初めて行ったのは入学してから三か月にもならない頃だった。それほど早く友達ができるとは、茉莉は思っていなかった。どんな訳で気が合い親しくなっていったか、深くは考えなかったが、ともかく、お嬢様のお手本のような典子の誘いを断る手はなかった。見栄っ張りの姉への見せ付けもあった。まずは偵察ほどにと思っていた。

坂を登ったバス停で降りると典子が待っていた。大きな街路樹の茂る歩道を少し歩くと、「あそこよ!」と典子は木の間を指さした。

厳めしく鉾先を立てた鉄の門扉の先に、芝生の庭が広がり、数本の椿が横一列に並んだ奥に、白い二階建ての建物が見えた。

回るように庭を進むと側面しか見えていなかった家は、洋風のとても大きなものだった。玄関正面の大きなポーチを支える柱の頭部には、教科書に出てくるようなコリント風の装飾が施されていた。二階の中央には三面の張り出し窓が、海からの光に映えていた。家の左右にも小さめな出窓があった。少し暗い感じのする廊下を渡った奥、海側の出窓のある方が典子の部屋だった。

しばらく啞然としていた。急に明るい中に入ったからだけではなかった。あまりに広く、あまりに簡素だったからだ。ベッドに机、ワードローブはあったが、まるでホテルの一室のような感じがした。

その頃見知っていた同じ年頃の女の子の部屋といえば、壁は勿論、中には天井までアイドルのポスター、Vサイン・ピースの友達とのプリクラ、壁のフックにズレたまま掛かっている制服、ラックで押し合っている縫いぐるみ、それに、皆申し合わせたように机の前に貼り付けている早覚えイディオムとか、動詞の活用表などなど。典子の部屋にはそれらの物が全くなかった。私が来るので片付けたのだろうか?と一瞬疑ったが、すぐ否定した。

「ノリは幸せね」、出窓の方に寄っていきながら自然と呟きが洩れた。緑の芝生の奥に背の低い植え込みがあり、埠頭の先に海が見えていた。

「どうして?」典子は不思議そうな顔を向けた。

「どうしてって、こんな広い眺めのいい部屋で……」

「そんなの幸せにはならないわ！」典子は少しムキになって言った。

——それから何度遊びに行っただろうか——と、茉莉はワイングラスの手を止めて思った。ビジネスしか念頭にない親、いがみ合うだけの姉と暮らす街中の中古住宅とは、雲泥の差の典子の家。

桜木町からのバスが急な坂を上り始めるといつも不思議に違う世界に入っていくような気がした。


「ノリ、あれ何？」茉莉は最初の日から気になっていた事を訊いた。

「あれって？」

「あの本棚の中でマリア様と並んでいる人形みたいなもの」と茉莉はガラス扉の付いた木製の本棚を目で指した。本棚の上二段が飾り棚で、下段は本がきちんと並んでいた。

「あれね！」、典子は頭のカチューシャがピカピカの冠になったような笑顔になった。

「私が作ったの。幼稚園の年長の時」

茉莉は、「ああ、それで」、と頷く。「紙粘土？」

「ええ、紙粘土。今見ると下手だけど」典子はそう答え、急に真剣な目を茉莉に向けた。

「私ね、ずうっと姉さんか妹がいればいいなって思っていたの……」

「……」

「姉さんは無理だとわかったから妹をお願いしたの。マリは妹とかほしくなかった？」

「ゼンゼン」

「ピグマリオンって知ってる？」

「何、それ。知らない」

「昔、ピグマリオンという人がいたの。自分の彫った乙女の像があまりに美しく、それに恋してしまうの」

「ふうーん」

「それで、アフロディテに頼むの、『この像に命を与えてください』って。すると願いは叶えられ、像は本当の乙女になるの」

「それって何？　神話の話？」

「ええ、でも根も葉もない事は神話にならないわ。トロイ戦争を描いたホメロスの物語が、事実に基づいた事だと、シュリーマンが証明したでしょ」

「うーん、それはそうだけれど」

「私も、ずうっと、マリア様にお願いしてたの、『あの人形が本当の妹になりますように』って」

「……」

他の者なら一笑に付《ふ》すところだけれど、何故か典子の話は信じる気になってしまう。

「それで？」と茉莉は何かの予感に、ためらいつつ訊く。「願いはどうなったの？」

典子はすぐには応じず、じっと大きな目で茉莉を見つめていた。精巧な蠟人形が喋ったような気がした。

「え!?　叶ったって?!」、茉莉は思わず擦れ声で訊いた。

「ええ、妹ができたの」と典子は真顔の笑みで言う。「マリ、あなたがそうよ」

「止めてよ、冗談でもいやよ、妹なんかこりごり」茉莉は思わず喧嘩腰になって言う。

典子は泣き出しそうな顔で茉莉を見つめた。

「ええ、でも誕生日は私の方が早いのよ、私は五月でマリは九月でしょ」

「それはそうだけれど、何で私が妹にならなければならないのか、訳、わかんない」

茉莉は思うままに言ったが、あまりに強く拒絶した事をすぐに後悔した。血が引いたようにその顔は青ざめ、典子は何か発作を必死にこらえるように体を縮こませた。

「ノリ……大丈夫？」、茉莉は不安に駆られ思わず両手を揺すった。少しして正気が戻ったように典子はしばらく茉莉を見つめ、並んで座っていたベッドから離れた。

「いいわ、マリ」と典子はグルリと体を回して正面に向き合うと言った。「姉さんとか妹とかは無しにしよう」

「……う、うん、それならいいわよ」

「いい、でもマリ、私たちは出会うべくして、出会った仲なの。マリア様が導いてくれたの」

「う……うん」、茉莉は戯れとは思えない真剣さに引き込まれて何度かうなずく。

典子はぐっと顔を寄せて食い入るような目を向ける。その顔に巫女か、天使の霊が乗り移ったかとも思えた。大きく澄んだ瞳に心の奥まで透かし見られるようで、茉莉は思わず体をずらす。

「私たちは特別な間柄なの。だからこれからお互いに守るべき事を決めて誓い合うの、いい？」

「いいわよ、わかったわよ」

「じゃ」と典子は言い自分のベッドに上がりきちんと足を組んだ。茉莉もそれに誘われてベッドに上った。指切りげんまんのように典子が丸めた小指を向けた。

「いい、マリ、これは神との契約と同じよ」

「ケーヤク!?」約束を破ったら針千本かな、と思っていた、茉莉は思わず訊き返した。それは新しく化粧品などの通販部門にも手を広げた親が『今月の契約はどう？』とか、食事をしながら二人して使っている言葉だったから、変な気がした。

「まず一つめ。お互いに秘密、隠し事はしない事。いい?!」

「いいわよ」女の子同士のたわいないお遊びほどと思いながらも、典子の真剣さに押されていった。

多くはそんなふうだったが、一つだけ応じられないものがあった。

——相手が望むものを、惜しみなく与える——という条項だった。

「そんなのイヤよ」茉莉は口を尖らした。「あげられない物もあるのよ」

「そう?」典子は静かに茉莉を見つめた。不意に大人びた表情になった。

「例えば、何?」

「何って……」、茉莉は口籠ったが、素早く姉と張り合う時の頭になった。

「命よ、命は上げられないわ」ずうっと典子の言うままでいた茉莉はここぞと反撃した。「命まで上げるなんて、安っぽい歌の世界か、作りごとの世界だけよ」

茉莉は意地の悪い顔を向けたが、典子は少しも動じるふうがなかった。まっすぐな目を逸らさず、一途に思い詰める声で言った。

「いい、マリ、マリの命がなくなる時は、私の命もなくなる時よ」


それからはよく遊びに行くようになった。

日曜日には典子は母親と朝の礼拝に出席するのが決まりになっていた。昼過ぎに遊びに行っても、きちんと三時にはティーとスイーツが部屋まで運ばれてきた。スイーツは決まって二種類のケーキ、例えばフルーツのショートケーキとモンブランというように違った組み合わせ。部屋に運んでくるのは、お手伝いさんではなく母親だった。

典子は母親とべったりなのに、二人の顔はあまり似ていなかった。母親は瓜実顔というのかほっそりとしていて、頬や口元の薄作りの顔は知的な印象だったけれど、どこか馴染みにくい感じがした。

レザーのソファがゆったり置かれたロビーのような部屋の窓際に、小さな丸いテーブルと肘掛椅子が一つだけ置かれていて、そこでよく本を読んでいる姿を見かけた。その時は眼鏡をかけていた。典子が降りてくるのを待っていたある時、母親の姿はなく、テーブルには本だけが残されていた。好奇心で近くに寄ってみると、数冊の本の隣の分厚いものは『聖書』だった。黒い布表紙の縁は擦れて色が薄れ、小口は引きこなされた辞書のような手跡があった。

——本当にバイブルを、精読している人がいる——。茉莉はファッション雑誌の類しか見る事のない自分の親との差異を感じた。

「この前は『ベルサイユのばら』を見に行ったそうね」、お母様が机に置いたトレイからケーキを取り分けながら話す。

「マリさんはこっちかな?」、予備のスツールに腰を掛けた茉莉を見、ケーキの皿を手前のナイトテーブルに移す。トレイごと置いていけばいいのに、いつも儀式のように、そうする。そのゆったりした作業の間、お母様はどちらにともなく話す。典子の澄んだ円い感じの声とは違う、もっと細く通る声。

「いつもあなたの事ばかりですよ、典子が話すのは。以前は大勢のお友達が見えて、それは賑やかでしたけれど……」お母様はティーポットから二つのマグカップに紅茶を注いでいく。

「きっと二人の仲が良すぎるから、他の人が入れなくなるのね」

すると典子が甘えの混じった抗議の声で言う。「だって、他の人といてもちっとも面白くないもの。マリだと何でも違ってくるの！」

「まあ！　きっと通じ合えるものがあるのね、二人には。でもいいですよ、人は成長していくものですし、大人になってからわかり合える友人はなかなかできませんからね」

「ええ、そうよ、お母様」

お母様が部屋を出ていくと、典子は笑みの目を向け、素早くケーキの皿ごとベッドに乗り移っていく。茉莉も同時にナイトテーブルをグーッとベッドに押し付け、さっと腰を掛ける。二人は目配せし視線を交わす。互いに、瞳に湧く秘密めいた笑みで、儀式は始まる。

「ウイ、メルスィ」一口目、自分の方を食べ、次は相手に、そうやって食べさせっこが進行していく。茉莉はスプーンを頭ぐらいに高く上げる。典子は口を大きく開く。喉の検診のように。奥の左右にピンク色に盛り上がる扁桃や、それよりも鮮やかな肉色の襞が見える。典子の唇が丸くすぼんでスプーンのクリームを舐め取る。デザートスプーンの腹が歯医者さんの道具のように耀く。典子は目を上目にしてずうっと茉莉の反応を見続けている。典子は山盛りにすくった生クリームをわざと茉莉の上唇と鼻の間に＝（人中と言うらしい）＝たっぷりと塗り付ける。典子は笑いこけるが、茉莉は笑うに笑えない。腿をばたつかせ抗議するが、取りあえずはその始末をしなければならない。仕返しは後。

——私の舌の方が長いとノリは言うけれどノリのも長いと思う——

チェリーピンクの舌裏を見せてまるで別個の生き物のように、反り伸ばし、鼻の下までを器用に舐めつくしていく。

「マリの舌は、犬みたいだわ」

「クックッ」と茉莉は笑いをこらえながら言う。「犬だけはやめて」

「あなたは私と親しくなる前、多くの友達がいたでしょ？」、茉莉は飲み干したグラスをテーブルの中ほどに置いて言った。

「あなたのお母様が、言っていらしたもの」

典子はしばらく茉莉を見つめていたが、腰を浮かし茉莉のグラスにワインを注ぐと、それをそっと茉莉の方に寄せた。それから自分のグラスにも……あまり残っていなかったが……注ぎ足し、目をそこに落としたまま呟いた。

「心から許し合える友達はいなかったわ」茉莉は典子がそう言うのを、耳の遠くで聞くように思った。

――心から許し合える……――典子は、その後は何も言わなかった。

茉莉は、ワイングラスをゆっくりと口に付けていった。微かに酔いに似たものが体を包んでいくのを感じたが、――この程度のワインで酔うはずもない――と思った。

黙り込んだ典子を見やった。本人の意志を無視して、出口を待っていたかのように言葉が出ていった。

「私ね、転校してすぐに友達ができるなんて思ってもいなかったのよ」

「……」、典子は驚く色を見せたが、何も言わず、うっすらと微笑みを向けた。

「あまり期待していなかった。何せ、お嬢様学校だし……友達がいないのには小学校の時から慣れていたから」と茉莉は言い、ワインを口に含んだ。「それが不思議なものだわね」

グラスを戻し、典子を見つめた。

「それからの大学までが、私が性善説を信じられた唯一の期間だわ」と言いながらフッフッと可笑しさが湧いていった。

典子は「もう遠い日の事だわ」と小さな笑みを作ると椅子を立ち、料理の皿を茉莉が取りやすいように並べ替えた。

「あなた、いつだったか、親しくなってまだ間もない頃だったわ」と茉莉は言い、肘掛けに乗せた左腕に体を凭せた。「おかしい事、書いてきたわね、手紙で」

「……」、典子は手を止め、訝る目を向けた。

「私の声がビターチョコのようだって」

目が開いた。「ええ、そうよ」

「私はビターチョコが好き、従ってビターチョコのような声の人も好き、って」

しばらく茉莉を見つめていた典子の顔にゆるゆると笑みが湧いた。頬が少し赤らんだようにに見えた。椅子を引き、腰を下ろしながら言った。「ええ、そうよ、その通りよ」

「私ね」、顔を向けた典子を見、言った。「小学校の頃、よくいじめられていたのよ。この声のせいで。魔女とか山姥の子だとか」

茉莉は左に凭れていた体を戻し、ワイングラスを取った。

「初めてだったわ」とグラスに口を付け、中を眺めて言った。「私の声が好きだなんて人は。少し人生が変わったような気がしたわよ」

典子は唇の端を凹めるように微笑んだ。不意にその表情は、典子の家にあったマリア様を思い起こさせた。それは広い玄関から応接間の方に入る廊下の、窪んだ壁の中に納まっていて、上から淡い照明が当たっていた。

あの頃、典子は聖女なのだ、と思う事があった。裕福で敬虔な家に育ったからなのか、こちらが疑いたくなるほど、純心で無垢なところがあった。人を邪推したり、貶《おとし》めたりするのを見た事がなかった。

ふと、典子はそのマリア像そっくりの表情を見せる事があった。慈愛に満ちた表情で、どこか、こちらが咎《とが》を犯すのを憂うるような眼差し……。

「ふふふ、それから後の事だけど」と茉莉は鼻先で笑いながら言った。「世の中滑稽だわよ。私の擦れた地声が魅力的で、ベッドで聞きたいと言う男が、何人も現れたのよ」

茉莉は言いながら、典子の顔から目を離さなかった。整った顔に一瞬だったが、苦悶の色がかすめるのを認めた。

何故、そんな、愚にも付かない事を言い出したのかわからなかった。アルコールが入ったせいだとは思わなかった。あの頃も訳もなく意地の悪い事をしたくなる時があったのだから。ただ、あの頃と違うのは典子が何の抗議も、反発も示さない事だ。

こらえるように俯けた姿を見ながら——一度、本当に泣かした事があったな——と茉莉はワインを啜りながら思い出していた。


「ノリ、大学に行ったら専攻何にする？」

背中合わせでリーダーを交互に読み合っていて、ふと思いついて茉莉は訊いた。

いっこうに返事のない典子の頭を、自分の頭の後ろで小突いた。

「将来何になりたい？」

「なあんにも、今のままでいい」

「ふうーん、ノリはお父様の会社があるからいいよね」

「そんなんじゃないわ」、典子が息を詰めるのが合わせた背中で感じる。

「いいの、今のままで。大人なんてならなくてもいいの」

「でも……。もしかしてノリってピーターパン」

「いじわる！」

典子は叫び背中をまっすぐに押し乗せてきた。二つ折りに潰されそうな体を震わし、茉莉は横ざまに逃げようとする。けれども典子の方が素早く馬乗りになってしまう。両腕の取り合いになり、戯れ合うように手指が交互する。

典子のカチューシャがどこかに飛んでいく、垂れた髪が茉莉の顔を撫で付けていく。そばゆさに茉莉は、しゃがれた悲鳴を上げる。クク、クク、鳩が喉を鳴らすように。典子は笑いながらいっそう髪を揺り付ける。茉莉は足をばたつかせ抵抗するが、やがてピタリと降伏を決める。

「どのようなお仕置きでも」

グラリと全身の力を抜き、目を瞑る。頭で十数秒数え、薄目を開ける。次にどうしようか迷っている典子の顔がぼやけて見える。

茉莉は大真面目に口ずさむ。中等部で習った、ニューマンの賛美歌にもなっている詩を。

突然の事に怪しみながらも、しんみりと聞き入っていくのがわかる。思い通り。さっと腕を払いのけ茉莉は、典子の胸と脇の間に素早く頭を潜り込ませた。典子の叫びと茉莉の哄笑が重なり、二つの体がくっつきながら横様に反転していく。鼻先と鼻先が触れる。あまりにも近すぎるのと、絡み合う髪のせいで相手の顔は見えない。けれどもその匂いで互いが確かめられる。弾んだ息が静まり、呼吸も匂いも一つになっていく。

何分もそうしていた後に、どうにか聞こえるほどに典子のくぐもった声が洩れる。

「マリは、どうしたいの？　何になりたいの？」鼓膜からではなく骨から骨に伝わってくる。

「私は外国に行くの」茉莉は言い、藻の茂る水底から這い上がるように、典子から離れた。気が付くと胸がどきどきしていて、茉莉は体育座りに立てた膝に腕を組んでいた。典子はずうっとそのまま動こうとしなかった。いつまでもミノムシのように体を丸めている典子を眺めていると、訳もなく邪険にしてやりたい気持ちになった。

「なるべく早く、アメリカかフランス、イタリアでもいいわ、そこに行って、素敵な男性と、映画のような熱い恋をするの」

典子が音を立てまいとしながら、そっと体を後ろ向きに変えるのがわかった。そのまま声ひとつ聞こえなかった。あまりに静かなのでどうしたのかと思って茉莉は体を捩り向けた。肩口が小刻みに震えていた。まさか、と思ったけれど典子は本当に泣いていた。

宴、深まれば

「お互い、得な体質のようね」茉莉は立ち上がり空いた食器をまとめ始めた典子を見やった。

「……」典子は、――え……？――という顔を向けた。

「あの頃とあまり体形が変わっていないようだもの」

「まあ、そんな！」恥じらうような笑みが浮かんだ。

「とてもそんな事言えないほど、あちこちに脂肪がついてきているわ。あなたこそ変わらないわ」典子は言い、茉莉の方に控え目な視線を向けた。

「それは上辺の印象よ、時は冷酷なものよ」

「そんな事ないわ。あの頃よりもっと素敵になったわ」

「それは嬉しいわ、お世辞だとしても。まあ、わかった事は、お互い同じほどに、年の証を体に付けてきているという事ね」、小皿を持ったまま手を止め、こちらを見ている目から、その腰の方に視線を移しながら茉莉は言った。

「あなたのパンツもシャツも合わせたようにピッタシだもの、あの頃みたいに」

「ええ、……」典子は一度見張った目を細め、ひと呼吸後に言った。

「よかったわ。合うのがあって」


岬への散歩の後、典子は全面的に着替える事を勧めた。夕食の準備やお祝いの晩餐もあるのだからと。

「何度か、水を通したものだけど」と典子が用意してくれたものはきちんとプレスされていた。グレイパープルの綿のパンツに白のリンネルのシャツ。茉莉はシャツの上二つのボタンを外し、袖を手首上まで捲っていた。

「あの頃は、よく取り換えっこしたわね」、茉莉は椅子に戻った典子に言った。

「ええ、そうだったわ」、唇の端を凹め、目をテーブルに落とした。

「誰だったかしら?」少しの沈黙の後に、典子がポツリと言った。「『人の有り様は手に現れる』と言ったのは?」

「ん?」、茉莉は一つ残っていたアスパラの生ハム巻きを口に入れるところだった。「知らないわ。シェイクスピア、それとも皮肉屋のコクトーあたり?」

「考えてたのだけれど、誰だったか思い出せないの」典子は寂しげに微笑んだ。「でも今になって本当にそうだと思うわ」と典子は言い、自分の手に落としていた顔を茉莉の方に戻した。

「あなたの手は」と茉莉の手を見、言った。「とても美しいわ」

「私の手？」思わぬ話に茉莉は眉をひそめた。「行きつけのネイリスト以外、褒められたのは初めてよ」

「お世辞じゃないわ。さっきサラダを取り分けるのを見て思ったの」

「私はマニキュアをそれほど気に掛けている訳ではないわ。ただ、仕事柄、様々な人に会う事が多いのよ」茉莉はグラスのワインを飲み干し、典子を見やり続けた。「私の経験では、男は例外なく胸に目が向き、女性はまず手をしげしげと見、それから他のものに目が移っていくものよ」

「私など思いも寄らない事だわ」、典子は小さな笑みを見せた。少し後に意を決するかのように言った。「私の手、見てたでしょう？」

「ん……？」茉莉は少しムッとして言った。

「何も見てたわけではないわよ、自然に目が行っただけよ」

「ひどい手だと思ったでしょう？」典子は首を傾げるように見た。

「何も思わないわよ。典子らしい手だと思っただけよ」

「私らしい手？」、典子は小さく息を吐いた。「すっかり庭いじりの手だわ。つい面倒になって手袋を脱いだまま、雑草を抜いたりしてしまうの」

典子の手は重ねると少し小さく、指はほっそりと繊細な作りだった。茉莉の手は付け根が太く先細だった。改めて見るとマシュマロのようだった典子の手は浅く日焼けし、爪は指先と同じほどに短くつまれている。

「それで、何？」、茉莉は体を起こし、脚を組んだ。「その手を恥じている訳」

典子はまっすぐにこちらを見、頭を横に振った。「ただ、あなたがどう思ったか、聞きたかったの」

茉莉は黙ってその顔を見つめた。——よくそんな目をする事があった——と思った。不安と甘えが混じったような眼。

声を落とし典子が言った。「私ね、時々自分は婢女なのだと思う事があるの」

「ハシタメ？」

「ええ、花の女神、フローラに仕える婢女」

「ふうーん」

「楽しい時だけではないわ、大変な作業も多いし、うっかり棘を刺してしまう事もある。そんな時、思うの」

「よくわからない話だわ」と茉莉は言いグラスを手に取ったが、中は空だった。

「あ、ごめんなさい、気が付かなくて」典子は素早く立ち上がりボトルのワインを注意深く注いでいった。そのボトルにも、もう僅かしか残っていなかった。

「土をいじり、薬剤を散布し、その上、棘にも刺される」、茉莉は口に含んだものを、ゆっくり喉に滑らして典子に目を向けた。

「そんな大変な思いをしてまでバラを咲かせる、それには何か特別な理由でもある訳?」

典子は黙ったまま茉莉を見つめ続けた。

「まあ、初めに見た時、感動したというか、驚いたわ。埋まるほどの今を盛りのバラ。でもそれが後どれくらい続くという訳?」

典子は僅かに口角を凹めたが、何も答えなかった。

片肘をテーブルに載せ、ゆるゆるとグラスを揺すりながら茉莉は、相手を見やった。

「中にはもう花びらが崩れかけているものも随分と目に付いたわよ」

「……」典子は、はっと目元を翳らせたが、黙ったまま顔を手元に俯けた。

「そんな儚いものが、それほどの労苦に見合うものなの? 是非それを知りたいわ」、茉莉は言い、しばらく典子に目を向けていたが、揺らしていたグラスを高く口元に傾けた。

——採算も何も心配のない、お嬢様の道楽だとしても、もっと違うものがあるはずよ……——茉莉は内心そう思いながらゆっくりとグラスを干していった。

「ええ、きっとあなたの言う通りだわ」、そう声がして茉莉は思わず正面で手を止めた。

大振りのグラスを透かした典子の顔は一瞬歪んで見えたが、そのトーンは澄んで、迷いがなかった。

「今残っている薔薇たちも、あと数日もすれば終わってしまうわ」

「……」

「でも……」典子は眼差しをまっすぐに向けた。そこに微かな苦しげな色が走ったように見えたが、それはすぐに穏やかなものに変わった。口元に小さな笑みを寄せ、少しして言った。

「私にとって薔薇は救い。薔薇は祈りなのだわ」

「……」

思わぬ返答に、茉莉の手はグラスのステムを握ったまま、中空に停止していた。


典子の薔薇への思いなど、話の流れで訊いてみたに過ぎず、心底は、どうでもよかった。それを本気で真正面に突き返された思いだった。つい出てしまった皮肉にも、散歩の後のおどおどとした典子とは別人のように冷静だった。しかもバラは祈りとか救いとか、カウンターパンチのような謎めかしたもので……。

しかしそれは女学生の頃の浮わついた借り物とも思えなかった。これまでの生き方の中で摑んできたものとでもいうように、静かな決意を感じさせた。

――静かな決意！　そこにはあの時、姉妹の契りを交わした時に見せたような、強く思いつめたものは微塵も見えなかった。

今初めてのように茉莉は典子に目を向けた。

丁寧な手つきで、つまみに残そうとする物を一つの皿にまとめようとしていた。

不意に時が、確かに二十年という歳月《とき》が過ぎたのだ、という感慨が湧いていった。

――私は物心ついた時から、功利的に生きてきたけれど、典子はよくわからない娘《こ》だった。周りのお嬢様とも違っていた。彼女たちは良かれ悪しかれ大人になっていったが、典子はどこかが止まったままだった。それが、今、典子も脱皮したのだ――と思った。

――典子らしく！　当然の事だ、社会に出て二十年にもなるのだ――

茉莉は典子から外の方に目を転じた。視野に入る空は薄い紺色を残していたが、地上に近付くにつれ、闇が濃くなっていた。テラスから零《こぼ》れた光は前の石敷辺りまでで、その向こうの繚乱と続いた薔薇の花壇の方は、塗り込めたようなひときわ濃い闇に埋まっていた。

――陽の盛りに見た色彩の乱舞は幻でした――と言われたら頷くかもしれない、と思った。

しかし、バラ園はあった。

――あれほどのバラを典子が？　何があって？――と疑問が再び湧いた。

――バラとの出会いは聞いた。田村という人に弟子入りし、そのノウハウも齧《かじ》ったかもしれない。しかしそれだけで、約束された未来、幸福な人生を投げ捨ててまで、こんな生き方を選ぶだろうか——

ふと、『薔薇は祈り、薔薇は救い』と呟いた典子の言葉が蘇った。

茉莉は闇に向けていた目を典子の方に向けた。

典子はテーブルから離れ、玄関側の壁に手を伸ばしていた。

「ごめんなさい、気付かなくて」と典子が言うのと同時に、パッと芝庭の方が明るくなった。ほぼ矩形の広い芝庭を囲むように、数メートル置きに暖色のライトが灯った。奥の築山のものはそれとは違う昼光色のライトで、いくらか明るかった。

「父が設置したもので、私は滅多に点けないものだから」

「ああ、そう」、茉莉は築山の方に目を留めた。裾の辺りは薄暗く、中空に向いた筒形の光は、円錐形の塊を、何か祭祀の場のように浮かび上がらせていた。

「真っ暗よりは雰囲気が出るわよ」

「ええ、そうだったわ」、笑みの目元に微かに悔しげな色がひいた。「もっと早く気付けばよかったわ」

茉莉は薔薇庭の方に目を向けた。「主役のバラの方は暗いままだわね」

「ええ、そっちは何もつけていないの。夜は外に出る事はないし、それに光があると蛾やコガネ虫などの害虫が寄ってくるの」

「ああ、そういう事ね」、茉莉は目を戻して言った。

「それはわかったわ。でもわからない事が出てきたのよ」

「……」、典子は訝《いぶか》しげな目を茉莉に向けた。

「バラとの出会いから、田村さんという人の事も聞いたわ。でもそれだけじゃないような気がするのよ。……あなたがこれほどバラに入れ込むのには」

典子はかすかに揺らいだ目を「特別な事などないわ」と暗い花壇に向けた。

「そう？」、茉莉は冷ややかな笑みを眼に寄せ、典子を見つめた。

「覚えているわね！　誓い合った事。お互いに隠し事をしない、二人の間に秘密はなしって。あなたが決めた事だったと思うけど」

典子はゆっくりと顔を回した。

「ええ、……でも、あなたにはきっと、前よりもつまらない退屈な話だわ」、目を据え、言った。

「構わないわよ、宴もこれから佳境に入るというところだわよ」茉莉はスパッと言い放つと、グラスのものをグッと飲み干していった。

典子の転機にどんな訳があるかなど、どうでもいいはずの事だった。それが今、何故それほど拘るのか自分にもわからなかった。冷静に自己分析するタイプと思ってはいるが、今はその気も起きなかった。ただ、茉莉の中では、人生を投げ打つほどのものが、そうあるはずはないのだった。ましてこんな事に……。

典子は腰を浮かし茉莉のグラスにワインを注ぎ、ほんの少し残ったのを自分のグラスに入れた。

「まだ、召し上がるわね？」典子が小声で聞いた。

「ああ、そうね」、茉莉はグラスから典子に目を向けた。「私ばかり飲んでいるわね」

「私も頂いているわ、それにあなたほど強くはないわ」典子は唇に笑みを作ると、椅子をずらして立った。「赤のワインでいいかしら？」

「ワインの他には？　バーボンとかはないの？」

「ええ、ごめんなさい、ワインしかないの。父の時にはあったけれど、今はワインしか残っていないわ」、すまなさそうな顔を向けた。

「ふうーん、そう。それでいいわよ」、茉莉はライトに浮かぶ築山に目を向けて言った。

「ごめんなさい、何かよさそうなものを見てみるわ」、典子は顔を俯け気味にして中に入っていった。

「ボルドーの古いものがあったわ」と言い典子はボトルを茉莉の前に置いた。「お口に合うといいけれど」

茉莉はラベルに目を凝らした。一九九八年と年号が読めた。

「他に何かさっぱりしたものをと思ったのだけれど、何もないの」

「いいわよ、もう、入る所がないわ」

典子は笑みを向けたが、それはすぐに吸われるように消えていった。

手元の料理をまとめるふうに手を動かし、下を向いて言った。「ずうっと考えていたのだけれど、何を話せばいいのか、わからないわ」

「何って」と茉莉は声を高めた。「あなたが全てを投げうってまで、バラに入れ込む事になる、動機というか、きっかけよ」

「……」典子は手を止め、ちらりと顔を上げた。

「あなたの話だと岐阜にいたのが三年、ここにバラ園を作り始めたのが八年前だとして十一年。計算すると六、七年がお父様の会社に出たり、結婚生活があった期間になる。その間はブランクというか、バラとは離れていたと思うけれど？」

「……」じっと見つめていた目を逸らして小さく頷いた。

「ええ……そうなるわ」

「まあ、どうでもいいけれど、私には理解できないのよ。土で手を汚し、あげくに棘にも刺される。あなたのような人が、そんなにまでして、ただ、バラに人生を捧げる……他に選択肢は沢山あったはずよ」

「……」

「それで興味が湧いてきたのよ。人をそれほど変えてしまう出来事とは何なのか」

「……」

「同じ事繰り返して、また貝になるつもり？」茉莉は睨む眼を向けた。

「さっきも言ったはずよ。二人の間に隠し事はしないって誓い、あれは永遠の誓いだから、まだ有効だと思うけど」

「ええ……」、茉莉に向けた目を再び庭の方に戻した。

「ある薔薇に出会ったの」観念するように言った。

「あるバラ？　きっかけはバラとの出会い、と言うの？」落胆した分、声が高ぶった。

「それほどのバラがこの世にある訳？」

典子は小さく頷き笑みを作ったが、何か動揺を必死に隠そうとするのがわかった。

「そう、わかったわ。ではその運命のバラとの出会いを伺うわ。でもその前に、そのワイン開ける気はないの？」

「ああ、ごめんなさい、すっかりぼーっとしていて」

「オープナーならそこよ」それが見つからずにおろおろしているのを見ていた後に、茉莉は手で指し示した。

「置いたとこも忘れるなんて……ダメだわ」独り呟くと典子は、ソムリエナイフのスクリューを、コルクに捩じ込んでいった。

見ていると危うい手つきだったが、危ぶんでいた通りになった。典子は一度途中まで捩じ込んだものを戻し、少しずらして回していったが、今度はレバーがうまくかからなかった。「随分経っているので、コルクが弱っているわ」と典子は溜息混じりに言った。「前にも失敗した事があるの」

「私がやってみるわ」茉莉は腰を浮かし、典子の手からボトルを取った。

「上手だわ」典子は少しずつコルクが上がってくるのを見守り「ほっ!!」と感嘆の声を洩らした。

「ビンテージのワインを無駄にはしたくないもの」

そっと抜き上げたところで茉莉は顔を上げた。

「ひやひやしたわよ!」ニヤッと笑いを見せ、穴だらけになったコルクを、典子に渡した。

「執念の違いかしら?」黙ってそれを見ている典子に真顔で言い、ボトルを取り上げた。

「今度は私が注ぐわ」茉莉は並んだ二つのグラスに均等に注いでいった。

ワインは赤というより黒紫がかっていた。確かな香りというものは感じなかった。

「まろやかで、深みがあると言えばあるわね」

「ええ、よかったわ。お口に合って」

「このワイン、十五年も眠っていた訳ね」

「ええ、そうね」

「この飲み口だとまだ夢の中、という感じね」茉莉はグラスを手前に掲げ言った。「どんな夢を見てたのかしら？」

「さあ……？」典子は本当に考えるような表情になった。

「さて、次は……運命のバラとやらの話、ぼちぼち聞いてみたいわ」、茉莉は手を伸ばしボトルを引き寄せながら、目は典子に向けた。

「ええ……そうね」、典子は頷き、そっとグラスをテーブルに戻すと、椅子から立った。

数歩テラスの端に寄ると、薔薇の暗がりの方に顔を上げた。

少しして、ぽつぽつと声が闇に洩れていった。

刻まれしこと

「その日は……夫と初めての諍いというか、口論になってしまった日だった。夫は翌日にはシンガポールに発つことになっていたの。彼の方から向こうの配属を希望した事は知らされていたけれど……何故かそんな日に……」典子は大きく息を吐くように肩を上下させた。

「そう、それは面白そうね」と茉莉はグラスの物を呷ると、「ハイソサエティの夫婦喧嘩は、どんなものか知りたいわ」背後から言った。「正確にありのままに話して」

典子は口元をきつく締めたが、まともには顔を向けなかった。

「彼が、『母に別れの挨拶に行く』と言うので、それはだけは止めてと頼んだ。母が私たちの事に気付き悲しむだろうと」

「……」

さーっと彼の形相が変わると、ぎくっとするほどの怒声が飛んできた。

「悲しむ、悲しむっていったい何なのだ！」

「それほど声を荒げるのは初めての事だった。彼は言ったの、もう仮面の夫婦を続けたくないと」

「お義母様も、もう長い事はない。最後に知ってもらいたいんだよ。僕は打算で、会社での地位を狙って君と結婚したのではないと」

「母はその事はよく知っているわ」

「何故お義母様の事ばかり気にする。僕の事は、本当はどうでもいいのだろう」

「そんな事ないわ……でも……」私は声を震わせた。

「でも？」と彼は怒りで燃える目で私を睨んでいた。やがてその目に悲しみの色が滲んでいた。私もたまらなくなり、本当の事を伝えなければと思ったけれど、声にならなかった。

彼は私から目を逸らすと、息を吐くように言った。

「招かれて、本牧の家に行き、初めて君を見た時から、僕は君が好きになった。君は僕に対してそうではなかったかもしれないが。……でもわかり合えば愛は深められる、と思った。しかし君はずうっとどこかに冷たいものを隠したまま、変わろうとしなかった」

「ああ、ごめんなさい。決してあなたが嫌いという事ではないわ」

「……」彼はシニカルな笑みで唇を歪めた。「努力はしたが、君はわからない女だった。他に男がいるのかとも疑ったよ」

「ああ、ごめんなさい、私がいけないの」

「いつもそれだ、私がいけないの。私がいけないの！」

……涙で曇った目に、彼の手が荒々しくサイドボードに載ってる物を摑み取るのが、ぼうっと映った。男の子と女の子が仲よく遊んでいるリヤドロの人形。結婚のお祝いに彼の友人から頂いた物だった。その手がぶるぶると震えているのが見えた。


典子はそこまで話すと、つと、言葉を切り茉莉の方に目を向けた。

「いいわよ、なかなか迫真的で」と茉莉は言い、先を促した。「ダル（退屈）な話じゃないわよ！　続けて」とボトルに手を伸ばした。

典子はその言葉が聞こえなかったかのように表情を動かさなかった。

「私はずるい女だわ。その手が床に振り降ろされ、人形が粉々になればいいと思った」

「……」

「初めからその人形は好きじゃなかった」典子は目を足元に落とし言った。

「ふうーん……」、茉莉はその横顔を見つめた。目蓋を翳らせた白い頬の内には、かつての典子とも思えない暗い情念が揺らめいている気がした。そんな表情を目にするのは初めてだと思った。

「それで……」茉莉はグラスの底に黒ずんでいる液体をゆるりと回した。

「あの人は、それをそっと戻し、黙って出ていったわ」

「……それだけ！……それで離婚の話は？」

典子は首を振った。「彼は私の気持ちが戻るのを待つ、と言って応じないわ」

「……立ち入った事を訊くけれど、その彼、あなたのハズだけれど、会社では役員なの？」

「ええ、なったばかりだけど。父が強く推したの。実績も挙げたと聞いたわ」

「ふうーん、そう」

「でも彼は誠実な人だわ。打算で言っているのではないのはよくわかるの」

「そう？」、茉莉は椅子を後ろに押し、ゆったりと脚を組んだ。

「まあ、よくありそうで、よくわからない話だわ。……それでバラとのつながりはどうなる訳？」

「ええ」、典子は茉莉に戻した目元をわずかに惑わせた。「よく覚えていない事が多いの。

人に話した事もないし……」

「いいわよ、誓ったようにちゃんと話して」

「……その後、自分でもわからないままマンションを出ていた。どこに行こうとしたのかも、本当に覚えていないの」

「……」茉莉は怪しむ眼になったが、典子が嘘を言うはずはないと思った。

その顔に自分を蔑むような表情が浮かんだ。

「ひどい顔で電車に乗り、夢遊病者のように、どこかをさ迷ったのだと思うわ。倒れそうなほど疲れ果てて、気が付くと街には明かりが灯っていた。もう家に帰らなければと思ったけれど、いた所は白金ではなく、本牧の家に近い、石川町だった。タクシーを拾おうと、知ってるはずの道を行ったのに迷ってしまったらしかった。表通りの店はほとんど閉まっていた。駅の方に戻ろうと思った時、反対の通りの向こうに、まだ明かりを灯している店があるのが目に入った。暖かい感じの光が、舗道まで広がっていた」

典子はそこまで話すと、目をしばらく遠くに向けていた。

「そこはお花屋さんだったの」、そう言った顔が幽かに輝いた。

「私は花を買おうというのではなく、ただ、その明るい光に誘われて車道を渡っていった。店のシャッターを半分降ろし、外の鉢物を中に入れているところだった。端の方に一つ取り残されている鉢花が目に入った」

茉莉は注ごうとして引き寄せたボトルの手を止めた。典子の顔はこちらに向いていたがその目は、別なところを見ていた。

「私の足はその方に引かれるように動いていった。その花は半八重の花弁の縁が一様ではなく、フリルがかかった淡いピンクの色、見た事のない変わった形をしていた」

「芍薬《しゃくやく》?」私は聞くともなく聞いた。

「いや、薔薇ですよ」店の若い主人は私の横に来ると膝を屈め、クルリと鉢を回して見せた。「珍しい花形でしょう」細く弱々しい感じの枝、葉も細長く薔薇の感じがしなかった。

「えぇーと、名前は」若い主人は店の中の方に顔を向けたが「あ、そうそう」と名前を思い出したらしく、にこっと笑顔になった。

「名前は、『ジェルソミーナ』」

「ジェルソミーナ?」私はためらいながら聞き返した。どこかで聞いたような気がした。

「ええ、何でも昔の映画の主人公の名前らしいですよ。お客さんに教えてもらったのですが」店の主人は頭を掻いて笑い「おーい、その映画のタイトル、なんて言ったかな?」と奥の方に向かって訊いた。奥さんらしい女性が中から首を伸ばした。

「ああそれね、『道』とか言ってなかった?」

「みち……?」その瞬間、頭の中で記憶のフラッシュがぐるぐると点滅し、私は軽い目眩に因《とら》われた。

「ええ、『道』という古い映画だと言っていましたよ」その女性は私の顔を心配げに覗き、そう繰り返した。

「いやあ、実はこれ、馴染みのお客さんが、勝手にというか、置いていったんですよ。何でも切り花を挿し木したら付いたとかで、それが急に引っ越す事になり持っていけないから、欲しい人にって」

店の主人が言うのを、私はどこか遠い高みからのように聞いていた。

「何人か興味を示してくれたお客さんもいたのですが」と店の主人は困り顔で頭を掻いた。

「私もよく知らないし、繊細というか、あまり強くない感じですからね。それを承知で持っていってもらえればと思っているのですが」


典子はそこまで話すと、ワイングラスを手に取った。少し口を付けた後に、ちらっと茉莉を見た。

「変な話だと思うかもしれないけれど、その後がよく覚えていないの。本当に頂いたのか、お支払いしたのか、ただ、私はジェルソミーナの鉢を抱きかかえ歩いていた。花屋の奥さんが後ろから追ってきて、車で本牧の家まで送ってくれたの」

「私は流れていく街の灯を見ながら、巡り合わせ、大きな意志による巡り合わせ、というものを感じ、胸が震えていた」

「……」、茉莉はグラスに残っていたものをゆっくりと干していった。強い信仰心を持つ者の特徴の一つは、ごく平凡な事象を過度に意味付けする事だ、と思いながら。

「でも、喜びの反面、その大いなる意志は……私を裁こうとするものかとも思った」

——さばき？　また、原罪論者的な事を言い出した——と茉莉は思ったが、それよりも先に訊くべき事があった。

「いいわよ、勝手に注ぐから」茉莉の空になったグラスを見、ボトルに手を伸ばそうとする典子を制して言った。「そのジェルソミーナとかいうバラが、『道』という映画のヒロインの名というのはわかったわよ。しかし何故それが巡り合わせ、というかそれほどの出会いなのか、こちらには全く不明だわよ」

茉莉は横眼にした目線を典子からボトルに向けた。その首を摑み、豪勢に中身を注いでいった。

「ええ。ごめんなさい」と典子はぎこちなく言った。「話があちこち飛んでるものだから」

「飛んでる話には、慣らされているつもりだけど」

典子はわずかに口元を笑ませたが目元はすぐ沈むように翳った。

取りまとめた食器を出入り口側に寄せると、典子は数歩庭の方に寄っていった。茉莉からは斜めの後姿しか見えなくなった。

「初等部の二年生、クリスマスに近い頃だったわ」典子は小声でそう話し始めると、顔を一瞬だけ、後ろに回した。こちらの所在を確かめるかのように見えた。

「ミサの後で合唱隊の練習を見てから外に出ると、母はお友達とお喋りをしていた。映画の話だとわかった。『道』という」

『再度見ても、ジェルソミーナの無垢さというか、可哀そうなほどですわ』

『ええ本当に可哀そうですけれど、抗わず全てを受け入れようとする姿は、神の御心を感じますわ』

「何度もジェルソミーナという名前が出てきた。映画の話などした事もない母も、熱心に話に加わっていたの」

「ふう〜ん、そういう事」、茉莉は少しおいて訊いた。「で、あなたはその『道』とかいう映画は見たの？」

「ええ、ずうっと後になって」

「どんな話、モーゼの『十戒』みたいなもの？」

典子は小さく頭を振った。「『荒くれの大道芸人に売られた村娘』の話だわ、終いには旅回りの途中で、山に置き去りにされてしまうの」

「……それにあなたも感銘を受けたという訳？」典子は曖昧な微笑みを作った。

ワインを喉に流し込んでから「本当はもっと別な事があったんじゃない？」茉莉は探る口調で言った。

その言葉に振り向いた顔が怯えるように強張るのを見、茉莉は確信を持った。すかさず続けた。

「隠し事はしない約束よ！　私もしてないつもりよ。さあ、全てを話して！」

茉莉の語気に突かれるように、典子はテラスから降りていった。腕を交差した肩をすぼめ、前屈みになった背が、かすかに震えているように見えた。

「何も、どっかに飛び込めっていうんじゃないわよ。何迷ってるのよ！」じれったくなって茉莉は思わず、声を荒げていた。

やがて乾いた声が、ライトアップされたステージにも思える芝庭に降りていった。その声は典子ではなく、別人が憑依したかのように聞こえる。

「駅からバスを降りて家に向かう途中、私は訊いたの。ずうっと気になっていた事。『お母様、ジェルソミーナってマリア様を信じていなかったの？』と。『何でそう思うの』と母は私を見た。『だって誰もが可哀想だって。同性愛の人なの？』私はその意味もよく知らないまま訊いたわ」

「……？」、茉莉は椅子に凭れていた体をわずかに起こした。

固く強張った後姿だけ見せて、抑揚のない声が続いていった。

「『今日のミサで、いつも優しい司祭様が、同性愛は――道――に背く事だって、とても怖い顔で話されていたもの』と私は恐ろしいものを見るような母の形相に脅えながら、訳を話した。『でも、どうして女の人が女の人を好きになってはいけないの？　私は男の子より、和江ちゃんとか敏子ちゃんの方が好き』」

「母はさっと通りを見渡すと、私の前に屈んだ。押し殺した声で言ったの。『そんな事は子供のあなたには、いいえ、大人になっても関係ない事、知らなくていい事なの。同性愛など、そんな言葉、二度と口にしてはいけません』『ええ、わかったわ、お母様、腕が痛いわ、離して！』『ジェルソミーナはとても健気な娘なのですよ』私は母をそんなに怒らせてしまったのが悲しく、泣きじゃくり頷いた」

典子はしばらく後に、ゆっくりと向き直った。

「母に叱られたのはそれ一度だけだったわ」

「……」

「それがあの夜、『ジェルソミーナ』と聞いた時、その記憶が甦ったの」こちらは見ずにそう言い足した。

「ふうーん」何だ、そんな事……か。

――告白というほどもない事だ――こちらに目を避け続けている典子から、天井の一点を見つめた。

——育ちのいいお嬢様の叱られた記憶か、私など母に引っ叩《ぱた》かれた事もあるわ——と思いながらも、その話には何か引っ掛かるものが残った。

祈りの場のような静寂に満たされた本牧の邸内、聖書に読み入る眼鏡を掛けた細い横顔、玄関払いを食らった時の忌まわしいものを見るような形相が、重なっていった。

「私は……」ふと典子の声が立った。「私は、あの時、母が諭してくれたような健気な、無垢な娘にはなれなかった」

「……？」

「お母様も……他の人も悲しませた」

——ああ、さっき言っていた裁きとはそういう意味か——と茉莉は合点がいった。

組んでいた脚を、ブラリと伸ばした。

「カトリックに、告解という決まりがあるのはわかるけど、あなたのそれは自虐的すぎるわよ。人を悲しませたり、計らずも傷つけたりするのは、よくある事よ、その反対もあるし」

「……」典子はただ唇の端を凹めた。

「で、そのバラ、ジェルソミーナ、お母様に見せたかった訳ね」

「え？……ええ！」、茉莉に向いた瞳が、曖昧に揺らいだ。「病室には夫が持って行った花が花瓶いっぱいあったから……」と典子は言い口ごもった。

詰まる所、典子らしい話だ、と茉莉は互いの沈黙の中で思った。

夫との不和の核心は不明だったが、あの母親の肝煎りなのだ。いくら誠実で有能な男だとしても、典子にも好みや、言いにくい不満はあるだろう。

セックスにしても女は男とは違うものを求めるものだし。

母の期待への背信と破局。そのディストラクション（錯乱）の果てに、幼な心に刻み付けられていた記憶の、コアとなる名前のバラに遭遇する……。

——誠にできすぎた、三流作家の産物のような話だ、それとも文学部の学生が卒論代わりに書いた小説といったところかしら？ふふ——と思いながら茉莉はちびちびとグラスを干していった。ボトルを引き寄せ、見ると半分ほどに減っていた。

三本近く飲んだ事になる？と思ったが、それほど酔ったという感じがしなかった。寧ろ、頭の中はしらじらと冴え返っていくようだった。

「話は明快でよくわかったわよ」と茉莉は自分のグラスを満たして言った。典子のは、少しも減っていなかった。

「あなたはその出会いに運命的なものを感じ、贖罪というか……もろもろを償う為にこれほどのバラを作ろうとした、という事ね」茉莉は典子を見やって言った。

「どんな花よりも美しく、棘のある花、……デカルトか誰だったか、棘のある鞭で自分を打ったって読んだわ、邪念を払う為に」

典子は静かに、見返すように茉莉を見つめていた。その目が少し遠くに揺らいだ。しばらくして目を戻すと「ええ、そうかもしれないわ」と呟くように言うと、手がワイングラスに伸びた。

茉莉が見ていると典子は残っていたものを何口かで飲み干し、左手の指で唇を拭った。

「でも、それだけではないわ……私と薔薇の事は」静かだがはっきりと非難を含んだ言い方だった。

「ん、そう?」思わず目を剝いた。「それじゃ、まだ何かある訳?……話は終わりかと思ったわよ」茉莉は作り笑いを浮かべた。

典子はトーンを落として言った。「何があるとかは、わからないけれど、それだけじゃないわ!」

さっきの亡者のような白い顔とは打って変わって、頬がうっすらと紅潮している。

ムキになって反論しているのがわかる。

――その後の事?――、再び興味が湧いた。

「そう、それなら続きも聞かなくては」と茉莉は腕を伸ばし典子のグラスにもボトルを傾けた。

「そのぐらいでいいわ」と典子は言い、グラスをそっと手前に引き寄せた。口は付けず、それにしばらく目を落としていた。

「長い話ばかりだから、掻い摘んで話すわ」

「ええ、それがベターよ」茉莉はニヤッと笑う目を向けた。

春の光

母が亡くなった後、私は体調を崩して、本牧の家に戻っていた。

何をしようとする気力も起きず、ただ、ぼおっと抜け殻のように日が過ぎていった。以前世話になった先生が往診に来られ、また、抗うつ剤を服用するようになった。ミサにも出ず、クリスマスを祝う事もなく、閉じ籠ったままその年が過ぎていった。

ある日の事だった。庭の外で佐藤さんの叫ぶ声が聞こえた。佐藤さんは、母の病気がわかった頃からの住み込みの家政婦さん。

私は居間の揺り椅子でいつものように、うとうととしていたようだった。読みさしの本が膝の上に落ちていた。しばらくぼうっとしていると、佐藤さんが今度は外からコツコツと窓を叩いてきた。

——何？……——と訝っていると、佐藤さんは子供のようなはしゃぎようで腕を回し、「早く、早く」と私を外に来るように促した。

思わず眩さに目を細めた。何か月ぶりの外の光だった。

――明るい春を感じさせる光――私は彼女がしきりに手招きをする方へ、歩み寄っていった。

「ここ、ここ、見てください」と、もともと丸顔の佐藤さんは、笑みに更に膨らんだ顔で声をひそめた。私は彼女が指さす方に、体をさし伸ばした。

地面を見ると、蛙！　卵ほどの大きさの赤褐色の蛙が、作り物みたいにじっと顔を空の方に上げていた。

「蛙さんも穴から出てきたばかりで、迷っているのね」と佐藤さんがおかしそうに言った。

「ええ、きっとそうね」、私も思わず相槌を打った。横側に出っ張った目が耳にもなって、外の様子を窺っているようだった。

「本当に、地下鉄の駅から出てきた私と同じだわ」佐藤さんはカラカラと笑い「でも啓蟄とはよく言ったものですね」と私の方を見た
――ケイチツ？　その言葉の意味がゆっくりと私の頭の中でつながった。もう三月なのだ――と思った。

それまで、ぴくりともしなかった蛙がピョンと植え込みの陰に飛んでいった。

「蛙さんもどうにか、目覚めたようね」と佐藤さんは言うと、足元から花鋏と数本の水仙を取り上げた。彼女はそれを取りに来て、蛙を見つけたのだとわかった。水仙は母の好きな花だった。

家の横手に、ほとんど手入れのされない花壇があった。

――もう水仙が咲いている――足が自然とその方に向かっていた。

盛りと思った水仙はとうに終わりかけていた。葉は乱れ、傷んだ花の方が目立っていた。はっと足が止まった。低い木の柵で囲われた花壇の奥に不似合いな鉢が置かれているのが目に入った。緑のプラスチックの鉢、枯れ残ったままの細い茎が幾つか見えた。

「ジェルソミーナ?」

――どうしてそこにあるのかも、記憶が定かでなかった――私は恐る恐る柵の中に入っていった。枯れたような細い茎をよく見ると、赤い芽が、粒ほどの赤い芽が出ていた。

どのくらいの間か、私はそこに跪《ひざまず》いていた。後に佐藤さんが心配げに、見に来たほどだったから。

その時に、私は聞いたの。棕櫚を渡る風に交じって、田村さんの声を。

『何故、薔薇を?』と問う声を。どこか憂いを帯びた、慈しみに満ちた眼差し。

軽トラックの助手席に乗って、田村さんに付いて回った日が蘇っていった。

——健康で力仕事もできた日々——

——……ええ、田村さん、今、わかったわ。『薔薇は祈り、薔薇は救い』なのだと——

「きっとこのジェルソミーナを咲かすわ。他にもいっぱいの薔薇を咲かすわ」

私は自分でも知らずに声に出して、田村さんと話していたらしいの。

気付くと後ろで佐藤さんが青い顔で、おろおろとしていた。私は思わず笑ってしまった。

容易にその理由が推測できたから。

すると今度は佐藤さんのふっくら丸い顔が、彼女の弁では、「私が笑うのを初めて見た」と言って、アニメの驚き顔に固まってしまった。

——バラは祈り、バラは救いか……——茉莉は典子の言葉を頭の中で繰り返した。霊感に打たれるような体験は茉莉にはなかったし、これからもあるとは思えなかったが、その言葉が胸の中の——何か——に触れていったのも事実だった。

——夢見がちな、お嬢様の遍歴を締め括るには、まあ、ふさわしいフレーズだわ——と茉莉はとろっとしたワインを舌に載せた。

典子は、よく手紙をくれた。休みが続く日は必ずと言っていいほど。——眠れないから手紙を書くわ——とかの理由で。内容は読んだ本の感想とか、夢に見た事などとりとめもないものだったが、今の典子の話がその頃と違うのは当然と言えた。

彼女なりの二十年という歳月があったのだ。

——あの頃の妄想ではない、体験の裏付けが——と頭の中で言葉が続いたところで、ふと何かが、疑問の泡となって頭の中に浮き上がった。

——典子の話は精緻で明瞭だった。けれども何かが、すっぽりと抜けているのではないか？　何が？……夫との諍いの後、典子はマンションを出た。その後、『何時間もさ迷い歩いた』と言った。一体どこを？……——

茉莉は立って片付けを始めている典子を見つめた。

——典子は何かを隠しているのだろうか？……——

そうとは思えなかった。

——隠し事をしない、という誓いを典子なら守るはずだし、それに、今更、何を隠す事があるのだろうか！——

静寂の中に、典子の挙措の慎ましい音、皿の重なる音、グラスの触れる響きが、宴のフィナーレのように立っていった。それまで気付かなかったが、耳を澄ますと、下方から波の轟きが低く這い上がってきた。茉莉は、見えるはずもないその暗い波頭を見つめた。

——何と言った？　心理学用語で、忌避したいものを無意識に記憶から消そうとする行為を――

「あなた……」頬杖の顔を捻じ上げた。「学校に行ったんじゃない？」

典子は――え、何？――と驚く顔を向けた。

「学校に行ったのではないの？……その日」

「……」一体何の事と言うように茉莉の顔を覗いた。

「さっき、どこかをさ迷った、と言ってたわね。あなたが善良なハズと初めて口論になった、という日よ」

「……ええ」

「どこに行ったのか覚えていないと言ってたけど、本当は学校に行ったんじゃない？」自分にもわからないまま、それは確信になっていった。

「覚えてないわ、ひどく混乱していたから」

「行ったはずよ！」

自分でも、まるで容疑者を取り調べる悪徳刑事のようだ、とも思ったが、何故、自分がそれほど拘っているのか、茉莉自身もわかっていなかった。

「わからないわ、本当に覚えていないの」

「思い出したくないだけよ。記憶の底に閉じ込めているのよ」

――覚えてないのが本当だとしたら、それこそが証明なのだ――

典子は学校に行った。校門の前に。

——何故？……それは心神喪失者の行動と同じだ。不幸な出来事を巻き戻そうとして、無意識に足が現場に向かっていく……傷を負ったところに……——

——典子の現場とは……あの日……——

「風が出てきて、少し寒くなってきたわ。何か羽織るものを見てくるわ」不意に典子は言うと、テーブルの手前を素早く片付け始めた。

食器を下げ、リビングを抜けていく典子の後姿を、茉莉は食い入るように追った。

——奇しくもというか、二十年前の明日——だと典子は言っていたが、ゴールデンウィークのテニス合宿から、十日ほど過ぎていた。逃げるように去っていく典子の後姿を見たのは。

その翌日から典子は、私から、大学からも消えた。あの時の典子の装いはどうだったか覚えていない。気を取られていたのは車の方、丸山の車の方だったから。

第五章

愛の惑い

校門を出てメトロの駅に向かう途中だった。

「やあ！　またまた奇遇だね！」驚いて声の方を見ると、向こう側に停めてあった車の窓から丸山達夫が笑顔を向けていた。「それもお二人さんお揃いで」

丸山は周りを全く気にせず、よく通る声で言うと、車を降り余裕の足取りで二人の方に向かってきた。

「たまたま近くに用があってね。もしかしたらと、と思って回り道してみたという訳、お二人には縁があるという事かな」

丸山は見え見えの口実を悪びれるふうもなく言い、白い歯を見せて笑った。

あれからずうっとその日を期待していた。まさか本当に丸山が誘いに来るとは思っていなかったが。歩道に向かい立つと、ニッと私の顔を見たので、私も愛想笑いしたけれど、その目はすぐ典子の方に動いた。

「この前は残念だったけれど、本日のドライブはいかがですかね。内村のお嬢様は？」

咄嗟に、典子と丸山の双方に目が揺らいだ。

典子は、さっと青ざめた顔に、脅えとも、悲しみとも取れる色を滲ませて私を見、首を小さく横に振った。

「行かないの？　私は行くわよ。今日は！」

撥ね付けるように言った。――ノリは行かない……。その方が好都合だ――という思いが心を走った。

典子の唇が何か言うように開いたが無視した。私は丸山の車に向かって行った。

乗り込もうと車のドアに手を掛けた時、人込みの中を駆けて行く典子の姿が、目に流れた。

丸山は？　丸山の後姿が見えた。逃げられた獲物を追うように背伸びをして、ダラリと両腕を垂らした背中が……。

丸山達夫を初めて見たのは蓼科高原でのテニス交流試合でだった。

大学の決まりで山荘での合宿は二年生になってから参加が許された。四年生ともなると就活で忙しく、部活に出る者もなかったから、初めての二年生と三年生の合宿だった。バスで移動中に、近くに寮のあるO大との、恒例だという交流試合の発表があり、先輩部員から歓声が上がった。その訳はすぐに知る事になった。

当日は朝から異様にハイな雰囲気だった。先輩部員たちの念入りなメイク、テニスだというのにマスカラを使っている者もいた。――夜のカラオケどうする――とか、当人たちだけの微妙なくすくす笑いに、すぐ察しがついた。ある種の合コンなのだと。

典子は、というと部屋の隅で膝を抱えるように天井を見ていたが、黙っておいた。典子は何もしなくても美しいのだから。コンパクトの鏡を覗き見ながら思った。


部員紹介で初めに丸山が紹介された。修士課程に進んでいて、OBコーチとしての参加という事だった。O大は共学だったが、参加者は男子ばかりだった。茉莉は並んだ全ての男をそれとなく観察するのを怠らなかった。

幸運だった。午後の混合ダブルスの抽選で丸山とペアを組む事になったのだから。皆、育ちのよさそうな学生の中でも丸山は特別だと思った。背も高く、面長な顔に合った鼻筋、相手に終始、笑い掛けるような眼差し。試合は半分どうでもよくなっていた。わざと凡ミスをすると、丸山が巧みにカバーしてくれ、その度にドンマイ、と白い歯を見せ励ましてくれた。洗練された無駄のない丸山の動き、汗の滲んだシャツの下に浮き出る彫像のような骨格、薄く毛の生えた長い下肢。ゲームが終わる頃には、クラクラと目眩がするほどに体も心も上気していた。はっきりと具体性を持った男という生物が、茉莉の頭を占拠していた。

その時、思った。丸山こそがその儀式にふさわしい相手だと。

丸山は儀礼的な握手を済ますと、すぐ別なコートに向かっていた。そのコートにはいつもと違った、動きの悪い典子の姿があった。丸山が典子に何か声を掛けたが、ボールは典子のラケットを抜け、白樺の並木の間に弾んでいった。丸山もまた、狙いを定めていたのだ。典子の方に。

ドンファン気取りで自信家の丸山がそそられたのは、清純な典子なのだと知り、動揺したけれど、一方で——典子より私の方に丸山を振り向かせる——という闘争心が湧き立っていった。

——願ってもないチャンスが再来したのだ——私はさっと車に乗り込んだ。丸山は外苑通りから、明治通りの方にハンドルを切った。

「深窓の令嬢ともなると身持ちがいいという事か」と丸山はボソッと言ったきり、ずーっと無言だった。茉莉は聞こえなかったふりをした。

交差点で、信号待ちで止まった時、不意に長い腕に、肩ごと抱き竦められた。にやけた笑いを浮かべた丸山の顔が目を塞ぎ、唇が押し付けられてきた。執拗な丸山の舌が緊張した唇を巧みに押し開けていった。瞬間、脳髄を舐め回されるような感覚が走った。強引だったが、嫌ではなかった。それが大人の恋のプロローグなのだ、と思った。

爆音を上げて車が発信し、体が椅子に押し付けられた。慌てて苦笑いを向けると、ふふっと細めた丸山の目がちらっと光った。

車はスピードを上げ街の風景も人も、過去へと振り捨てていくかのように流れていった。

「レモン水を持ってきてみたの、すっきりとするわ」と典子は言い、ピッチャーとグラスを載せたトレイをテーブルに置いた。見ると左腕にベージュ色のセーターのような物を掛けている。

「お風呂の用意しておいたけれど、もう少し夜風に当たってからがいいわね」

——少し酔いを醒ませ——という事かと茉莉は思ったが黙ったままワインボトルを自分の方に引き寄せた。この程度のワインで酔うはずもなかったし、逆に頭の中は鮮明になっていくような気さえした。

空になったグラスを茉莉がテーブルに置くのを見計らうように、典子は手に掛けていた物を広げ、見せた。

「サマーウールのカーディガン、これを羽織るといいわ、少し冷えてきたもの」と言うと典子は広げた格好のまま、椅子の外側を横歩きに回ってきた。

真後ろに来たのがわかって茉莉は背を伸ばし、両腕を縮めた。ふわりとした物が背中に掛かり、左右の袖に手を通していった。カーディガンはゆったりとした作りでスムーズに腕が通った。

襟元のズレを直すように動いていた典子の両手が、肩の上に、ためらい、止まるのを感じた。僅かに触れるほどの重さで。

右の手が――意識した事ではなかった――茉莉の右の手が、体の一部を確かめるように、典子の手と重なっていった。

どれほどの間、そうしていたのか、ほんの数秒だったのかもしれない。

「温かいわね」しばらくして茉莉は言った。

「え？……ええ」、典子は驚く声と同時に、さっと、下になった手を引いた。

「よかったわ、今日は少し寒いもの。昨日までは暖かだったのに」典子の表情はわからなかったが、動揺を繕う言い方だった。

それに、茉莉が言おうとしたのは、暖かいのはカーディガンではなく、典子の手の方だったが。

――あの頃は、よく手を握り合った。典子の手は温かく潤いがあり、茉莉のは冷たい手だった。

「手の冷たい人って、心は温かいって言うでしょ」

マリは答えない――私を心の温かい人などと、誰も思わないだろう――典子以外は。

それは今も変わらない。

「少し片付けるけれど、気になさらないで」と典子は小声で言い、恥じらうような笑みを残した目を、ちらっと茉莉に向けた。頬が赤らんでいるように見えた。

「何かデザートがあればと思ったのだけれど、ごめんなさい、何もないの。一人暮らしって、だんだん配慮がなくなっていくわ」

「私もデザートの習慣はないわ。それにもう十分頂いたわよ」、そう言って茉莉も椅子を立った。

典子が用意してくれたレモン水を少し口に含み、ワイングラスにボトルの残りを注いだ。思ったよりも残っていたが、茉莉は構わず注ぎ切るとグラスを持ち、注意深くテラスから前の石敷に降りていった。

淡いオレンジ色のライトが点る芝庭に歩み入ると、グラスのワインをぐっと減らしていった。軽い酔いを覚える体に夜気が快かった。頭がいっそう冴えるようだった。

茉莉は更に奥に入っていった。下方から波の轟きが更に強く這い上がってきていた。テラスの中では微かにわかるほどだったが、そこでは暗い海原に盛り上がり砕ける波頭までが、見えるような気がした。突然風が立ち、闇に同化していた周りの木立が、ざわざわとまるで侵入者を取り囲むように騒いでいった。

茉莉は自分の立ち位置を確かめるように、ぐるりと体を回した。

テラスに目を据えると、典子がこちらを見ていた。離れていてはっきりとはしなかったが、どこかこちらを危ぶむように。

「ノリ、……もう一度訊くけど……」、声が、意図しない声が出ていた。「丸山の事、本当にその気がなかったの？」

「え……」典子は一歩手前に出て言った。「よく聞こえなかったわ」

「丸山よ、丸山達夫。彼をどう思っていたの」茉莉もそう言いながら、数歩前に寄った。

「本当にその気がなかったわけ？」

「何の事かわからないわ」

「とぼけないで！　わからないはずないわ」

「とぼけてなんかいないわ。本当に何も知らない事よ」

「ノリ！　正直に答えて」茉莉は更にぐっと寄っていった。「あの日は、覚えてるわね。彼が校門前に車で誘いに来た時の事」

「ええ……」、典子は小さく頷いた。

「その時、私の方が先に乗ろうとした。それであなたは退《しりぞ》いた。奥ゆかしいもの」

茉莉を見つめた目が焦点を失ったように動いた。茉莉は構わず続けた。

「本当はあなたが乗りたかったんじゃないの。丸山の隣に」

「そんな気持ち、毛頭なかったわ」と典子はおぞましいものを払うように言った「何でそんな事を！」はっきりとなじる声だった。

一瞬、茉莉はたじろぎ、ワイングラスを口に付けたが、唇から垂れたのがわかった。指で拭ったものを確かめ、トーンを落とし続けた。「それじゃ、私が乗ってよかったという事ね？」

典子は何も答えなかった。ただ、悲しげな眼差しを茉莉の方に注いでいた。――憐れむような目――それは茉莉の心をいっそう逆撫でしていった。

「ノリ！　正直に言いなさいよ。どう思っているの。私が丸山に弄《もてあそ》ばれた、とでも思って、憐れんでいるとでもいう訳？」

茉莉はしゃがれ声で捲《まく》し立て、残りのワインを一気に呷った。今度はそのせいでむせた。それこそ、ひどい憐れな姿だと思ったが、心の中で増幅するものに歯止めがきかなかった。全てぶちまけてやりたくなった。典子が悲しむように。

「ノリのせいで、あなたのせいで私は学校にいられなくなったのよ」

その顔が驚愕に固まるのがわかった。

思わず笑みが湧いた。本当はそれだけの理由で大学を去ったわけではなかったが。

「日ごとに噂が広まったのよ。丸山を横取りされ、典子はそのショックで学校に来れなくなったのだと。ヒソヒソと誰もが私を白い眼で見た。親友の彼氏を寝取った女だと」

茉莉は睨みつける目を寸分も逸らさず、言葉を吐き出していった。

言った事は事実だったが、そんな事を——何故、今になって——と自分自身が怪しくなった。

不意に波の音が高まったように思った。それは地を打ち、暗い海底から得体の知れないものを次々と浮かび上がらせてくるような気がした。不安がかすめた。——もうこんな事は、ほどほどにしなければ……。本当に過去の亡霊に取りつかれそうだ——と。

元々、どうでもいい事に。

茉莉は芝庭をゆるりと回った。しゃがれ声から、鍛錬したキャリアの声に戻っているのを確かめながら。

「誰だってそう思うわよ、あの時、多くのクラスメートが見ていたんだから。そしてその日を境に、あなたはぷっつり姿を消したんだから」

立ち尽くしている典子の手から、スローモーションのように皿が傾き、落ちていくのが目の隅に入った。悲痛な音を立てて、足元に飛び散っていくのと、典子の唇が惚けたように動くのが同時だった。

「ごめんなさい、何も知らずに……」どうにか震える声が聞き取れた。「あなたは何も悪くはないわ。私がいけないの」

泣き声になって典子は両手を胸に合わせた。その時になって初めて自分の手にあるべき物がないのに気付いたようだった。足元に向いた目がはっと、こちらに上がったが、茉莉はそ知らぬふりをした。

背を向けて典子が欠片を拾い始めたのを横目に見て、茉莉は奥の築山に向かっていった。天辺にライトはなかったが、裾からの光が夜の闇に屹立する姿を浮かび上がらせていた。真近に寄るとそれは昼日中に見た時よりも、遥かに不動の量感を持って迫ってきた。

典子は——父が深夜にゴルフクラブを素振りしていた——と言っていたが、ティーマウンドに見立てたのだろうか、それにしては高すぎるように思えた。短い口髭の顔が浮かんだ。一目で典子は父親似なのだと納得する端正な顔立ち、特に相手の話を聞く時の眼差しはそっくりだった。ある時、内村は母の方の姓で、父は婿養子なのだと聞いた事があったが、日本に来てその会社がジャスダックに上場しているのを知った。

「ノリ！」茉莉は後退りに築山から離れるとテラスに向かって叫んでいた。衝動のままの言動など決してなかったけれど、抑えたはずのものが再び、げっぷのように上がってきた。

「ノリ、私は、いつでも降りるつもりだったのよ」と典子の屈んだ背中に声を放った。「あなたがその気なら……」

ピクリと典子の体が震え、そのまま動きが止まった。

「あなたが、ノリが、丸山に気があるようなら、私は、降りるつもりだったのよ」

典子は背を見せ屈んだまま、まだ動こうとしなかった。

「ノリ、聞こえてるの！」茉莉は数歩、歩み寄り、海鳴りに向かうように声を張り上げた。

ジャンパースカートの背がすっと伸び、背後のものを確かめるように、典子はそろりと体を回した。その位置はダウンライトの陰になり、表情はよく見えなかった。白いブラウスの返す光が頬の辺りまでをうっすらと見せていた。

「愛していた訳じゃないのよ」と茉莉は立ちすくんでいる影に向かって叫んだ。「愛なんか、あった訳じゃないのよ……私は、ただ……」


「何よ、あんたなんか！」二歳違いの姉とは子供の頃から仲が悪かった。互いに無視し、口も利《き》かない関係だったけれど、その程度で治まっていたのは、それ以上エスカレートするとどうなるか、お互いに痛い目に合っていたからだ。

「あんたなんか、いつの間にかお嬢様を気取っているけれど、中身はどうなの。ふふふ」

姉は小馬鹿にするように鼻に皺を寄せた。

「あんた、よく私がパンティとか替えるの盗み見しているわね、蔑む目で。でも本当は、妬《ねた》んでいるのよ、男に愛される私を。見てわかるわ、あんたの生真面目など上辺だけで、モテない女の、物ほしそうな眼なのよ」

「ノリ、私はただ……」茉莉は絞るように声を出した。「ただ、してみたかっただけよ。一度きりでよかったのよ……本当は……」

影がわずかに揺らいだように見えたが、波の音が暗い激情のように反復するだけで、典子の声はしなかった。聞こえなかったはずはなかったが、返事など、どうでもいいような気がしてきた。そもそも何故そんな事を……典子に言う事でもないのだ。

茉莉は芝庭を時計回りと逆に、左に回って行った。

――バカだわ、酔っているという事？　十五度ぐらいのワイン三本ほどで、バーボンに換算すると……決して酔うほどではないわ。きっとあのワインのせいだわ。あのとろっとしたビンテージ――と茉莉は頭を整理しようとしたが、感覚は揺れる船縁に立つように、過去も現在も綯《な》い交《ま》ぜになっていった。

それだけの事だった。セックスが神聖な事などとは、姉の様子を見ても思ってはいなかったが。

その日、初めての日、丸山はいかにもそれとわかるホテルに車を入れた。薄暗いフロントに人の気配はなく、大型の自動販売機が三台離れて並んでいた。丸山はまっすぐに手前の物に向かっていくと、吟味するように頭を動かしていった。ライトが付き、中の画像が見えているのが空室のようだった。茉莉が、ギクッとしたほどの音がして、部屋のキーが下に出てきた。一番奥でけばけばしい光を放っている販売機の前を通る時、ちらっと見ると『え、なに!!』と思うほどの嫌らしいグッズがピンク色の枠に並んでいた。

中に入るや否や、部屋の全部を占めているほどの円いベッドに押し倒された。荒々しく全てをはぎ取られ、一方的に貪られ、突き上げられ、不意に事は終わった。

これだけの事、と落胆するのと、ともかく儀式は終わった。という思いで、私は白いシーツを体に巻き、少しぼうっと、ベッドに横座りしていた。

その内、不意に笑いがこみ上げてきたが、そこは何とかこらえた。

「どうした、良くなかった?」ベッドの端で背中を向けていた丸山が訊いた。

「初めてだったから……ショックというか……いろいろ気持ちが……」私は自分でも驚くほど、しおらしく言っていた。

不思議なものを見るように、丸山は私の顔をまじまじと見た。

一瞬、――私がバージンだったから、と知って――と思ったがそのようではなかった。

「君って、腹話術とかやってる？」

地声が出ていた事に自分でも驚いて小さく頭を振った。

「緊張したり感動したりすると、知らずにそんな声になるの」

「へえー本当？」丸山はしげしげと私を見つめ「シャワー浴びてきて」と、どこか淫靡な感じの笑いを浮かべた。

ベッドに戻ると丸山は「サリンジャーも、女の体はバイオリンとか言ってたものな」と聞こえよがしに言い、初めとは別人のような手付きで体のあちこちを愛撫し、唇を這わせていった。私がオーガズムとかに達し、地声を洩らすのを見たがっているのだとすぐに悟った。私は適当に彼の好みに応じてやった。


それから丸山との関係は、小一年続いた。見せ付けに家の前まで車で迎えに来てもらったりもした。姉へのリベンジは十分に達成した。それで丸山との関係を清算しようと思った訳ではなかったが、終わりはあっけなく来た。

レストランのレジで並んでいる時だった。

「カードをなくしちゃってさ」と丸山は言い、財布を開いた。ちらっと目を向けると、万札が分厚く収まっていた。丸山の実家は貸ビルなど不動産業だと聞いた事があった。

レジは混んでいて、私は出口側に少し離れて待っていた。開いたままの財布を左手に持った丸山の右手の指が、所在なげというよりは、自然と癖のように、札の端を弾くように動いていった。ふと、その指の動きがついさっき、私の体のあちこちを弄んだのと同じなのに気付いた。

それから十日ほど後、学校の前に丸山が迎えに来た時「ごめん、急に留学する事になって、準備とかでしばらく会えないと思うわ」

私はこちらを窺っていた周囲の者に聞こえるように、わざと大声で言った。「時間ができたら私から連絡するから」

私はいつもとは反対方向に歩いて、一つ先の駅の方に向かった。少し胸が痛むというか、切ない思いがしたけれど、それでいいのだった。元々、愛があった訳ではなかったのだから。愛していた訳ではないのだから。

暖かい冬で朽ち色のまま年を越したプラタナスの残り葉が、パラパラと風に運ばれていった。その時、不意に愛という言葉が、あたかも実体のあったもののように体を擦り抜けていくのを感じ、茉莉は思わず振り返った。

――愛、とは辞書にある概念に過ぎず、映画やCDの中で二十四時間使い回される、薄っぺらいものだ――と思っていた。けれどもその時初めて、本当の『愛』がほしいと思った。

――あれから二十年になるのだ――と茉莉は、築山の前に立って思った。

――それから何人かの男と出会った。でも本当に愛があったのだろうか、全てを投げ出すような……。誰もそんなふうに私を愛さなかったし、私もそんなふうに誰も愛さなかった。ふふ……それだけの事——茉莉の口から思わず嗤笑《ししょう》が洩れた。


　ふと、何かの気配に振り返ると、芝庭に踏み入れた辺りで典子がじっとこちらを見ていた。それ以上に近づくのを躊躇《ためら》うかのように。

「レモン水、もう少しいかが……きっと酔い覚ましになるわ」と遠慮気味に言うと、そろそろと茉莉の方に向かってきた。

「頂くわ」、茉莉はトレイに載ったグラスに手を伸ばした。

「今、あなたのお父様の事を思い出していたのよ」茉莉は咄嗟に全く違う事を言った。

「ええ」典子は一瞬、訝るように目元を曇らせたが、すぐに唇の端に笑みを作った。

「この山に登ったら、何が見えるのかなと、思って」

　典子は静かな目で茉莉を見つめた。「昼なら海が望めるけれど、夜は真っ暗で、潮鳴りを聞くばかりだわ」と言うと、さっと改まる表情を向けた。

「お風呂、用意してあるわ……」と茉莉の反応を窺うように口ごもり続けた。「飲んだ後だから……でも、よかったら入って」

「ええ。そうするわ。もう少し頭を冷やしてから」と茉莉はまっすぐに典子を見た。

「普段飲みつけない物を飲んだから、少し酔ったような気もするわ。リカーのドライな酔いと違って、ワインの酔いはロマンチックだわよ。初めての男を思い出してたもの」

小首を傾けるような仕草で、淡い笑みを浮かべただけで、戻っていく典子の後姿を、茉莉はしばらく見つめていた。

酔ったのか、酔ったほどではないのか、判然としなかった。ただ、不思議な乗り物に揺られながら時が透けるように窓の向こうを交差していくのを見ているような感覚だった。

これまでも体がふらつくほど酔っ払った事は何度かあったけれど、頭の方も相応に怪しくなったものだ。それが今は逆に、しらじらと冴え返っていった。

全く思いもしなかった事は、記憶の回路が知らずに作動していく事だ。とうに葬ったはずの過去が、まるでこの時を待っていたかのように、生々しく……。

茉莉は巨大なオブジェのように見える、円錐形の築山をしばらく眺めていた。『登っても波の音が聞こえるだけ』と典子は言っていたが、登らなくても地を打つような音が聞こえていた。

ふと、それは、人のような生き物の、昏《くら》い激情のようにも思えた。

築山を離れ、まっすぐに玄関に向かおうとし、茉莉は何気なしにテラスに目を向けた。仄暗い所からはテラスは随分と明るかった。一所に集められたワイングラスの腹の辺りが光のカケラを並べるように耀いて見える。

柱の陰に見え隠れしていた、薄い藍色のジャンパースカートの後姿が、何か考えるように両手をテーブルに乗せている。

あの頃、本牧に遊びに行くと、着ている物はワンピースやジャンパースカートだった。『サウンド・オブ・ミュージック』の中の少女たちのような。

典子は見られている事に気付かないのか、まとめた物を順繰りにずらしながらテーブルクロスを少しずつ折り、またそれを広げては違う所から折り始めた。向い側まで伸ばした体の尻が高く上がり、スカートの裾から短いソックスの間のふくら脛が、ダウンライトの光に仄白く浮かんだ。

典子は折っては広げる、全くおかしな作業に没入していた。

――どう見ても危うい非合理な動作……――、はっと、反転した記憶が何かと結んだ。ロザリオ！……それは何度か目にした、ロザリオを繰る祈り、と重なった。

それは――典子の儀式……――心の内に狂おしく渦巻くものを静めようとする典子の儀式。

「ノリ！」、突発的に声が出ていた。「あなた、誰か好きな人いたの！」

電撃を受けたように、典子の体が固まった。

「誰か好きな人がいたのでは、と、今、ふと、思ったのよ」茉莉はずうっと遠くにいる者を、呼ぶように言った。

茉莉に向いた典子の目が伏すようにそれた。

「そんな事……遠い昔の事だわ」ごく低い声が聞こえたが、それ以上取り合わないというように、寄せていた食器を手に取った。

「ノリ！　私は訊いているのよ」無視するように、中に入ろうとする典子の背中に向かって茉莉は叫んだ。「丸山の事じゃないのよ、他の別な誰かよ！」

ゆっくりと半身が回った。

「誰か他に想いを寄せていた人がいたのではと……」ライトの光に白く浮かんだ片頬に向かって、怒涛に叫ぶような割れた声を発した。「そんな気がしたのよ！」

典子はまっすぐにはこちらを見ず、横顔のままの唇が動いた。「ええ、いたわ」低いがはっきりと聞こえた。

足が思わずテラスに向かった。

「それは？」横顔だけ見せていた典子の体が更にゆっくりと、こちらに回った。

目と目が合った。

「とても好きな人がいたの」

「……」すぐには言葉が出なかった。

その声は恋する者のような甘やかさを引いて、波の音にさらわれていった。

「そ、それは、私の知っている人？」茉莉は数拍の後に質《ただ》した。

「ええ、あなたの知っている人よ」うっすらと笑い掛けるように典子は言ったが、その眼差しは、どこか謎を掛けるようにも、潤んでいるようにも見えた。

「それは……？」と茉莉は言い掛けたが、それを制するように典子の声が通っていった。

「でも、気付かなかったのだと思うわ」

茉莉に向けて微笑んだ目に、寂しげな色がよぎった。

「もうずいぶん昔の事だもの」

——私が知っていたのに、気付かなかった相手？　一体どこの男に典子は恋をした——というのか、茉莉の頭はせわしく動いた。

「それが誰だか、私には言えないような人なの？」と茉莉は苛立たしさや疑念を抑えてごく低い声を向けた。「教えられないと言うの、私には」

かすかに苦しげな表情がその顔に走ったように見え、暗い薔薇庭の方に視線が惑っていった。

「もう過ぎてしまった事だわ」、まるで自分に言い聞かせるような声が、風に揺らぎながら、茉莉をかすめていった。

第六章

茉莉・イン・ザ・バス

スーツケースから二つのポーチ（化粧品と下着の入った）を取り出し、茉莉はバスルームに向かった。浴室の扉の前に籐の籠が置かれきちんと畳まれたタオルの上に、歯ブラシのセットが載っていた。茉莉は洗面台に目を留めた。色と形の違う歯ブラシが二本収まっていた。少しの間それに目を向けていたが、ゆっくりと鏡の前に立った。

かなり長い間、茉莉は自分を映している鏡の奥を見つめていた。ヘビーな一日だと思った。考えればそれほどの時間ではないのに、まだ旅の途上にあるような感覚が残っていた。旅？……凡庸だが、過去も現在もなく回り続けるメリーゴーランドに揺られるような……。

ポーチを開けクレンジングのチューブを取り出した。首を伸ばし、顔を鏡に近付け、下目蓋の辺り、小鼻、頬の周りを隈なく点検していった。新しく使い始めたコンシーラーは悪くないと思えた。庭を回り、岬の突端までハードな散歩をしたのに、浮き上がりがなかった。典子はメークというほどの事をしていなかった。それでも肌には、くすみやシミらしいものも見えなかった、外で陽に当たっているのが多いはずなのに。

私の肌はアイリッシュの祖父の血を引いている。陽に焼けるとひどいことになる。茉莉は指の腹に付けたクレンジングを両頬に回していった。

――典子は好きな人がいた――と言っていた。

ふと、――どんな感じの男なのか――と思いながら、もう一度顔を鏡に近づけた。左目尻の嫌らしいくすみは、よく見なければわからないほどで治まっている。

――日本の有名人やスターといった部類の男はよくわからないが、二枚目俳優のようなタイプ？　まさか、ハリウッドスターはないだろう。もっとマッチョな男くさい……――「おとこ」推測がそう飛んだ時、はっとクレンジングの手が止まった。頭の中で何かがパラッとめくれ落ちた。

――男なんか……いなかった!!――

ポーチのコットンを手探りし、目尻に滲んだアイシャドーを拭うと茉莉は、鏡の奥を長いこと睨め付けていた。


――少なくとも、知る限り、男といえば先生ぐらい。ずうっと中、高を通しての六年、いつも一緒で、男のオもなかったし、話題にした事もなかった――。

――二人の間に、男が現れたのは――、茉莉は手早く、乱暴なほどに顔をすすいでいった。

テニスの交流試合の翌朝、元気のない典子を茉莉は無理やり散歩に連れ出した。昨日のゲームでも典子はほとんどいい所がなかった。いつもの潑剌《はつらつ》とした動きがなく、ストロークで返した球もネットに引っ掛けていた。もっと最悪だったのは、ダブルスのポジショニング、ペアの動きに合わせられなかった事だ。いつもの典子にそんな愚鈍なプレーはあり得なかった。それでしょげているのだと思った。

「朝のいい空気を吸えば、元気が出るわよ」

典子の背中を押すようにして、山荘を出たが、心の中では密かな期待を温めていた。

いい天気だった。芽吹きがまだ始まったばかりで、木立の連なる林の奥までが明るく透けていた。朝の陽は低く下方から射して、深々と積もった落ち葉、ファンタジックな白樺の木肌とのコントラストは、更に心を浮き立たせていった。典子は林道に入ってからも言葉少なく、塞ぎ込んでいた。

「かぐや姫？」と茉莉は顔を向けて聞いた。生理の事をそんなふうに言っていた。典子はそれが来ると、鬱になる傾向があった。茉莉を見ようとせず、ただ、小さく頭を振った。

「風邪ひいたんじゃない？　熱は？」と茉莉は典子の前に出て、額に手を当てた。

「茉莉の手は冷んやりしていていい気持ち」と典子は初めてうっすらと微笑を見せ、その上に自分の手を重ねた。

少し熱っぽく感じられるのは、典子の平熱が少し高いからだ。

「大丈夫よ、熱はないわ」茉莉の診断に典子は口元を笑ませたが、睫毛には憂いが宿っていた。

「すぐ元気になるわよ」茉莉はそう言い、前方に目を凝らした。

標識や看板らしいものも見えなかった。道を間違えたのではと不安が兆した。十分に確認した訳ではなかった。O大の寮は＝歩けるほどの距離、二つ上のブロック＝先輩たちの雑談を耳に挟み、見当をつけてきたに過ぎなかったのだ。

その時、右手遠くから車の音が聞こえてきた。やがてチューバのようなエンジン音を盛大に響かせて、車がカーブを回ってきた。車は二人の前を通り過ぎたが、少し行って止まると、素早くバックしてきた。窓にはスモークのシールが貼られていて、中は見えなかった。その窓がスウーッと下がった。

「やあやあ、お二人さん、おハヨー！」

その一瞬、茉莉は胸の中にパッと明かりがついた気がした。丸山だった。まさか、本当に……。顔じゅうが嬉しさで溶けそうになるのを懸命にこらえ、素知らぬふりをした。

「いやあ、奇遇だね！　それとも君たちの表現だと、神の思し召しという事になるかな？」

丸山はガムを嚙んでいた。それを横側に寄せる口の形をして笑った。整った歯並び。見るからに裕福なお坊ちゃん育ちなのがわかったが、自信に溢れ、明け透けなところに嫌味がなく、かえって爽やかに映った。白いポロシャツの胸が開き、鎖骨の凹みが見えた。

「いやあ、昨日は実にいい試合だったね」

「ええ、ありがとうございました」、茉莉はそんな言葉をしおらしく言えている自分に少し驚いた。

「お散歩もいいだろうけど、高原のドライブは格別だよ。どお？」

にやけた丸山の視線が、はっきりと典子の方に動いたのがわかった。茉莉の目もそれを追った。横にいたはずの典子は道際より下がった、草叢の方に後退りしていた。何かに脅える子供のように。


茉莉はバシャバシャと洗顔を済ますと、典子が用意してくれたタオルを取り、そっと顔に当てた。

――思い出が色褪せないのは、人は無意識にそれを塗り直しているからだ――と誰かのエッセイにあったが、典子との事に関して、それはあり得なかった。何故なら、渡米してから今日まで、思い出す事も、頭の隅に浮かぶ事もなかったのだ。

それなのに記憶は定期的にメンテナンスされていたかのように鮮やかで精緻だった。それだけではない。記憶になく、今初めて見るようなシーンまでが補充されている。

――それは？――茉莉はタオルで眼だけになった顔を、鏡に寄せていった。

丸山に作った笑顔が残る顔で「ドライブ、連れてってもらおうよ、ノリ、気分変わるわよ」と浮き立って言った。

典子は泣きそうな顔で、更に後退った。道端に溜まった赤茶けた落ち葉の中に白い靴が埋まっていった。もうその奥は笹の生えている斜面だった。

顔からは血の気が引いて、ロウ色がかっていた。体が震え出すのをこらえるように、両手を前に固く結んでいた。異様なほど開いた目がこちらを見ていた。

その日の典子はちょっと大人びた感じのレース使いのブラウス、モヘヤの萌黄色のセーターにベージュのプリーツスカートだった。その装いもソックスから覗く脚も、急に幼げに見えた。

「ノリ、心配ないよ！　O大の修士課程にいる人だよ、知ってるよね」軽い調子で笑い掛けた茉莉に、典子は嫌々をするように小さく頭を振り、更に後ろに下ろうとした。

「危ないわよ！　ノリ！」茉莉は慌てて、バランスを崩しそうになった典子の腕を摑んだ。

「どうしたのよ、大丈夫？」

「マリ、帰ろう……」と震える声がどうにか聞き取れた。

「おや、そちらのお嬢様、内村典子様は風邪でも召されたのかな、昨日も元気がなかったけれど」丸山のよく通る声が背後から響いた。咄嗟に茉莉は振り返った。はっきり、典子と、名前まで言った。自己紹介ではファミリーネームだけだったはず……。

丸山は窓から顔を突き出し、成り行きを窺うように薄笑いを浮かべていた。

「ここは東京とは五度近く差があるからね」と丸山は大声で言い、更に何か言ったが、後からきた車のせいでよく聞き取れなかった。

突っ立っている茉莉に丸山は少し上目に、意味ありげな笑いを向け、左手の親指を突き出すように立てた。茫然としている間に、窓はすうっと閉まっていった。

白い車体が坂道に小さくなっていくのを見つめながら、丸山の仕種の意味は何だったのか、そればかり気になっていた。連絡をくれるという意味だろうか？　典子の事は頭から消えていた。

「ノリ！　まさか！　あなた……？」鏡に向かった口が中途で呆けたように開いた。

――まさか……本当に……？――

しかし、そうだとすると、全ての疑問が、真実を避けるような曖昧なままの話も、明瞭につながっていく。それだけではない、何故急に、大学から、私からも消えたのかも。

――ノリを置き去りにして、丸山の車に乗ったから？……――

――それを、もうノリを捨ててしまったと？　私が……――

茉莉は全身の力が抜けたようにスツールにへたり込んだ。

女学校では、私と典子のような親密な関係のペアは、何組もあった。大袈裟なほどハグしあったり、うっとりとお互いを見つめ合っている者など、珍しくもなかった。彼女たちはわざとそれっぽく、百合Aとか、百合Bとか呼び合っていたほどだ。それは女だけの園にあって、少女から大人の女へと変わる過程の、疑似的なセクシャリティであり、誰もが卒業すれば――男ができれば――自然解消するような関係――誰もがそれとわかっている、遊戯だったはず！

あの時、車の窓が下がって丸山が声を掛けてきた時、典子の異様な驚きが本当は、目に映っていた。整った顔がさっと脅えに固まるのを。

それは今考えれば、生理的な拒否反応だったのだ。危険な捕食者に遭遇した時の動物的な反応。あの時、典子は本能的に予感したのだ。私が典子を置いて、丸山に走るのを。

「ノリ、ばかだわ……」茉莉は頭の中で呟き、スツールから体を起こした。今頃になって本当に酔いが回ってきたような感じがした。

茉莉はしばらく鏡を覗いていたが、次に歯を磨くべきなのか迷ったまま、バスルームのドアを押した。中で何かが揺らいでいた。

「ノリ！」声が出たのは数秒も経ってからだった。

「これは、何なの？　何のつもりなの？」

第七章

追想の庭

大方の片付けを終えた典子は独り芝庭に降りていった。茉莉は少し酔っているようだったから、――お風呂は、温《ぬる》めにしておいたけれど大丈夫だろうか――と頭をかすめた。芝庭の中ほどまで行き、両腕を広げ大きく息を吸った。まだ火照りを残している体に、湿り気を帯びた夜気が肺の中まで通っていくのが感じられた。

――何と言えばいいのだろう、こんな、茉莉との夕べ……二人だけの宴……――今になっても、言葉は思いつかなかった。

波の音が続いていた。典子の眼裏に、盛り上がり、砕けていく波の様が浮かんだ。ここに来た当初はあまりにも激しい潮鳴りに眠れない夜もあったけれど、いつしかそれは自然の息遣いなのだと思えるようになった。白く砕ける波がレースを編むように汀《みぎわ》に広がり、ぷちゅぷちゅと囁《ささや》き合いながら戻っていく様までも浮かぶ。

――今日はきっと海にも、心躍る事があったのだ……――典子はさっき茉莉が佇んでいた築山の方に進んでいった。

――あれでよかったのだ――と思った。

――全てが過ぎ去った事。茉莉が来てくれただけで……――。

見上げると夜空は、褪めた青を残したグレーで、月が光っていた。二十三夜あたりだろうか、弦を下に向けた細い月は、真南から少し西に回っていた。夜の宴が始まる時は海側に出てきたばかりだったけれど。

時間の早さが、不意の風のように胸をざわめかせた。

――あの月が西の空に白く残る頃には、もう夜が明ける。そうすれば茉莉は……――

典子はその思いを振り払うようにぐるりと築山を回った。

「田村さん、そこからここが見えているでしょうか」典子は再び夜空を見上げ、独り呟いた。その呼び掛けは典子が自分の中に沈潜していく時の、口癖になっているものだった。

「田村さん、薔薇は幻ではないわ、ほら、庭のそこかしこ、今は微かな寝息ほどの香りを立てて眠っているのがわかる。――薔薇は人を結ぶ花だわ――この薔薇のお陰で、花好きの多くの友達ができたし、それに何より、茉莉が、茉莉が来てくれたわ！」

典子はいつものような独り言を、遠い相手に囁きながら庭を巡ったが、その先には頭の解釈だけで、気持ちは未だに入っていけない。

『薔薇は、神が作り賜いしもの
我らが求め得しは、その幻』
軽トラックの中で聞いたその句を、十分には理解できないものの典子は深く心に留めていた。
しかし十年ぶりに再訪した時、田村さんは前とは違う事を言った。
『薔薇は幻ではない、幻こそ我々なのだ』と。それは全てを暗示していたのだ。

田村さんに会いたいと、いつに増して強く思ったのは、花壇の整備が終わり、始めのバラ苗を植え付ける十日ほど前の事だった。

バラ庭を作る気持ちを固めてから二年ほどの間、典子は日本ばら会にも入会し、他でも講習等があれば、他を後回しにしても参加してきていた。そうした会で講師をしていた人が愛川町という所にバラ園を作っていた。本牧からは車で一時間ほどの距離だった。典子は機会を逃さず、シーズンごとに数日続けて通わせてもらった。元肥の施肥から冬の剪定まで、ひたすら栽培に特化した指導を受けていた。

田村さんにノウハウ的な相談をしたい訳ではなかった。

にわかに田村さんに会いたい、という衝迫は何だったのか、典子は今も説明がつかない。

それから後の事を思えば、虫の知らせという事があるのだとも、大いなる者の意志が働いたのだとも思える。手紙で長いご無沙汰を詫び、父から譲り受けた別荘地に、バラ庭を作る事など、簡単に近況を綴った。

名古屋でJR高山線に乗り換え、美濃太田という駅で降りた。前日に田村さんからそこまで迎えに来てくれるという連絡が入った。

十年ぶり、否、初めて電話口で聞いた田村さんの声は、耳に残っていたものとは違って、滑らかで、違う人のようだった。

改札を出た所ですぐにわかった。がっしりした背格好、短く刈り込んだ髪、あの頃のような銀鼠色のジャンパーに揃いのズボンとも真新しかった。陽に焼けたゴツゴツした肌、少し厚めの唇が、ぎゅうっと結ばれるのを見て、不意に涙がこぼれそうになった。それを隠そうとして典子は数メートルも前で、ぎこちないお辞儀、しどろもどろの挨拶をしてしまった。

車は軽トラックではなく、国産の高級車だった。

客をもてなすように、田村さんは後部席のドアを開けた。あの日のように隣の助手席に座りたかったけれど。

そんな事もあって車の中ではほとんど会話はなかった。田村さんの方から典子の予定、要望を尋ねたぐらいだった。

車は川沿いに開けた町を抜け、山の方に上がっていった。柿の実の残った晩秋の風景の中に、所々鮮やかな紅葉が交じっていたから、きっと眺望のいい所に案内してくれるのだと思った。

曲がりくねった坂を登り切った所で道路脇に車を寄せると、田村さんは何も言わないまま車を降りた。典子も急いで後についていった。田村さんはススキや秋の草が伸びている土手の間を入っていった。そこがどんな所なのか薄々感じてきてはいたが、思わず息を呑んだ。緩い勾配の斜面一面を、ソーラーパネルが整然と埋め尽くしていた。典子は何の事かわからず、のどかな風景の中の異物に、ただ茫然としていた。

横に並んだ典子に田村さんは僅かに顔を向けた。

「四年前まで、薔薇園があった所だよ」

「え……!?」、典子は驚き、目を向けたが、その顔はすぐに戻って、固い横顔だけが見えた。

「花好きの夫婦が趣味で少しばかり大きな薔薇園を作っていたのだが、次第に評判になってね。そこに名古屋の業者が目を付けた。薔薇園を拡張し、レストランからお土産屋まで設け、一大観光地にしようとね」

「……」

「しばらくは人も来てくれたようだったが……」典子を見ずに言った。

「……ここに薔薇園が……」典子は田村さんの沈鬱な横顔にそう呟いたが、暗紫の無機質の光を放っている人工物の広がりに、次の言葉が浮かばなかった。

その時、背後から誰かが駆け寄ってくるのがわかった。野良着の姿や物腰から、この土地の人らしかった。つかつかと寄ってくると、「お宅さんは、このソーラーの会社の人かね？」と、女性は田村さんを見、険のある口調で言った。

「いや……」と田村さんは何故か曖昧に答えた。

「そうかね」と女性は疑わしげな顔を田村さんから典子にも向けた。

「これを設置する時は、年に三度草刈りをし、周囲の清掃もするという約束だったですよ」

「はあ、そうでしたか」

「それが、せいぜい一回、それも申し訳程度」と女性は忌々しげに言うと二人の横に並んできたが、小柄な体はすぐに怖気《おぞけ》るように後退っていった。

「須藤さんの頃には、周り一帯が薔薇の匂いで満たされとったのに」と、こちらにともなく洩らすのが聞こえた。


心なしか項垂れるように車に戻っていく田村さんを追って、典子は後部ではなく、前の助手席に素早く乗り込んだ。驚く表情を見せたが、田村さんは黙ってシートベルトを付け、エンジンを掛けようとした。

「違うんです！」典子は捻じ向けた半身を半ば浮かし、大きく息をついた。

「違うんです、田村さん。私は観光というか……商業的な薔薇園を作ろうとしているのじゃないんです」

田村さんはゆっくりと顔を回した。しばらく典子を見ていたが、何も言わなかった。

――それでは、何故薔薇を？――と訊いてもらいたいと思った。今ならきちんと答えられると。

田村さんは黙ったまま車をターンさせ、来た道を戻っていった。

十年間も挨拶の葉書一枚となく、突然に訪ねた身勝手さに、心証を害されたのでは、と不安になった。多くを説明しなくても、会えば何もかもわかってもらえるつもりでいた。

「それで？……」随分経ってからだった。田村さんは顔を僅かに典子の方に向けた。

「はい」典子は、不安な笑顔を返した。

「薬剤の散布はどうするつもりかね？」横に向けた視線を離さずに、田村さんは訊いた。

典子は二年間技術的な指導を受けた所で、薬剤の調合から、何度か散布の実習もした事など、更に中型の薬剤散布機を用意した事も話していった。

薬剤の散布について田村さんが何より先に問いただした訳は、よくわかっていた。わかっていたと言うより、その事件の衝撃は典子の中に、今も、重い『問い』となって、事あるごとに還ってきた。

カレッジの付属施設として設立された療養所は、若年層のみの、パラノイアや統合失調症といった軽度の精神障害者に限られていた。回復が認められれば聴講生として、大学の授業も受けられた。

薔薇は他の草花と違い四季咲き性を持ち、年間を通じて一連の作業が求められる。その作業は容易なものではないけれど、その積み上げによって得られる開花の喜びは、疾患の改善に効果をもたらす、という考えを推し進めたのは、看護師長でもあった小松さんだった。作業療法の一つとして薔薇の育成が加えられ、三年目にはそれぞれが受け持った薔薇（各二株）の病虫害の処置に本人も加わる、というものになった。と言っても薬剤の管理から散布を実際に行うのは田村造園で、ほんの模擬的程度だったが。

最初の実習は六月の下旬で二番花が咲き始めた頃だった。黒星病やうどんこ病も発生していた。実際の散布は希望者だけで、参加しない者は離れての見学だった。

女性の参加は二人だけだった。典子が用意を整えて向かおうとすると、突然腕を引っ張られた。上着の名札が小寺と読めた。色の白い顔はどこか幼さを残しているのに、細い目が大人びて据わっていた。

「ダメだよ。薬などかけちゃダメだよ」あまりにも突飛で、典子は返答ができなかった。

「こんなもの掛けたら、虫も死んじゃうよ」小寺は典子の腕を強く引いたが、何故か逆らえなかった。「こんなもの掛けちゃ」と小寺は刺すような目を向けてきた。

「ね、そうだよね」ぐっと迫った顔から、抗うつ剤の息が掛かってきた。

「でもそれは……」たじろぐ典子の手から、今度は器具を奪い取ろうとした。

その状況になって典子はやっと声が言葉になった。「ほんの少しの間よ、これで病気から守ってやれるの」

「おかしいよ、こんな物で守るなんて、おかしいよ！」小寺は退かなかった。

その時はすぐに男性の療法士が駆けつけてきてくれて、何事もなかったように騒ぎは収まった。

小寺の言った事は全くの的外れとは思えなかった。その出来事は、今尚、記憶の襞深くに棘のように残っていた。

そして二度目の薬剤散布は、秋薔薇の蕾が膨らんできた九月の終わりだった。当日は何よりも先に小寺の姿を捜した。療法士の間にぞろぞろついてくる者の中に、彼の姿はなかった。ほっと救われる思いになった。

前回より散布を希望する者が多くて、顔を見せた小松さんも嬉しそうだった。

作業が終わり施設に戻る途中だった。後ろの方で叫ぶような奇声が起った。その瞬間、ぞくっとしたものが背筋を走った。

皆がどっと向きを変えた。典子も走り付いていった。

薔薇に向かって水を振り飛ばしている者の姿が前を走る人たちの間に見えた。すぐに小寺だとわかった。

「毒を流せ」小寺はそう叫びながら散水ノズルを振り回していた。

高圧のジェットで放たれた水が、散布されたばかりの薔薇に、狂った生き物のように浴びせかかっていた。怒号が飛び、小寺はこちらに向かってノズルを向けてきた。固まりが乱れると、小寺は面白そうに跳ね、更に滅茶苦茶な放射を続けた。

誰かが栓を閉めた。一瞬、玩具を取り上げられた子供のような顔になったが、押さえようとする療法士を躱《かわ》して逃げ回った。

男の入所者の一人が横から飛び出し、素早い動きで後ろからその襟を摑み上げた。

「何すんだよ、この気狂い！」男は小寺の頭を捻じろうとした。

療法士が左右から押さえ掛かり、どうにか入所者の男を小寺から離した。

「せっかく薬を掛けたのに、何考えているんだ、このイカレガキ！」

「こんなの薬じゃない、臭い毒だ！」と小寺は男に向かって叫んだ。「毒だ毒だ！。ママはいつも言っていた。汚いものは、何でも水で洗い流せって、毒もバイ菌も水で流すのがいいって」

一瞬、シーンとなった。呆気に取られたというか、あまりにも無邪気っぽい言い方だったから。

「ママはいつも言っていた。農薬は毒だって」、小寺は誰もが怯んだと思ったのか、勢い付いて続けた。「ママは農薬を使った物は何も使わなかった。自然の物、有機の物だけだ」

「へ！、そのきれいな物だけ食ってると、おまえのようなクソガキができるんか？」

男はせせら笑いながら、小寺の胸倉を摑もうとしたが、療法士に止められた。それでも男は、前に立ちはだかりわめき続けた。「へ！　有機なんてものの元を正せば鶏の糞だ。その鶏は何を食っている？　この世界には、完全な無農薬、完全な有機なんてものは一パーセントもないんだよ、あったとしてもおまえのノーミソ同様、無意味なんだよ！」

男がはっきりと興奮状態に入ってしまったのがわかった。なだめ離そうとする療法士の手を激しく振り払った。

「おまえのマアマの言う、水も塩素入りだ。どこに純粋なんてものがある。へー！」

噛み付くように開けた口から黄ばんだ歯列がむき出しになった。

「世界は、皆、薬漬けだ。ここの誰もが薬漬けだ。皆、それで生きている。へー！」

男は顔を突き出して、小寺の顔にぺっぺっと唾を吐き続けた。

ほどなく大勢の職員が駆け付けてきた。騒動はそれで終わったと思われた。

しかしそれは本当の悲劇の序章に過ぎなかった。それから二日後、消灯を過ぎた十時半頃だった。

いつにない騒がしさを感じ典子は、眠り掛けたベッドから跳ね起きた。不安に窓を開けると騒然とした人声が飛び込み、薄闇の奥が赤く染まっていた。『火事』という文字が頭を突き抜けていった。消防車のサイレンが次々と反響しながら迫ってきた。

わなわなとへたり込んだ典子の目に爆発音と共に火柱が上がるのが映った。その建物は半分が散布機を含め、園芸資材などの倉庫で、表側は田村さんの現場事務所になっていた。

その火事は、「失火」という事で処理されたと聞いたけれど、誰もがそうは思わなかった。燃え上がる現場で、小寺が万歳をしているのが目撃されたという噂が流れた。

その日を境に小寺も、看護師長の小松さんの姿も見る事がなかった。

「今、施設の薔薇園はどうなっていますか?」典子はためらいつつ尋ねた。

田村さんはちらっと典子を見た。

「施設ではなく学院が直接運営する薔薇園として拡張され、市民には好評だよ」

「そうですか」

田村さんは淡々と言った切りだったが、典子は少し嬉しくなった。

あの薔薇、私が田村さんと初めて植えた薔薇はまだ元気なのだろうか、と思ったが、何故か訊けなかった。

「あの事件の後、あなたのお母様が見えられ、多額の義援をなされたのですが、あなたには口止めされていました」

「え？　母が……」母は、田村さんの所で働く事に心からは賛成ではなかった。――その母が――

しばらく走った後に「ところで内村さんは……」と典子を見やり表情を緩めた。「嫌いなものはなかった、と思ったが？」

「え？……ええ」田村さんの顔を見て、言おうとしている事がわかり、典子は遅ればせに微笑んだ。会ってから初めての笑顔の気がした。

「そろそろ昼飯の時間だ。近くに飛騨牛のいい店があってね」、田村さんは少し目尻を下げた。

「そこでいいかね？」

「ええ、勿論です」、思わず笑顔になった。前にも一度飛騨牛の店に連れていってもらった事があった。その時の表情と同じだった。

田村さんは典子がこれから植え込む薔薇の事を、少し勇んで話しても、あまり喜んではくれなかった。ただ、アプローチの両側に二十株ほどずつ、HT、高芯咲きの薔薇だけを連ねるつもりです、と話した時になって「ほう、それは素晴らしいね」と口元をほころばせた。

食器を下げほどなくコーヒーを運んできたウエイトレスが戻ってから、少しして田村さんはおもむろに話し始めた。

「薔薇の花形について言えば、ロゼットやカップ咲きといった多くは、既にオールドローズの中にその原形が見られる。しかしHTの花芯が高く巻き上がる花様は、ジョゼフィーヌ以後の育種家によって初めて作り上げられたものだ。人が『美』という時の想念を、具象化した形なのだ、と私は思っている」

田村さんは典子にしみじみとした眼差しを向け、少し置いて、続けた。

「薔薇は一重の平咲きから、壁面を覆うつる薔薇、更には着飾った女性たちが、集い談笑するようなフロリバンダなどそれぞれが美しく、趣を持っている。しかし私には高芯咲きと呼ばれるHT系統が一つの完成された美なのだと思える。それは華麗なだけではない。あたかも、ある人を偲ばせるような気品や雰囲気、更には崇高さまでも感じさせる。そのようなものは他の花様にはない」

「ええ、私もHTを見ていると、リルケの詩を思い浮かべます。『この内部に叶う外部がどこにある』という」と典子は言い、顔を赤らめた。

「その通りだ」、田村さんは大きく頷いた。

「HTをアプローチに植えるというのは正解だ。それは一輪一輪、真近で見、味わうべきものだから」

「その言葉を聞いて、とても嬉しいです」、典子は心から湧き立つ喜びを、どうにか抑えた。

田村さんは笑顔を見せて頷き、下顎の辺りを指でさすりながら続けた。

「花芯が巻き上がる作りの薔薇と、他の花形の薔薇を、視覚的作用という点で考えると、収斂と放射という事になるだろうか。つまり渦のように中心に向かって入っていくものと、その反対に外側に広がっていく、という意味だが。HTの花芯の巻いた佇まいは感動だけではない、見る者を造形の妙、美という思索にまで引き込んでいく。一方、他の花形のものはどれも拡散、放射する美しさだと言える。あたかも踊り子のドレスが開くように、人の目を引き付ける。一瞬に心が奪われるほど、華やかで美しいものも多いが、その感動や喜びは、心の外に向かって発露していくものだ。感動の向きが逆だと言える」

田村さんはそう言うと典子から、どこか遠くを見る目になった。

典子はすぐには応答できなかった。ただの造園屋さんとは違う事はわかっていたが、改めてその思いを強くした。そして私は、この田村さんに会いたかったのだと、その時気付いた。

少し置いた後に典子は顔を上げた。

「前にお世話になった時、田村さんはよく年号を口にされていました。一八六七年は初めてHTが誕生した年とか、一九〇〇年はメンデルの法則が評価され、ペルネ・デュシェが完全な黄バラ、ソレイユ・ドールを作出した年とか……。とても勉強になりました」

田村さんは静かな眼差し（眉毛も少し白くなっていた）で典子を見つめ、それから視線を手元に落とした。少しして言った。

「それは、内村さんが学生さんだった事もあるが……ともかくひけらかしと取られなくてよかった」

「ひけらかし、だなんて！」

田村さんは一瞬強い目で典子を見、それからコーヒーカップに手を伸ばした。美濃焼の大振りなカップを眺めるように、静かに話し始めた。

「それは、あなたの為というより、私自身の為だったのだよ」

「……田村さん自身の為……？」

「そう、私自身の」と田村さんは言いコーヒーを口元に寄せた。それからまた自分の中を見つめるような眼で、ゆっくりと二口目を口に入れた。

「フランスのライという町に世界で初めてのバラ園を作ったグラブローは、四十八歳で他の事業から身をひいた。ヨーロッパ最大と言われるバラ園、ドイツのザンガーハウザーを開いたホフマンは、三十四歳できっぱりと会社を手放し、残りの人生を薔薇に捧げた。家業を継いだというだけで、本来天分もない自分は、薔薇という迷宮、美の迷路に、入り込んでしまったのではないかと、よく思う事があった。そんな時、私は、薔薇に人生を賭けた先達《せんだつ》の偉業の年年《としどし》を思い浮かべる。そして、その先にもきっと道はあるはずだと……」

田村さんは独白するようにそう、ぽつぽつと続け、ふと典子の表情に気付いたように言葉を止めた。

「いやぁ、それほど深刻というか、大したもんじゃないんだよ、例えば山で道標を確認するように、まあ、唱えているんだよ、年号を。それが習性になってね」、田村さんは含羞の色を見せて笑った。それからコーヒーカップを手に取ると、窓の外に視線を流した。


広い敷地が日本風の庭園になっていた。遠くには晩秋の色を深める林の中に東屋やベンチがあり、数人の人影が見えていた。手前には瓢箪型の池があり、その周りに植えられた楓には、紅く色づいた葉が残っていた。見ていると風もなさそうなのに紅葉が一枚二枚、ひらひらと続き落ちていった。

ふと見ると田村さんの横顔には先ほど見せた笑みの名残りはなく、深い寂寥の陰がひいていた。

「田村さん、それって……」胸に増してくるものに堪《た》えられなくなって、声を出していた。

「それって、新しい薔薇を試されているって事ですね」

田村さんの顔に一瞬、虚を衝かれたような驚きが見えた。

「それって」、身を乗り出すようにして続けた。「新しい薔薇を作出しようと苦心されているという事ですね？」

「どうしてそう思うのかね？」田村さんは、じっと典子を見つめていた後に、怪しむ顔で訊いた。

「思い描く薔薇は、『野の花のように強く、サアディーの詩のように味わい深い薔薇』と、言われていましたから」

「……あなたは、そんな事も忘れずにいた？」

田村さんは参ったな、という顔で言ったが、典子は初めて、あなたと呼ばれた事に、大人の自分を認められたような嬉しさを感じた。

「ええ、その他の話からも、きっとそうなのだと」、典子は微笑の目を向けた。

「そうか、悟られていたか……」、田村さんは白いものの交じった強そうな髪を撫で笑った。

少しして言った。

「もう隠す事もないから白状しよう。年数だけは掛けてきた。二十年近くも」

「二十年！」

　薔薇の育種について典子は園芸の本などでごく基本的な事を知っているに過ぎなかった。交配した種を何万粒と蒔き、発芽、開花した物を選抜し、更に五年から八年も畑で育成し、耐候性や耐病性を調べ、選択していく、というほどの。それでも二十年なら、数種の新しい薔薇、田村さんの薔薇ができているはず、と頭の中で思った。

「どんな薔薇ですか？」と典子は目を輝かせ尋ねた。「田村さんの薔薇は？」

田村さんの顔に一瞬苦悶の色が浮かんだ。おもむろに唇が動いた。

「内村さん、私が求めてきたのは……一般に毎年新種として売り出されるような薔薇ではないのだよ」

「え！」意味がわからず、ただ丸くなった目を向けた。

「そのような事で言えば、この岐阜には、ユニークな雰囲気を持った薔薇を、世に出している女性の作出家がいる。彼女の他にも日本の伝統を表現しようとする個性的な作出家や、風土に合ったものを作ろうとする若い園芸家も少なくない」

「ええ」、典子は田村さんの指している人たちが思い当たり、小さく頷いた。

「それでは……どんな？」と典子は思わず沸き上がる興味に、テーブルに乗せた両手を握りしめた。

「咲かない薔薇だよ」据える目で言った。

「咲かない薔薇！……」啞然として次の言葉が出なかった。

「まあ、正しく言えば……」田村さんは典子の驚きに、ニンマリとした顔になった。「春と秋だけに咲く薔薇。春秋咲きの薔薇、と言えばいいかな」

「春秋咲き？……」

返り咲きという薔薇は知っていたが、春秋咲きというのは、言葉すら初めてだった。

「知ってはいると思うけれど、フランス、メイアン社のある町の緯度は北緯四十四度にあたる。日本では知床半島の羅臼とほぼ同じだ。ロンドンともなると稚内よりもずうっと北、サハリンに並ぶ。海流の影響もあり同じく比較はできないが、問題は気温と降水量の決定的な違いだ。パリの夏と東京の夏では五、六度、ロンドンとは十度近く違う。日本で販売されている薔薇の多くは海外のそういう所で作出されたものだ」

「ええ」典子はただ頷いた。それほどの緯度の開きも気象の差も思ってみた事がなかった。

「しかし高温多湿の日本では、五月の初薔薇の後も、四、五十日で何度も花をつけていく。四季咲き性を組み込まれた薔薇は、酷暑の真夏でも花を咲かそうとする。その健気さには胸をつかれるが、その姿は哀れ、としかと言いようがない。薔薇は言わばプリマの花、あらゆる花の中のプリマなのだよ。咲くべきシーンがあるのだ」

田村さんは諄々《じゅんじゅん》とした口調でそう続けると、典子のコーヒーカップに目を向け「お替わりは？」と訊いた。

「ええ、頂きます。コーヒーもおいしいけれど、この器も素敵ですね」典子は微笑を向けた。

「それはよかった。こんな話はせめていいコーヒーでもないと。実は、こんな事を話すのはあなたが初めてだ」

「こんな話だなんて……とても為になる話です」典子は言い、居住まいを正して田村さんを見た。

「私、わかったんです。何故、田村さんに会いたくなったのか」

田村さんはしばらく典子を見つめていたが「ここのクルミを使ったチーズケーキも評判いいんだよ」とにこやかな顔になり、手を上げ給仕を呼んだ。

スーツの上に藍染めの袖なしを羽織った年配の男が、にこやかな顔で席に寄ってきた。田村さんの方にくだけた挨拶をしてから、男は典子の方に丁重な会釈を向けてきた。

「この店のご当主、残念ながら花より石の方が好きな人だ」と田村さんは笑いながら言った。

――確かに店の入口の横にはヒスイの大きな原石があった――

ご当主が再び会釈し、笑みを含んだ興味深げな目を典子に注いだ。

「昔、私の所でアルバイトをしてくれてた人だよ」田村さんはご当主を制するように言いチーズケーキとお土産用にと、燻製のジャッキーを頼んだ。

当主の姿が柱の陰に消え、しばらくして続けた。

「七月、八月の薔薇について言えば、気が滅入るとしか言いようがない。身を傷めながら、尚も懸命に咲こうとする蕾を、もぎ取っていく訳だから……」

「ええ」、典子は頷き、テーブルに顔を落とした。秋バラに向けて、夏に休ませる為のその作業を、典子も体験していた――何度摘み取られても、ステムもなく蕾を付けていく薔薇……――

典子は俯けていた顔をそろりと起こした。

「それで……」、小声で聞いた。「その春秋咲きの薔薇は？」

田村さんは典子に向けた目を、仰ぐように天井に向けた。少し置いて話し始めた。

「素人の浅はかさ、というか、初めは軽く考えていた。やっている内に目星が付くだろうと……」これまで、時折感じた重苦しさはなく、淡々とした言い方だった。

「ハイブリットパーペチュアルと言われる返り咲き性のものに、より確かな秋咲き性を持たすまでは、何とか辿り着いた。しかしどれも世に問うほどの安定性も魅力も乏しい。その内、基本的な間違いを犯しているのではないかと迷いが入ってね。まあ、素人の弱い所だ」

田村さんは、言った事自体も笑い飛ばそうとするように呵々と声を立てたが、すぐに尻すぼみになった。

典子は何も言えず、目をどこに向けたらいいのか迷った。田村さんはコーヒーカップを手に取ったが、少し口を付けただけで、窓の外の方に目を流した。

陽が山陰に入ったのか、広い庭園には、築山や樹木の影が片側に伸びていた。それまでの鮮やかな黄や紅色の残っていた景色が、不意に寂しさを増したように思えた。

「……でも……」と典子は居たたまれない気持ちになって、声を出したが、後に何を続ければいいのかわからなかった。

典子の心中が伝わったように田村さんは顔を戻した。

「まあ、そんな事でまだ迷宮の中だけれど、最近ヒントというか閃いた事があってね、時間が許す限りそれをやってみようと思ってね……」と豪気そうに言ったけれど、そこにはどこか、田村さんらしくないものを感じた。

長い沈黙の後に田村さんは言った。

「名古屋大学の先生の話で聞いた事なのだが、四季咲き性の元となった（オールド・ブラッシュ）は、元々一季咲きの突然変異であり、その遺伝子を特定できた、という事だった」

「一季咲きの突然変異！　知りませんでした」

「何故そのような事が起きたのか」、田村さんは典子を見つめ、自問するように言った。

「神のみぞ、知る、という事なのか？」

「え？　ええ！」典子は応《こた》えようがなかった。

DNAというような言葉は、よく目にするけれども、薔薇でもそのような研究が進んでいる事にかすかな驚きを感じた。

「その先生の話からすると、そう遠くない将来、バラの育種も、分子遺伝学や人工知能を応用して行われるかもしれない」

「人工知能？」それはもう私の思う薔薇とは、別のもののような気がした。

「そうなれば、もっと季節を感知する賢い薔薇、春と秋だけに咲く薔薇もできてくるかもしれない」、田村さんはそう言い、外の方に遠い目を向けた。

「そうなるでしょうか？」と典子は半信半疑で訊いた。

田村さんはゆっくりと典子に顔を戻した。その目におどけるような笑みを浮かべ言った。

「薔薇は人を虜にしながら、その命運を従順なほど、人に委ねてきた。それでいて、少しもその棘をなくそうとはしない。きっと新種の薔薇にも棘は残るだろうね」

「ええ、そうですね」と典子は思わず釣られて微笑んだ。


芝庭を回りながら典子は昨日の事のように思い出す。

田村さんとの再会は懐かしい事や楽しい事ばかりではなかった。寧ろ、少しずつ重いものを渡された気がする。記憶の中で温め、呼び掛けてきた田村さんの、実はごく一部しか知らなかったのだ。


それから田村さんはちらっと腕時計を見、その目を、――それではこの辺で――と言うように典子に向けた。その時、説明がつかないもの、これで別れたらもう田村さんの話は聞けなくなってしまうという不安が、心をよぎった。

典子はまだ薔薇の話をもっと続けてくれるよう頼んだ。

「サブローザ（秘密）の話を、誰にも洩らしたりしませんから」と、わざとおどけるように加えて。

田村さんは、しばらく典子を見つめた後、「サブローザか、参ったな」と苦笑いを浮かべた。

「まあこんな話、興味を持ってくれるのも、あなたぐらいだろうし」と表情を戻した。

「園芸や造園などに全く関心がなかったが、父親が倒れ、仕方なく家業を継ぐ事になったのだ」と田村さんは話し始めた。

あまりの意外さに驚くと共に、そのような打ち明け話をしてもらえる事に胸が熱くなった。

「薔薇のバも知らなかったし、正直、興味も起きなかった」と田村さんはこちらを見、言うと、その眼差しはどこか遠くに向かうように動いていった。

「何年かして隣町に大型の商業施設ができ、そこの外構を請け負う事になった。車を置き現場に向かう途中に、少し瀟洒な作りの家があってね……。それでもよく見ると下見板の白いペイントも色褪せ、かなりの年数を感じさせた。その前の小さな庭に、いつも婆さんの姿があった。たいてい背中をこちらにして何かボソボソ言っていたが、その内それが独り言だと気付いた。白くなった髪は櫛を入れているようにも見えなかった。まあ、私は痴呆というか、呆《ぼ》けの入った老女ぐらいに思っていた」

「ええ」、典子は何か物語が始まる予感がして、小さく頷いた。

「そんなある日、午後から天気が急変し激しい雨になった。作業が打ち切りになって戻る途中、思わず目をとられた。その小さな庭に幾つもの色とりどりの傘が開いていた。見ると、その老女はずぶ濡れになりながら、陰の方で大きな鉢を動かそうとしていた。私は思わず駆け寄り、それを軒下に移してやった。

『あっ、あなた来てくれたのね！　間に合ったわ！　ほら！』と老女は傘を差した鉢の方を指した。老女は明らかに誰かと勘違いしていて、バラの咲き具合などを喋り始めたが、私は適当に頷き他の鉢も移動してやった。

翌朝、私は庭にいた老女に声を掛けてみた。怪訝な顔で私を見たが、昨日の事は何も覚えていないようだった。それからはよく呼び止められて、庭中、所狭しと並んだ薔薇の話を何度も聞かされる事となった」

田村さんはそこまで話すと、少しニヤリとして典子を見つめた。予感がはっきりと確かなものになっていくのを感じ、典子は、思わず背筋を立てた。

「正直なところ、その時にも、私は薔薇に興味を持ったというより、意地悪に呆け度を試すぐらいのつもりだった。老女が言った事をしっかりと頭に入れ、『これは？　あれは？』と逆に質問してやった。すると全て正確で、一度の間違いも、おかしなところもなかった」

田村さんは追懐するように何度か頷きながら、いかにもおかしくてたまらないといった顔で続けた。

「その内、老女がまごついたりすると先に言ってやってね。『(芳純《ほうじゅん》)という名ですね、鈴木省三とかいう人の』『ええ、そう。日本のバラの父と呼ばれる人よ。あなたもバラが好きなのね。ほら、これ知っている？』老女は私が動かした大鉢に寄っていく。『とても古いバラよ、昔は（日光）と呼ばれていたらしいの。ほら、宮沢賢治、アメニモマケズの、あの宮沢賢治が好きだったそうよ』。『ええ、（グルス・アン・テプリッツ）とも呼ばれているドイツのバラ』『そうそう！　よくご存じね。夫が何度も挿し木をして守ってきたものなの。これらのバラ全てが、夫が私の為に求めてくれたものよ。数学の先生だったの。退職した後はバラの守り人になったの。初めは私の歓心を買う為のようだったけれど、やっと気付いていったのよ、バラの奥深さに……』と老女は、若い娘のようなチャーミングな笑みを作るのだよ」

田村さんはそう、ひとしきり笑い顔で話すと、懐かしむような眼差しを外の方に向けた。田村さんのこんな温かい話、初めてだと思った。予想もしない打ち明け話も、自分が認められている証なのだと、胸がいっぱいになっていった。

典子も手前の池の方に思いに溢れた目を、見るともなく移した。女の子が池の鯉を覗こうとして端に寄るのを、父親が背中のフードをさっと摑んだ。五、六歳だろうか、その手に余るほどの紅葉が握られている。

大切な薔薇に傘を差す老女、田村さんとのやり取り、古典と呼ばれるような薔薇、それらが、たゆたうように典子の中で像を結んでいった。それらの薔薇にいつか会う事があるだろうか、その庭はその後どうしただろうかと思い、田村さんの方に目が移った。

ほとんど同時に田村さんの顔も動いた。

「まあ、それが薔薇と出会ったというか、関心を持つようになったきっかけ、という事だ」

「田村さん、それって!!」典子は胸に合わせた両手を思わず握りしめた。

「きっと運命的な出会いなのだと思います」

「……そう思うかね?」田村さんは微笑みを浮かべ「おそらくあなたの薔薇の出会いに比べれば、たわいもないものだと思うが……」と静かな眼差しを向けた。

——はっと息を呑んだ——何故か自分でも気付いていない何かを、指摘された気がした。

「いいえ、そんな事……」と典子はどうにか笑みを作った。


庭を巡っていた典子の足はそこで、はたと止まる。

典子の中に田村さんは呼びかける対象として常にあるけれども、いつもは「遅咲きのノヴァーリスが咲き始めました」とか「アイスバーグにシュートが出ました」といった日々の報告のようなものだったし、こんなに遅くライトを点けてまで庭を巡ることはなかった。

しかし今日は茉莉が来ていた。

——夢のような宴——

いつにない心の弾《はず》みが、その日以来遠ざけてきた過去にまで典子を揺れ戻していった。

——ああ田村さん——声ともつかないものが、迫り上がってくる波音に呑まれていく。

ほんの一日に、何年もの空白を埋め尽くしていくような田村さんとの邂逅。とても言葉にならず、ただ胸に溢れてくるばかりの田村さんと過ごした時。そこに、たった一つの、悔いが影を差していく。

——ああ……——田村さん、あの時、私、本当は話したかった。打ち明けたかった。

東海北陸自動車道の関インターに入った頃は、うっすらと暗み始めていた。その店を出た後、田村さんは関という町の刃物屋さんに連れて行ってくれた。そこで和鋼で打ったという剪定鋏を買ってくれたのだった。典子は改めてお礼を言った。

「関市は鎌倉の頃から、刀鍛冶で知られていてね。使い込むほどに違いがわかってくる」

「私などにはホームセンターの物で十分と思っていました」

「薔薇を二百も植える人にはそれなりの物が必要だと私は思うが」と田村さんは口元を綻ばせた。

「ところで内村さん……」と、田村さんはごく自然に、忘れていた事を思い出したという顔を向けた。

「あなたの薔薇との出会いは？」

「えっ……はい」

その瞬間、頭の回路に電気が走ったように、典子自身意識もしなかった事が、脳裏につながっていった。施設での初めての作業療法の時、何故、引き付けられるように薔薇に向かっていたのか？　何故あれほど、薔薇にこだわったのかが。

「ええ……」、考えるように曖昧な返事を返した。

「子供の頃から薔薇は身近にありましたから。山手の教会とか、港の見える丘公園とか……」

それは嘘ではなかった。けれどもそれはただ、眺めただけだった。

田村さんの目は、『出会いは？』と訊いていた。

「そうか……」田村さんは怪しみ、落胆したように目を落としたが「横浜育ちだったな、日本で初めて洋バラが商われた所だ」と言うと中央のカーナビに手を伸ばした。オーディオに切り替えると、ごく低く音楽を流した。

それは――そうか、わかった。その話はもう終わりだ――と言っているようで、激しく揺れる心に、悲しみが加わっていった。居た堪れないまま外に目を向けた。バックミラーに薄茜の空が次第に遠のき、グレーの闇が広がっていくのが映っていった。

田村さんと会える事が決まった日から、典子は話す事を頭の中で想定していた。『何故バラを？』と再び問われるかもしれない。初めて療養所で会った時、答えられなかった事。今は答えられる。＝薔薇は祈り、薔薇は救い＝と。母の死、ジェルソミーナの再生の事を話すつもりだった。それが私を薔薇に向かわせたのだから。しかし、省みればそれらは、後付けの理由だった。

田村さんはもっと違う事、あの時、私を、薔薇へと動かしたものを訊いていた。

『あなたと薔薇の出会いは……？』。

それは、バラを薔薇と、意識した時の事。

「マリ、何考えている？」マリは顎までを湯につけ、鼻先を赤いバラにくっつけていた。

「ん？……なんも」

「嘘！ ずうっと考える顔になっていた」

マリは典子の方に顔を向けた。とろんとした目で言った。「こんなバラに包まれる毎日って、いいだろうな、と思っていた」

その時はっきりと悟った、電撃のように。マリはいつか、私の前からいなくなると。

その瞬間、強張りついた体から、何かが、私を弾ませていた何かが、抜けていった。開いた眼だけが、薔薇の香りにうっとりとなったマリを焼き付けていた。

「何て言えばいい？　この香り」、マリの声が耳をすり抜けていった。

——マリの心を奪ったバラ……あの時……。あの時が、私にとって薔薇が、特別なものになった日——。

恐れが典子を揺さぶっていった。田村さんに本当の事を話せば……それにはマリへの想いを告白しなければならない。

こんないい旅の最後に——その事は明かしてはならない、田村さんは、母の事もよく知っているはず。そんな人を驚かし、ただ、困らすだけ。それは私の中だけの事。

落ち着かなければ……典子は腿を強く両手で押さえた。

「この先が、事故で渋滞のようだね」

その言葉に、典子は、はっと我に返った。

前方に目を上げると、かなり先から赤いテールランプの列がびっしりと続いている。

「それじゃ、下に降りてみるか」、田村さんは唇をぐっと結んだ顔を典子に向けた。「少し遠回りだが、そう違わない」

「はい」典子は小さく頷いた。

駅の中心地に車が入ったのがわかった。こうして隣に座っていられるのも、あと少しなのだと思った。

――もう、しばらくは会えない……でも、きっとまたお会いできる。その時には……――

別れの感傷の中に、何故か胸騒ぎが交じっていた。不安なもの、それが何なのかわからなかったが、典子自身、思ってもいなかった事を口にしていた。

「田村さん」、典子はぐっと体を回し向けた。

「……」田村さんは考え事をしていたらしく、――え？ 何？――と怪訝そうな顔を向けた。

「前の時に、軽トラの中で言っていたフレーズ。『薔薇は 神が作り賜いしもの 我らが求め得しは その幻』って、それは……？」

「え、いや……」、まさか、というような驚愕に、戸惑う表情が重なった。

「そんな事までも覚えていた!?」

「はい、とても気になって日記にも書き留めていましたから」

「いやあ、参ったね」と田村さんは笑うように言ったが、すぐに神妙な表情に返った。「ウンベルト・エーコという人の『薔薇の名前』という小説の末尾の言葉でね」

「そうなんですか」、少し気落ちして言った。「薔薇は……？」と典子は横顔に訊ねた。「どう描かれているのですか？」

「いや、薔薇はあまり出てこない。薔薇は……」と田村さんは曖昧に濁したきり何故か口ごもった。

渋滞が激しくなり、前の数台が動いただけで信号が赤に変わった。田村さんはまっすぐに前を見たまま、言った。

「その成句、あなたが記憶していた言葉の、上の句は出ていた通りだが、下の句の方は、私が勝手に作ったものだ」

「……『求め得しはその幻』というフレーズが、ですか？」

典子を見、頷いた。

「記憶に残っていた言葉が、私の中の薔薇と結び付き、いつかそんな独り言になった、という事かな。それほどの意味はない」

「でも……幻って？」、躊躇いつつ尋ねた。「薔薇がまぼろし……ですか？」

田村さんはしばらく典子を見ていたが、何も答えなかった。前の車が少し動いた、ゆっくりと車間を詰めていった。動きが止まり厚めの唇が僅かに開いた。

「薔薇は……幻ではない」と呟いたが、前方を見据えたまま数秒の間があった。

そばだてた典子の耳に「幻が、我々なのだ」と言うのがはっきりと聞き取れた。

強く断言した訳ではなかった。思った事を、そう自分に言い聞かすようでもあったけれど……。

典子は何も話す事ができず、顔を向ける事も、できなかった。

渋滞は更に激しくなり数台も車は進まなかった。信号だけが変わり話の接ぎ穂もないまま重苦しい沈黙が続いた。

「パリには行った事があるかね？」

不意の事に、言われている事がすぐにはわからなかった。

「……え？　はい、一度だけですが」かなり後になって答えた。

「それじゃオランジュリー美術館へも？」

街頭の光にこちらに向けた田村さんの顔がはっきり見えた。それには先ほどの鬱屈とした気配は全く見えなかった。いつもの田村さんの揺るぎない深い眼差しに救われ、自然と笑みが浮かんだ。

「どうだったかね？」、田村さんは目元を興味深げに細めた。

「ええ、驚きました」と典子は正直に答えた。「あまりの大きさに」

「まあ、あそこはモネの為のギャラリーだからね」と田村さんは笑みを見せたが、すぐに改める表情になった。

「誰もが知っているようにモネは睡蓮の池に移ろっていく光を、朝のきらめきから暮れ残る光、或いは風に揺れる水面の揺らめきまでも、キャンバスに留めようとした。確かに人はその一瞬一瞬が、いかに美しいものかを教えられる」

——しかし、どうだろう?——と田村さんは問い掛ける目で、典子を見た。

「感動する、と言っても実体験する訳ではない。頭で見ているのだ、と言ったら怒られるかもしれないが、それはそこに在ったモネだけが、全身で感じたものだ」

「ええ……」、典子はあまりに突飛な話に、ただ頷いた。

「一方、薔薇は、我々がわが庭で育てている薔薇は、どうだろうか?」、田村さんはちらっとこちらに顔を向けた。

「つっかけで庭に降りると、早朝なら花弁《はなびら》に結んだ朝露が玉のように耀き、夕暮れには日の名残りを包むかのように、幾枚もの花輪《かりん》の内が、灯《とも》り色に明るんでいるのを目にする。その一瞬、一瞬に誰もが、言葉にならないものに打たれ、立ち尽くす事だろう。己が目の前の光景が何にも増して神々しいものと実感する時だと言える」

「ええ、私もそう思います」、自然に笑顔が戻った。話の筋が少しわかった気がした。

「その光景は額に飾られたものでも、誰彼の評価を受け、ギャラリーに収まったものでもないが、私には何よりも確かなものに思える」

「……ええ……」、典子はただ、頷いた。

少しして田村さんはまた、話し出したが、今度はこちらを見なかった。

「言うまでもない事だが、人は美しいものや感動した事を、ずうっと何かしらの形に留めおきたい、と思うものだ。多くの創作活動はそれがモチーフになっていると言える」

そこまで言い、田村さんは典子の方に顔を向けた。

「ええ、そうだと思います」

「それでは薔薇作りはどうだろうか？」

「……」、再び突飛な話に思わず見つめ返した。

「薔薇はいずれ形もなく散りゆくもの、薔薇作りにその思いが叶う事はない。おそらく他のどんな創作活動にも劣らないほどの、労力や時間を費やしているのに」

「ええ……でも……」と典子は口籠った。

——薔薇作りを創作とかそんなふうに思う人は誰もいないはず。育種家は別として——

疑問に顔を上げると、田村さんはこちらを見透かしたような笑みを、目元に寄せた。

「その通り、ロザリアンの誰も、初めからそんな事は念頭にないのだ」

「ええ？」、同じ所をぐるっと回らされたように、またわからなくなった。

田村さんは、ちらっと、こちらを見てから、目を前に戻し続けた。

「ただ、ひと時、ただ、美しいものをこの地上に咲かす。いずれ散りゆくにしても……。

それは薔薇だけに限らない。牡丹にしろ菊にしろ、その無償の営みを何と言えばよいのか、未《いま》だに思いつかない。その為には一年を通しての労苦も厭わない、それでいてそこには執着も、過剰な思い入れもない。……私にはそれはいさぎよい、何よりも純粋な営為に思える」

田村さんはそこまでを自分の中で咀嚼するかのようにゆっくりと話すと、窺うような眼差しを、こちらに向けた。

「実は市民大学でレクチャーを頼まれてね。いつものバラのノウハウだけでは、と思い今回は少し趣向を変えてみたのだ。世界に八種と言われるバラの原種から現代バラまでの流れを、エピソードを交えて話していくと、反応が即座に伝わってきてね……赤のＨＴ（イングリッド・バーグマン）なら主演映画、『カサブランカ』や『ガス燈』など映画の話、香りのいい（ナエマ）ならバラの香水から、その産地、グラースという町の皮製品から香水への変遷など、ありったけの知識を総ざらいしてね……」

田村さんはそこで、シャイというか、人柄を表すような照れ笑いを見せた。暖かなもの、信じられるものが、さっと胸に広がっていくような気がした。そのレクチャーを聴いてみたかったたと思った。

「しかしその多くは他から学んだもの、まあ、受け売りのようなものでしかない」田村さんはそう言うと、ちらっと向けた視線を下目に落とした。少しして、言った。

「最後の締め括りに、さっきあなたに話した事、これまで多くのロザリアンと接して、常々思ってきた事を『薔薇迷想』というか……モネの話に続けてみたのだけれど、そこで、皆、シーンとなってしまってね」

田村さんはそう言い終えると、苦笑の退いていく顔をおもむろにこちらに向けた。

——田村さんは、やはり、田村さんなのだ——そう思いながらも、典子はどう応じればいいのかわからず、ただ、唇を凹めた。

言葉の見つからない大きなものに揺られ、頭も気持ちも整理がつかなかった。今いるところが車の中ではなく別個な空間のように思えた。田村さんも、薔薇の夢も、すべてを渾然と凝縮した大きなカプセルの中のような。何かの酔いに似たものを感じ、典子は外に目を移した。

人の賑わう明るいばかりの街は、現実の情景ではなくあたかもスクリーンに映されているもののように流れていった。


——ああ、田村さん、わかっていたのですね——

庭を巡っていた典子は崩れるように膝をついた。

——全てを予感していたのですね。あの時に、もう会える事はないと——

勝浦の住所宛に、田村さんの死の知らせが届いたのは、その僅か半年後だった。型通りの訃報には、故人の遺志で身内だけの葬儀を済ませ、後日の通知になった事が記されていた。喪主は奥様になっていた。数度、会った事はあったが挨拶ほどで、話した事はなかった。末尾に短い添え書きがあった。

＝故人は家では無口な人でしたが、あなたの事はよく話してくれました。

「バラ娘が、フローラの使徒になって戻ってきた」と嬉しそうでした。

いつかそちらにも伺えるのを楽しみにしているようでしたけれど。

それから業務日誌に珍しくこんな句がありました。

『薔薇ひらく　幻の世の　うつつとも』

「田村さん、あの時、本当は打ち明けたかった。聞いてもらいたかった。薔薇は私の大好きな人の、心を奪った花だったの……。だから……私……」

田村さんならきっとわかってくれたわ。

『ほう！』と髭あとの残った顎を撫でて、『薔薇は愛する人の為の花だからな』と。

「でも田村さん、あなたはもういない。もう話せる人もいないわ――」

夜気に濡れた芝の感触が額を伝った。

「はっ！」と顔を起こすと、中空の薄く色づいているような闇を見つめた。

典子は膝立ちに体を上げ、闇に話しかけた。

「ああ、田村さん、私の声聞こえますね？　あのレクチャーの話……あのお話、あれは私へのエールだったのですね。これから薔薇を始める私に。……いいえ、全てのロザリアンに」

その時は難解で、田村さんの哲学のようにも思えた話だったけれど、それを咀嚼するには、幾度も薔薇床をたがやすまでの時間が必要だったのだ。

「今はわかるわ、薔薇はキレイ！　カワイイ！　だけでは続かないもの、しっかりしたものがないと……。それから田村さん、薔薇を育てて初めて気付いた事、それは薔薇の味わいというのは、花の時ばかりではないという事。……冬剪定された薔薇の素描のような簡潔な姿。春薔薇の伝令のように、裸木に出てくる希望の芽。それから吹き出してくる新葉の、それぞれ異なる色合い、きりがないほど。今はそれらの事がとてもよくわかるわ」

「でも田村さん……この頃わかってきた事、きっと一番大切な事……そこから聞いてもらいますね。…それは……薔薇を守る事は、私が、私になる事なのだ、と」

あれから八年近くも過ぎたけれど、それは私にとってきっと必要な時間だったのだ、と典子は自分に語り掛ける。

「マリ……茉莉さんとの巡り合いも、マリア様は十分な頃合いを見て、取り計らってくれたのだわ。それは奇蹟としか言いようがないもの」

「マリはあの頃と変わらない。何も気付いていない。素振りも感じられないもの……。それでいいの、来てくれただけで……いいの」

頭の中で独り言を続けた典子は、ふぅーと足を止める。闇をまとっている薔薇の先に目が向く。テラスからこぼれている淡い光に顔だけがほの白く浮かぶ。唇が動いているふうもないのに、声が低く洩れる。

「大丈夫よ、お母様、わかってるわ。マリは茉莉。私は私だという事。もう、自分を見失ったりしないわ。私には薔薇があるもの。今日は突然だったけれど、取り乱したり、何ひとつ、しくじったりしていないもの。大丈夫よ、何も心配なさらないで」

「今頃は、きっとお風呂で寛いでいるわ。ゴージャスにしたわ。大切なお客様ですもの。言い付け通りよ、お母様」

あるかなきかの笑みが、白い顔に顕れる。


しばらく収まっていた風が、不意に強さを増していった。葉叢が次々にざわめき、闇の底で何かが蠢く気配がした。典子は思わず後退《あとじさ》った。

腕を抱き体を強張らせていた典子は、ふと顔を上げた。風の音ではない、微かなエンジン音が耳に入ってきた。小さなピンポン玉ほどの緑と赤の光が、真上から北の方角に動いていった。

――明日には、茉莉はもう機上の人となる。私の知らない遠い所へ――

おろおろと典子は、テラスの方に向かっていった。背後の暗い森で、キョンの鋭い悲鳴が立ったが、典子の耳には入らなかった。

浴室の茉莉

典子は、お風呂を用意したから、と言っていたが、湯に浸かりたいという気持ちは起きなかった。心の奥がまだ騒いでいた。寧ろ、さっとシャワーだけで、飲み直したい気分だった。

パールホワイトのバスタブは、よくある長方形ではなく、手前側が波型の曲線を描いていた。二人がゆったりと向き合って入れる大きさだった。

フタの中央が少し開いていた。茉莉は一気に全てのフタを、退けていった。

なみなみと張られた湯面を埋めて、薔薇がぷかぷかと浮かんでいる。

――ノリ！……これは一体……何なの？……歓迎のバラ風呂のつもり？……――。

広い湯面を薔薇はかすかに揺れていた。色彩の繚乱とは、おそらくこの事を言うのだろうと思った。

「バラ風呂……」、しばらく湯面を睨んでいた茉莉の口を衝いたものは、呪文となり、瞬時に過去を呼び起こしていった。

――でも、あの時は赤と白のバラだけ……。

ふと、茉莉はこのコラージュの中に、何かのメッセージ、隠された意味でもあるのかもと思ったが、すぐに打ち消した。——女学生の頃ならまだしも……——。

茉莉は湯面を見つめながら、ショーツを膝ほどに下げると、無意識にそれを足で蹴り脱いでいった。女学校の終わり頃まで、そうしていたように。

——あの時も典子は変な遊びを思いついた……——。フラッシュとなって続いてくる過去を頭で追いながら、後手にブラを外すと、それも中から籠に向けて放った。

『マリ、いい？　今度は赤いバラは私よ。マリは白バラをすくうの』浴場の壁に反響した典子の声が、耳朶の奥に響《とよ》んだ。

二人だけの旅をしたのは、それが初めてだった（それが最後にもなったが）。高等部の二年生の秋、十七歳の誕生日後だった。

「叔母様から電話があったの。『来年からは受験課程に入るから、今の内に英気を養いに来なさい』って。土肥でペンションをやっているの」と典子はいつもより早口になって言った。「ね、泊まりに行かない？」

「トイってどこ？」

「西伊豆。富士山も見えるし、裏山に温泉も出ているの」

茉莉は即座に頷いた。東京に来てからは、学校の行事以外、旅行というものをした事がなかった。両親ともビジネスに忙しく、娘たちと過ごす事など、もはや時間の無駄と思っているらしかった。

ペンションは、遠くに駿河湾を望む山腹にあった。カントリーふうの二階建てで、すっきりとしたデザインだった。三方を囲む樹木の緑に、破風や外壁の白が眩しいほど映えていた。

午前中は近くを散歩したり、ツインのイヤホンで同じ音楽を聴きながら、部屋でゴロゴロして過ごした。昼食の後は三時近くまでテニスに興じた。興じた、というのは真面目な練習ではなく、どちらかが何かを言い出すとラリーは中断、お喋りになるという具合だった。ともかく午後の三時頃からは、連日温泉タイムになった。

初日は、――こんな明るいうちから、年寄りじみている――と思ったが、すぐにとびっきりの贅沢だと思うようになった。

宿のチェックインは午後の四時からで連泊の客もなく、広い浴槽が二人だけのものになった。近くの源泉からひかれた温泉が縁から溢れ、白いタイルの床に、シルクのレースを広げていくように流れていた。

三日目の最後の日だった。

「マリ、ちょっと来て」と典子は脱衣場のロッカーに着替えを押し込むと、目を輝かせて言った。それは何か面白いアイデアが浮かんだ時の表情だった。まあ、いつも大したものではなかったが。

「こっちよ」と言うなり、浴室から出て、廊下をホールとは反対の方に向かっていった。突き当った所で曲がると、短い階段の下に、出入り口らしい扉があった。

「マリ、いい？」と薄暗い中で真剣そうな顔がこっちを向いた。

「いいけど、何をするわけ？」

「すぐわかるわ」と典子は悪戯っぽく、ちょっと笑った。

駐車場を横切り、前の斜面に斜めに刻まれた階段を典子は降りていった。その下はそう広くはないけれど展望庭園になっていた。前側の樹木が切り払われ、遠い下方に駿河湾が望めた。白いベンチがあり、回りに秋の花が植えられていた。

「マリはどっちが好き？」と典子は庭園の右側と左の端を目で指した。両側には、それぞれ人の背丈ほどの赤いバラと白いバラが花をつけていた。

「私は赤だけど……」

「そうよね」、典子は——そうだと思った——と言うような目で唇に笑みを作った。

「何！ 取っちゃっていいの？」と茉莉は典子が花を摘み取ったのに驚いて言った。

「いいの、大丈夫よ」そう応じたけれど、声が少し弱々しかった。

「叔母様は怒らないわ。でも裏側の方だけ取るの、蕾はダメよ、開いたのだけ」と典子は言い、手本を示すように左腕を水平に胸の下に付け、そこに摘んだ白いバラを乗せていった。

階段をそろりと昇り、裏口に向かい掛けた時だった。思わぬ所から、叔母様の声がした。

「おや？　まあ」

下ばかり見ていたから、全く気付かなかった。

「バラ風呂かしら？」と二人をしげしげと眺めこちらに歩み寄ってきた。「粋な企みです事！」、裁断を下すような物言いだったが、目が笑っていた。

「ええ、叔母様、ごめんなさい。お許しを得ずに……」と神妙な甘え声で典子は言った。

「いいのよ、いずれ散ってしまうものですもの」、叔母様は慈しむ眼差しを典子から茉莉にも向けた。「薔薇も幸せよ、二人に摘まれて」

「スミマセン」、茉莉もペコリと頭を下げたが、その拍子に、一輪が前腕から落ちていった。

拾おうと窮屈に膝を曲げた茉莉よりも、叔母様の方が早かった。

「茉莉さんには赤い薔薇がとてもお似合いね」叔母様は拾ったバラと見比べるように見、言うと、それを茉莉の腕に、少し並びを直して載せた。

「あなたの若さで赤い薔薇が馴染む人はそうはいませんよ」

茉莉は一瞬どう応じていいかわからなかった。叔母様はしっかりと通る声質をしていた。物を判定するような言い方だったが、茉莉にはかえって確かな、甘美なものに響いた。

言葉が出ずに、咄嗟に笑顔を向けようとしたけれど、目や頬の筋肉が引き攣《つ》れたのではないかと思った。人にそんなふうに言われた事も、それに笑顔を返した事もなかったから。「クレオパトラも、バラ風呂を楽しまれたそうですよ」、叔母様は笑みの浮かんだ顔を二人の方に均等に向け、厨房の方に向かって行った。秋野菜の入ったバスケットを少し大きく振って。


「叔母様っていい人ね」

「そうよ、大好き！」と典子は輝かせた瞳を手で囲んだ白バラに戻した。

「小さい頃よく叔母様の家で過ごしたの」

「ここで？」

「違うわ、品川の家。お母様の体調がよくない時があったの」

「ふうーん」茉莉はバラの香りをもっと嗅ごうとして、強く鼻に付ける。――典子にもそんな時があったのだ――と頭の隅で思う。

「マリ、叔母様が言っていたの」

「ん、なんて？」

「薔薇はね、知ってるんだって」

「ん、何を？」

「薔薇は、自分を守るものは棘ではなくて、香りだって事」

「ふうーん、わかんない。じゃ何故、棘がある訳？」

「それはね」、典子は浮かべた一輪に顔を寄せた。

「それはね……半端な気持ちでバラを手折ろうとする者は、棘を見て怯《ひる》んでしまうの。でも本当の愛なら……棘に刺され、赤い血が出るのも恐れないもの。それを試すものなのだって」

「……」

――トゲデハナク、カオリ。バラヲマモルノハ……――

あの叔母様が言ったという言葉を茉莉は、息を吸い、反芻した。鼻孔をついてくる甘い香りは、まだ知らない大人の世界のように蠱惑《こわく》的で、頭の奥深く入っていった。

――……大学に入ったら、絶対私はあの家を出る……そして親たちとは違った世界に……――

その考えに酔い痴《し》れるようにうっとりとしていると、典子は緊急事のように湯を漕いで傍に寄ってきた。

「マリ、何考えてる？」まるで諜報員のような言い方だった。

「――ん、なんも」

「嘘！　目を見ればわかる」

「……早く大人になって、こんなバラに包まれる日が来ればいいなあ～って」

肩が触れるほど傍に来た典子が、何故か、背中を向けすうっと離れていった。

少ししてまた、典子は中ほどから何か叫んできた。

「マリ、あそこ見て」

「――ん、どこ」

「あそこ、ほら、扇のような形の貝が、右と左、対になっているとこ」

「あ、あそこね」頭は別な事にとらわれたまま、茉莉は適当な返事をした。

突然、湯がどしゃっと正面から降りかかってきた。顔を拭うと、典子がくっつくほど目の前に突っ立っていた。白いお腹の下の柔らかな茂みが、一瞬頭を混乱させた。

「な、なんなのよ！」、茉莉は訳がわからず、追い立てられた鳩のような声をあげて体を捩《よじ》り退けた。典子がこんな激しい事をしたことは一度もなかった。

「ほら、あそこ、そこにマリア様に仕える乙女の像があったの」、下から睨みつけた茉莉に典子は泣き出しそうな、おろおろした顔になって言うと、指さした方に湯を漕いでいった。

広い浴室の山側に、岬を模したジオラマが作られていた。浸食された岩山を背に、様々な形の石を積んだ磯、その前面は僅かな白い砂浜になっていた。茉莉は典子の指さしている所に目を向けた。岩山の下に祠を思わせる窪みがあり、左右には扇子の形をした貝が埋め込まれている。

「あれ、タマキ貝っていうんだって。その間にリヤドロの小さな乙女像があったの。大きくなったらマリア様に仕える娘なのだと思っていたの」

「ふうーん」

「それが、次に来た時、なくなっていたの。叔母様に訊いても『そんなのあったかしら？覚えていない』って笑うだけなの」

「わかったわ、ノリ。それで何だって言うの」少しじれったくなって言った。

「迷子になったその子が、今一人ぼっちでなければいいなって願うの。私にはマリができたけれど」

「ん？……うん」

「それで、この薔薇をそこに献げたいと思うの」

「いいんじゃない、もう遊んだし」

「マリも一緒にやるの。二人は姉妹だもの、いい？」といつにない切迫した口調で言った。

「いいけど……どうする訳？」

何かを強く思い詰める時の、少し青ざめて見える顔に訊いた。

「ルールは一つだけよ。手を使ってはいけないの」

「手を使わず、ここに浮かんでいるバラをあそこの、何？　貝の間に持っていく、ってこと？」

「ええ、そうよ」

あまりのバカらしさに笑いをこらえながら、上目を向けた。

「どうやって？」、見当は付いたが、訊いた。

典子は子供と変わらないむくれ顔になると「こうよ」と言うなり湯の中に膝をついた。

「見てて！」、典子はその姿勢で湯の中を進むと、真近に浮いている白バラにグッと胸を反らせた。

「ガハガハ、ガハ」、鴨のような声で茉莉は笑いこけた。

典子の胸が触れる前にバラはゆらりと波に遠のいていった。典子は茉莉の哄笑を気にせず、今度は反対側から回り込もうとした。湯の深さは、膝立した丁度胸の辺りだった。波の上下で乳首の先が、見えたり隠れたりしていた。何度しても結果は同じだった。薔薇は典子の白い胸に、戯れるようにぷかぷか揺れていった。

「マリ、あなたもやってみて」と弱音を吐く声になって、こちらを見た。

ただ、温泉に浸かっているのにも少し飽きが来ていたから、典子の提案は絶妙だと言えた。

「いいわよ！」、茉莉はタイルに凭れていた体をガバッと起こした。

典子は大人になるのを嫌がっていたけれど、体の方は着実に大人の女に向かっていた。胸も中等部の終わり頃から、ブラのサイズを何度も上げるほど、発達していた。胸の大きさはほぼ同じだけれど、形が違っていた。

何でもかんでも対象物を『丸や四角のキューブ、ブな形で捉えるのがいい』と言ったセザンヌ画伯に従えば、典子の乳房は球形で、私のは円筒形になる。しかも乳首がツンと上を向いている。バラをすくうには私の方が向いている形……。

「マリ、すごいわ、上手よ！」典子よりはずうっとうまくいった。しかし立ち上がろうとするとバラは、胸の谷間からすべり抜けていった。

「マリ、いい考えがあるわ」離れて見ていた典子がにじり寄ってきた。

「まず、できるだけバラを寄せ集めるの。そしたら二人の胸で両方から挟み込んでいくのよ」

「ああ、なるほど……」茉莉は感心すると同時に、典子の頭には初めからこういうシナリオがあったのではと一瞬疑った。そうでもしなければ湯を含んだ花を上げられるはずもない。しかし——どう、いい考えでしょう？——と言うようにこちらを見つめた典子の顔は、無垢というばかりの笑みに輝いていた。

「マリ、いい？」その笑みをさっと真顔に切り替えて典子は言った。

「今度は、マリは白いバラで、私は赤いバラの方をすくうの」

「どうしてよ？」

「さっき、『もう十分遊んだし』と言ったでしょう。私は赤いバラには、まだ触れてもいないわ」

「まあ、そうね、何個にする？」

「三個ぐらいずつ。六個ならきっと二人の胸に乗るわ」六個と言っても二人が積んできたバラは、全部で十三個ほどだった。

「始め！」と茉莉は言うなり胸をぐっと反らせ、湯の中を進んでいった。

「マリ！　駄目よ、波を立てないで」、典子が声をひそめる。「そおっと水鳥のように動くの」

「わかったわ、ノリ」茉莉もその真剣さに、乾いた囁き声で応じる。

少女に戻ったような全裸の戯れ。初めはただ、新奇な遊びほどに思っていたけれど、それは次第に妖しく謎めいたものに思えていった。現実を超越して神話の世界のニンフになっていくような気がした。

どれほどの時間が経っただろうか、二人は顔を見合わせた。四つの乳房の湾に、決めた数の薔薇が収まっていた。

「マリ、これからが大事よ」

「そうよね」

「もう少し寄って」

互いに先端が触れるほどに寄った典子の頬は上気して、うっすらと赤みが差していた。

胸の高まりの辺りは微かにピンクがかって見えたが、それは滑らかな白い肌に、赤いバラが映えているせいなのかと思った。しかし、その二つの高まりが落ちていく間《あわい》は、静脈を透かして白く煙っていた。

茉莉は自分の胸も見た。典子の温もりを見せた肌理《きめ》の細かい肌に比べて、磁器質のような滑らかな白さだったが、その胸にも全体に血の色が差していた。揺れ残る波に乳首の突起が、肉色の芽のように白バラの中に現れていた。ふと、自分たちの体ではなく、シュールな映像を見ている気がした。

「まだ駄目よ、マリ、もっと寄って」と言った典子の手が湯の中で動き、茉莉の手を摑んだ。

「手をつなぐのはいいわ。離れないようにして、それから立ち上がるの」

「う、……ん、そうだね。でも、もっとくっつかなくては落ちてしまうわ」

二人は反らせた胸を近づけていった。乳首と乳首が突き合うように当たった。

その瞬間、典子も強く手を握るのがわかった。そのままためらいながらに数秒が過ぎた。

「三つ数えたら一緒に立ち上がるの。いい、そっとよ」と密事を伝えるように、典子の声が微かに震えていた。

「一……二……」と数えるのに合わせて典子はぐっと胸を押し付けてきた。

確かな弾力の固まりが、茉莉のそれを左右に押しひしゃげた。白いバラの一輪が湯と共に乳房の峰をすべり抜けた。

——一体幾つあるのだろう、八十、九十、もっと？　しかも色彩の多様さ——

「これが本当のバラ風呂だわ」、茉莉は独り頷き、ランダムに救い上げたバラを鼻に寄せていった。香りはさほどしなかった。黒味がかった赤いバラ、真紅のバラも嗅いでみたがあの時のような魅惑的なものは感じなかった。

湯の下からぐるぐると掻き回すと、茉莉は虚実を確かめる目で、極彩色の湯面を見つめた。ゆらゆらとした動きを眺めていると、あの戯れ自体が、夢か幻想だったような気にもなっていった。しかしそれは夢でも幻でもなかった。その一瞬、一瞬は琥珀となって脳裏に閉じ込められていた。

体を合わせた二人は湯の中から立ち上がった、全身から滴《しずく》を滑らせて。胸の間には二色のバラが収まっていた。西に回った陽が浴場の高窓から斜めに射し込んでいた。光は少し金色を帯びて、一つになった二人を彫像のように染めるのが、鏡に映った。

あの一瞬を何て呼べばいいのか、と、ふと思った。それより何より、そんな神々しい時が、自分にもあった事が信じ難くもあった。

今はもう、奇跡とも思える無垢な戯れ……。それは全て典子がくれたものだという思いが湧いた。

あの時、立ち上がった二人は胸から腹部、脚までぴったりと合わさっていた。あまりにも強く体を密着させていたので、窮屈に仰向けた顔を、互いにずらそうとした。その時、唇と唇が触れた。ごく自然に。

ふざけ合って頬と頬が触れたりした事は何度もあったけれど、互いの唇に触れた事は一度もなかった。

全身の感覚がその柔らかな花唇に集まり、頭の中が希薄になっていった。どれほどの間だっただろうか、そのまま、ただ唇を触れ合わせていた。笑ったり囁いたり常に目にしながら、典子の顔の一部としか思わなかったもの。ふっくらとした柔らかな口唇。それは全く別の器官となって、茉莉の中の見えない弦を震わせていた。

——もしかして、あれがファーストキス？——

不意に茉莉は湯に沈めた体を起こした。

——丸山でなくて？　車の中で執拗に舌を捩じ込まれた、あの時でなくて……——

そう思うと気持ちが救われる気がした。今更どうでもいい事ではあったが。

テラスで『好きな人がいたの？』と問い詰めた時も、典子ははっきりとは答えなかった。記憶を整理し、うっすらと真実が見えてはきたけれど、まさか本当に、本心から、と疑うものが、まだ残っていた。

しかし、今、典子が想いを寄せていた相手が誰だったのか、茉莉の中で、はっきりと確信になっていった。

――ああ、ノリ。バカよ！――茉莉は手前に浮いている花輪を退け、白いバラだけを胸の間に寄せた。

――バカだわ、こんな私を、こんな薄情者を愛してしまうなんて……バカよ――茉莉は囁き、胸に寄せた白いバラを抱き竦めた。

――ノリ、本当は私も好きよ、ずうっと……初めて会った時から……。

――でもノリ、わからないのよ。それが愛なのか、好きな事は、愛なのか――

茉莉はバスの中に仰向けに体を沈めた。頭から顔の周りにも揺れ漂うバラが集まってきたが、構わずにいた。更に顔の方に湯を掻き揺らした。まるで死んだ者が、花で埋められているようだと思った。

――ふふ、棺桶の中ではなく、水の中だけれど――そう呟いた時、連想的にミレイの絵が浮かんだ。ハムレットの入水した恋人、オフェーリアの、微笑み死にゆく顔。

――ノリ、私はあのオフェーリアのようにはなれないわ。死も厭わない、その為なら死んでもいいと思うのが、本当の愛なのよ、ノリ。私はそれほど強く誰も愛した事がないわ。ノリが私を思うあまり、心を病んだのだとしたら、バカよ。バカ過ぎるわ――

「まさか、ノリ！」、思わず声を出し、がばーっと上体を起こした。

――まさか、今でもそんな気持ちでいるって事――

「ないわよ……ね」、茉莉はゆらゆらと漂うバラを見つめた。

今日の典子の言動、表情を思い返そうとしたが、それはたちまちフラッシュとなって脳裏を回り、今日だったたか、二十年前の事だったたか判別もつかなかった。

ふと、LGBTの人たちのお祭り、プライドパレードの時に、典子をニューヨークに呼ぼうか、という考えが頭をかすめた。

――ずうっと自由で、もっといい相手が沢山いるわよ――

しかし茉莉は即座に、その考えを一蹴した。

――典子はそういうタイプではないのだ。それは私が一番よくわかっている事……――

「ノリ」と茉莉は、はっきりと聞き取れるほどの声を出していたが、自分では心の中の述懐のつもりでいた。

「ノリ、二人だけのあの時が、どれほど輝かしく崇高でも、それを留めておく事はできないわよ。知ってるわね、そんな事」

擦れた独り言の後、茉莉はぼうっと揺れる色彩を見つめていたが、不意にバラの中から右脚を突き上げた。

――ふふ、ノリ、時は冷酷なものよ、もうあの時の私はいないわ。ノリ、あなたも同じよ。もう少女ではないわ。外から見ても成熟した女の体になっていたわよ、青い果実のような時はもう過ぎてしまったのよ――

――あの時の二人はマーメイドか、生まれたてのビーナスのようだったわ。肌は透明に輝き、湯をはじいていた。完璧なギリシャ彫刻のように、どこにも弛《たる》みひとつなく――

――ふふ、ノリ、よく見て。脂肪のついたこの脚を。中年女の脚よ――

茉莉は更に脚を高く上げた。ワインが回り、湯に浸かった内腿は、血の色が生白い肌を点描のように透かしていた。

――ふふ、おどろおどろしく自分でも煽情的だと思うわ。熟れた女の脚よ、まだまだセクシーだわよ、ふふふ、ここに何人もの男が舌を這わせたのよ、蜜を吸う虫みたいに――

――ノリ、愛がなければ、セックスもない、なんて言ってたわね。いつまで少女でいるのよ、バカよ、呆れるほどバカよ――

――……愛なんて何だと言うの。何になるって言うのよ……愛なんて……――

別れの朝

朝食が済んで皿やスープのカップを典子はまとめ、キッチンに運んでいく。

コーヒーポット、二客のカップを載せたトレイを持ってテラスに戻ってくる。

コーヒーを注ぎ、それを茉莉の手近な所まで上体を伸ばす。ソーサーの端を摑みコーヒーカップの位置を直す。

真向かいの椅子に掛けるが、体は斜めに庭の方に向ける。茉莉も庭の方を見ている。互いに視線を交わさない。

「よく休まれたかしら？」

カップに口をつけてから典子が訊ねる。「ご気分は？」

「悪い訳ではないわ、まあいつも通りよ」素っ気なく言う。「ただ、頭の時系列が乱れているのよ」

典子はしばらく茉莉を見つめるが、黙ったまま目を手元に落とす。

「叔母様は、お元気？」茉莉は正面に顔を向けて訊く。

「……」典子は——え？　誰——という表情を向ける。

「ペンションの叔母様よ」

「ええ」驚きの後に、顔を綻ばす。「元気よ」

「花泥棒して、見つかった事があったわね」茉莉が言う。まっすぐに典子の目を見て。

「ええ……」目が惑い、少し後に答える。「去年、介護付きの施設に入所したの。少し足が不自由で……でも頭は変わらずしっかりしているの」

「ペンションは？」

「叔父様が亡くなって、人手に渡したの。もう、七、八年になるわ」

「そう……」

「叔母様はあなたの事をよく覚えていて、見舞いに行く度に、どうしているか訊かれるの」

「私の事を……？」

「ええ」、典子は唇の端を凹め頷く。「よほど印象に残ったのだわ。他の人を話題にする事はないもの」

茉莉は典子を見、少しして口を開く。「心から自分が褒められたの、あの時が初めてだったと思うわ」

「褒められたって？」訝しげな目で典子が尋ねる。

「赤いバラがとても似合う、ってよ」

「違うわ」穏やかだが、はっきりと典子は打ち消す。「叔母様はあなたが赤いバラのようだと言ったの」

「赤いバラのようって？……似合うのではなくて……」意外そうな声で、目が見開く。

「ええ」典子はその強い目に少したじろぐ「それは、赤い薔薇のような女性になる、という意味だったのかもしれない」

「……」茉莉はしばらく典子を見つめているが、視線が庭の方に動いていく。

しばらく会話が途切れる。

静寂の中に小鳥の声が移っていく。

茉莉が視線を典子の方に戻し掛けると同時に、ジュノーの吠え声が立った。ほどなくチャイムの音が下で鳴るのがわかった。

「迎えが来たようね」と茉莉は腕の時計をちらっと見る。「時間通りだわ」

茉莉は椅子から立とうとするが、動きを止め、典子を見つめる。体の向きと顔が中途にずれている。「お世話になったわ」

「……」典子は黙ったまま微笑み、椅子から体をそっと逸らす。

「花束を、と思ったけれど、きっと荷物になるだけだろうと思って……」

「ええ、それでよかったわ。十分堪能させてもらったもの」

「……」何かを言おうとして典子の唇が動くが、声にはならない。

立ち上がった茉莉は典子からテーブルの花瓶に目を移していく。

「赤いバラ、素晴らしいわね……」

大きなガラスの花瓶に、高芯咲きの赤い薔薇だけが活けられている。おそらく二十本ほど。座っている時には茎の高い薔薇は、花輪の横側しか見えなかったが、上からは幾重にも巻き上がる花芯までが捉えられる。

茉莉は数歩、位置を変え眺めながら、考える声で続ける。「でも何か足りなくない？　赤いバラだけだと」

「……？」典子は訝しがる顔を上げる。

その典子を見て茉莉は言う。「白いバラもないと」

瞬時に典子の顔が、驚きから喜びに変わるのがわかる。見つめる目元から光るものが溢れかける。

靴音が間近に上がってくる。

潑剌とした声でドライバーが挨拶する。

「おはよう。誠にパンクチュアルだわ」茉莉が事務的に応じる。

「景色のいい所ですね、ここは」背を向けている典子の方を意識してか、声高に言い、テラスの前に出してある荷物を確認する。「これだけですか？」

「ええ、それだけよ」

運転手が三個の荷物を両手に難なく下げ持ち、階段を降りていく。

茉莉が続いていく。遅れて典子が階段に一歩一歩足を下ろしていく。

ゴルフ客の為に作られた駐車場は広く、典子の車の隣に大型のリムジンが入っているが、更に一台分以上空いている。

茉莉は典子が降りてくるのを待っている。

典子は降り切った所で一度立ち止まる。それから数歩、茉莉の方に寄っていく。

手に白い封筒を握っている。

「何？　それ！」、茉莉は典子が差し出した物に目を剝いて言う。「面倒なものは嫌よ！」

典子は小さく頭を振る。

「あなたを困らせたりしないわ。あなたはあなた。私は私よ」

茉莉の目を見て言う。「飛行機の中で読んで」

「そう？」茉莉は怪しみ顔で受け取ると、それを無造作にバッグに入れる。

俯けていた顔を上げ、典子がおずおずと尋ねる。

「また来てくれる？」

「来るわよ！」

「嬉しいわ。また、薔薇の時に」

「ええ、勿論そうするわよ」、茉莉はきっぱりと言い、少し置いて「男連れでもいい？」

と典子を見る。

一瞬に強張った顔に、目がおろおろと動くのを確かめ、茉莉は真面目声で言う。

「冗談よ。命を掛けるほどの男に会ったことはないわ」と乾いた声で笑い、不意に顔を真顔に戻す。「でも、恋に年齢制限はないというから、期待は残してる」

典子は青ざめた顔で立ち竦んでいる。

その典子を見て続ける。「ノリ、あなたも女盛りよ、まだまだこれからだわよ」

「……」典子は黙ったまま俯く。

「でもノリ！……」

不意に声を静めて言う。「たとえ男ができたとしても置いて来るわよ。会う時はいつも二人」

「……マリ……」典子の唇からかすかな声が洩れる。

茉莉が典子に寄っていく。

その背中に、さっと腕を回す、優しくハグして耳元に囁く。

「ノリ、わかったのよ、今頃になって」

「……？」

ためらいがちに腕を回していた典子の体がピクッと動く。

茉莉は擦れ声で続ける。「本当に大切なものが」

典子が合わさった頬をずらして茉莉を見ようとするが、茉莉は更に強く抱擁する。

「いいのよノリ、何も言わなくても、わかってるわよ」

「ああ……マリ……」

荷物を入れたまま二人を見ていたドライバーが、そっとトランクを閉める。ごく静かだったが、その音に二人の体が離れる。

ドライバーが後部席のドアを開ける。

茉莉が車に乗り込む。窓が下がるが、茉莉はただ無言で典子を見ている。

車がゆっくりと動き出して行く。

直立した典子の右手が半端に、肩ほどに上がる。

車はゆっくりとスピードを上げ、岬のカーブに忽然と消えていく。


テラスに戻った典子は茉莉のいた椅子をしばらく眺めている。やがて肘掛けに手を伸ばすと、極めて緩慢な動きでそこに腰を下ろしていく。

ジュノーが吠える。朝の散歩をせがんでいるのだとわかる。ガラス戸を開け、ジュノーを出してやる。

「ええ、ジュノー、わかってるわよ」と典子はテーブルの天板に向かって言う。

「あーあ、それと新聞を取ってくるのも忘れているわ」そう呟いたが、椅子から立ち上がろうとしない。

ジュノーが、「クゥーン」と不安げな声を上げて、飼い主の足元をうろうろする。

後姿からは嗚咽なのかは、わからない。ただ、テーブルに預けた典子の肘や肩が、小刻みに震えている。

エピローグ

ニューヨーク直行便に搭乗すると茉莉はすぐにノートパソコンに続き、レポートを収めたファイルを取り出した。キャビンアテンダント（CA）がウエルカムドリンクを運んできたが「シャンパンの気分ではないの。香りだけのバーボンにして」と茉莉は英語で応じた。相手が白人だったせいもあるが、気持ちはとうに日本を離れていた。

「オー、オフコース、マダム」CAはサイドテーブルの上の英文の書類に、ちらっと目を走らせ、笑顔を作った。

面接には、ファンドの設立者でもある、CEO（最高経営責任者）が少し後に加わる、という情報も得ていた。

——少し後が曲者、だと思った、別室のカメラでじっくりと見ているのかもしれない。話が専門以外の分野、歴史や文化、スポーツなどに及ぶ可能性もあった。私自身の個性、思考の原点を見る為に。茉莉は内心呟いた——それはどうであれ、当たって砕けろ、腹をくくるしかないものだ——

フットレストを調整し、茉莉は体を伸ばした。ビジネスクラスのシートは随分とよくなっている、と感じる。個室の感覚がある。二十年近く前、初めて渡米した時は、無論エコノミーだった。今、心境はその時に似ている。

パソコンを開き、メールを確かめた。既読のサインがあったが、ロバートからの返信はなかった。きっと忙しいのだろうと思った。

──それとも、メールを見て返事に迷っている？（ロバート、ニューヨークに行っても互いに時間の調整がつくかわからないわ。私の方が会いに行く事にする。アルトゥーナ、行った事のない町だもの）──

ロバートとは顧客のガーデンパーティーで知り合った。日本の五重塔の造りを褒めるので、初めは関心を引くためかと思ったが、中堅工務店の跡継ぎだとわかった。建築学を専攻していた。その頃、ニュージャージー側、ホーボーケン郊外に戸建ての建築事業を進めていた。

ロバートとの関係が深まるのに、そう時間はかからなかった。彼は八歳上で妻と幼い娘がいたが、離婚していた。同じバツイチでもあった。気さくなタイプで、一緒に暮らしてみてもいいかな、と思うようになった頃に、リーマンショックが来た。

ロバートの会社は倒産、経済のスペシャリストを自負しながら、何もできなかった事は、茉莉に深い悔いを残した。

メールが入るようになったのは、東京出向になって二年ほどした時からだった。ごく短い近況、何とか父の郷里で再起を計りつつある事など。

互いにメールだけ、会う事はないだろうと思っていた。それが昨夜になって、あんなメールを出してしまった。自分の気持ちの急変が何に因るのか、茉莉は考えない事にした。

提出する書類をもう一度確認し、ファイルをブリーフケースに収めようとした時、何かが食《は》み出てきた。

二つ折りにした封筒。今朝、別れ際、典子が手渡したものだ、と気付いた。迎えの車に乗るなり、頭はニューヨークに向かっていた。取りあえず押し込んだ事もすっかり忘れていた。

茉莉は手の中でしばらく眺めていたが、中身（便せん二枚）を取り出し、皺を伸ばしていった。


マリ、訪ねてくれた事、私には恩寵にも等しいもの。とだけ書くわ。再会の感激、言葉に尽くせないもの。

ところで『薔薇を咲かすのに、何の意味があるの』と疑問がっていたわね。その時はうまく答えられなかったけれど、その夜、ふと思い当たったの、ある少女がそれを示唆していてくれていた事に。

一昨年の事、留学先でポーランド人と知り合い結婚した私の従妹が、里帰りのついでにと寄ってくれたの。九月から小学校に入るという女の子を連れて。着いた時は夜も遅く、その娘（カーシャという名だった）は車から降ろされても母親の腕の中で、中身の抜けた人形のように眠り込んでいた。

翌朝、五時を過ぎたばかりの頃だった、キッチンにいると、その娘がそっと入ってきた。水色の半そでのワンピースを着て、それはもう可愛いの！　少し暖めたミルクを飲ませると、庭の方をしきりに見ている。どうも外に出てみたいようなの。

――残念な事に日本語は話せなかった。一人で庭に出したけれど心配で、私はカーテンの陰から様子を見る事にした。

カーシャは庭に出るなり、しばらく両手をだらりと下げたまま突っ立っている。どうしたのか、背を向けていたのでわからなかったが、やがて恐る恐る薔薇に寄っていくと首を伸ばし、体を花に傾けていった。

後姿からでも、香りを嗅いでいるのだとわかった。するとカーシャは、今度は逆に顔を仰向け大きく体を反らした。空に向かって息を吐いているのが知れた。その動作を（とてもオーバーなくらい）順繰りに何度か繰り返すと、今度は突然、両腕を伸ばし、踊るようなステップを踏んだと思うと、ひらひらと次の花壇に回っていった。

そしてまた花を眺めては香りを試すの。その二つの動作を飽かずに繰り返しながら花壇を移っていくのが、薔薇の合間にずうっと見え隠れしていた。

その時、私の頭に＝薔薇は喜び、薔薇は歓喜＝という言葉が、自然にテロップのように流れていった。体が震えるのを覚えた。

マリ、私は思うの。行為の全てを言葉で言い尽くせると考えるのは、大人の思い込みなのではと。

＝ただ喜び、その為に花を咲かせる＝それでいいの。少女がそう悟らせてくれた事を思い出したの。

答えになったかしら？

予定が詰まっているのにマリ、寄ってくれてありがとう。あなたの頑張りに負けないよう、私も、大切な薔薇を守っていくつもりです。

お元気でね。　　典子

――バラハ、ヨロコビ・バラハ、カンキ……タダ、ハナヲサカス……――

茉莉は頭の中で呟き、封筒の二つ折りになった皺も伸ばすと、便箋を中に収めた。

しばらく、ぼうっと天井に目を向けていたが、座席のコールボタンを探した。間を置かずに、前と同じCAが、素早い足取りで通路に現れ笑顔を作った。

「サムシング？　キャンナァイドウ？　マダム」

「事情が変わったのよ」茉莉は相手を見て言った。

顔の作り（目も口も）だけでなく体もそれに見合って大きい。トム・クルーズとペアを組んでいた女優に似ている。典子と真近く過ごしたからか、日本の女性とは骨相の違いまで感じる気がした。

「酔いたい気分になったのよ」

「オーイェツ、グッド。ウィーブ　プリペアード　ベアリアス　ドリンクス」

「自由の女神が右手に掲げている松明《たいまつ》ではなく、虹色の旗に見えるほどのバーボンにしてくれる？」

完璧にメイクしたＣＡの目が、おそらく一定以上の喜怒哀楽を表さない訓練を受けているはずの眼が、過大電流の流れたメーターのように開いた。

虹色の旗はＬＧＢＴのシンボルだけれど、彼女らがそれで驚くような事はまずあり得なかった。それで茉莉は自分の声が、生来の地声になっていたのだと気付いた。

――典子と過ごしたのが、ただの一日だというのに――全く……。

その表情もほんの一瞬で、ＣＡは本来の職業の顔に戻った。

「ええ、了解しましたわ、マダム。すぐに雲上のバーテンダーに申し伝えますわ」

ＣＡはヘーゼル色の瞳に微妙な笑みを浮かべて言うと、さっと向きを変えた。来た時とは明らかに違うゆっくりとした速度で、グレーのタイトなスカートに嵌め込んだヒップを、大きく振りくねらせながら。それらしいポーズはわざとこちらに向けた、ジェスチャーなのかは、わからなかった。

茉莉は天井に向かってふうっと溜息を吐き、サイドテーブルのパソコンを膝に開いた。典子のメールアドレスを確かめ、送信を日本語に切り替えた。

ノリ、手紙読んだわよ。あまりに短いので（昔の十分の一？）二度も。何年か事務職＝お父様の会社で＝をしたと言っていたから実用文を少しは学んだのね、いい事だわ。

今、雲海の上を飛んでいるわ。フライトは順調だけれど、私の頭はまだ乱気流続きだわよ、思わぬ歓待のお陰で。

そう、それで思い出したの、聞くのを忘れた事。

（ペンションのお風呂で戯れ合った時のあの時の『薔薇の名前』）

送信を確認し、パソコンを閉じようとした時、ふと声が……。

――誰か、聞き覚えのある声が――耳元に立った気がした。


――アナタニトッテノ　バラハ……？

それを確かめようと見張った目に、指が、ひとりでに指が、心の内を打っていった。

――ワタシニトッテ、バラハ、バラハ……

シロイバラノ、ノリコ――

〈著者紹介〉
最賀茂 真（もがも・まこと）
1948年 福島県生まれ
青山学院大学 英文科中退
金属工芸職人
薔薇園 庭男

薔薇《ばら》のしるべ

2024年1月31日　第1刷発行

著　者　　最賀茂真
発行人　　久保田貴幸

発行元　　株式会社 幻冬舎メディアコンサルティング
〒151-0051　東京都渋谷区千駄ヶ谷4-9-7
電話　03-5411-6440（編集）

発売元　　株式会社 幻冬舎
〒151-0051　東京都渋谷区千駄ヶ谷4-9-7
電話　03-5411-6222（営業）

印刷・製本　中央精版印刷株式会社
本文制作　アトリエ晴山舎
装　丁　　弓田和則

検印廃止

ISBN 978-4-344-94970-6 C0093
幻冬舎メディアコンサルティングＨＰ
https://www.gentosha-mc.com/